TOD AN DER NORDSEE

W0391684

Hripsime Rüstemyan hat in Hannover Medizin studiert und arbeitet als Chirurgin in Ostfriesland in der Stadt Norden/ Norddeich. 1959 wurde sie in Istanbul geboren, ist armenischer Abstammung und wuchs als Christin in unterschiedlichen Kulturen dreisprachig auf. Mit sieben Jahren kam sie als Gastarbeiterkind der ersten Generation nach Ostfriesland, wo sie mittlerweile wieder lebt und jeden Winkel und Platz kennt.

Dieses Buch ist ein Roman. Handlungen und Personen sind frei erfunden. Ähnlichkeiten mit lebenden oder toten Personen sind nicht gewollt und rein zufällig.

HRIPSIME RÜSTEMYAN

TOD AN DER NORDSEE

Küsten Krimi

emons:

Bibliografische Information der Deutschen Nationalbibliothek
Die Deutsche Nationalbibliothek verzeichnet diese Publikation in der Deutschen Nationalbibliografie; detaillierte bibliografische Daten sind im Internet über http://dnb.d-nb.de abrufbar.

MIX
Papier | Fördert gute Waldnutzung
FSC® C083411
FSC www.fsc.org

© Emons Verlag GmbH
Alle Rechte vorbehalten
Umschlagmotiv: mauritius images/Klaus Neuner
Umschlaggestaltung: Nina Schäfer, nach einem Konzept von Leonardo Magrelli und Nina Schäfer
Umsetzung: Tobias Doetsch
Gestaltung Innenteil: DÜDE Satz und Grafik, Odenthal
Lektorat: Susann Säuberlich, Neubiberg
Druck und Bindung: CPI – Clausen & Bosse, Leck
Printed in Germany 2023
ISBN 978-3-7408-1894-4
Küsten Krimi
Originalausgabe

Unser Newsletter informiert Sie regelmäßig über Neues von emons:
Kostenlos bestellen unter
www.emons-verlag.de

Prolog

Der Briefträger Fokko Theilen klingelte mehrmals. Keine Reaktion. Sicher war Ella Martens hinten im Garten. Der warme Frühlingsmorgen lud förmlich zu einem Frühstück auf der Terrasse ein.

Fokko lief um das Haus herum, öffnete das Seitentor und betrat das Grundstück. Wie mit Ella Martens vereinbart, wollte er das Päckchen vor der Hintertür deponieren.

Der Robotermäher schnurrte wie eine Katze auf der perfekt geschnittenen Rasenfläche. Von Ella Martens war nichts zu sehen. Fokko ging auf die Terrasse und legte die Postsendung vor der gläsernen Tür zur Küche ab. Als er sich wieder aufrichtete, sah er in das Innere des Hauses – und erstarrte.

Drinnen lag ein weiblicher Körper auf dem Küchenboden. Der Kopf war zur Seite gedreht. Die Lider waren geöffnet, und die Augen, aus denen jeglicher Glanz entwichen war, stierten ihn an. Sie gehörten Ella Martens.

In halb gebückter Position stand Fokko da und traute sich nicht, sich zu bewegen. Erst nach einer gefühlten Ewigkeit riss er sich los, holte zitternd sein Handy aus der Jackentasche und wählte den Notruf.

1

Martin Gerdes wollte ausschlafen, aber das Telefon weckte ihn mit einem schrillen Klingeln. Mit geschlossenen Lidern tastete er nach dem Hörer.

Der diensthabende Einsatzleiter seines Reviers in Aurich meldete sich.

»Gordi? Hier ist Tammo. Tut mir leid, dass ich dich wecke.«

»Was gibt es?«

»Einsatz in Norden. Eine Frau wurde tot in ihrem Haus aufgefunden. Berni von der Spurensicherung ist schon vor Ort. Er hat dich und Onno angefordert, sonst hätte ich dich nicht an deinem freien Wochenende gestört. Onno habe ich bereits verständigt. Er wird im Norder Revier auf dich treffen.«

Gordi, der von allen Freunden und Kollegen so genannt wurde, notierte sich die Einsatzadresse, legte mit einem Stöhnen auf, sprang schnell unter die Dusche und rasierte sich. Onno wohnte sechzig Kilometer entfernt in Leer und würde nicht vor ihm in Norden eintreffen. Auf einen Kaffee verzichtete Gordi und verließ die Wohnung.

Vor dem Haus stieg er in seinen Oldtimer, einen Citroën DS, Baujahr 59.

Auf dem Deich nutzten sowohl Einheimische als auch Touristen den warmen Frühlingstag, um ihre Drachen steigen zu lassen. Bald schon würden Sommergäste in den kleinen Ort am Meer einfallen. Segen und Fluch zugleich. Der Tourismus brachte Geld für die Gemeinden, aber viele Ostfriesen, die ihre Abgeschiedenheit liebten, fühlten sich von den Menschenmassen gestört. Nur im Winter, mit Ausnahme der Weihnachts- und Silvestertage, gehörte die Küste den Einheimischen allein.

Gordi fuhr die Norddeicher Straße Richtung Norden landeinwärts und parkte vor dem Polizeikommissariat am Marktplatz gegenüber der Ludgeri-Kirche im Herzen der Stadt. Er stieg aus, lehnte sich gegen seinen Wagen und schaute dem bunten Treiben auf dem Samstagsmarkt zu.

»Komm her, mien Jung! Hier kriegst du den besten Fangfisch, heute Morgen frisch eingetroffen!«, rief ein Händler an seinem Stand einem potenziellen Kunden zu.

Gordi liebte diese ostfriesischen Märkte, auf denen es regionale Produkte gab.

Kurze Zeit später hielt ein BMW Z4 in Silbermetallic neben ihm. Sein Kollege Onno Schoolmann saß hinter dem Steuer.

»Wartest du schon lange?«, fragte er, nachdem er den Wagen verlassen hatte.

»Erst zehn Minuten. Du bist wie immer gerast.«

»Nein, bin ich nicht.«

Gordi verdrehte die Augen.

»Ich schwör's«, sagte Onno grinsend. »Weißt du, warum sie uns aus dem freien Wochenende holen? Muss doch einen Grund haben.«

»Mir konnte der Diensthabende keine genauen Informationen geben. Berni wird uns unterrichten, komm.«

Onno stieg zu Gordi in den Citroën, den sie, obwohl er seine besten Tage schon hinter sich hatte, für ihre Einsätze nutzten.

»Es ist nicht weit«, sagte Gordi und fuhr los.

***

Rot-weiße Bänder sperrten das Haus in der Baumstraße 150 ab. Kirschbäume, deren Kronen zusammengewachsen waren und ein Dach aus rosa Blüten formten, säumten die Allee. Nur wenige Wochen zwischen April und Mai währte die Pracht, um am Ende schneeflockenartig auf die Gehwege herunterzurieseln.

Zwei Polizeibeamte in Uniform nahmen die Personalien der Herumstehenden auf. Nachbarn hielten sich voller Neugier auf dem Weg auf und tuschelten miteinander. Samstags war fast niemand bei der Arbeit. Die Einkäufe für das Wochenende waren erledigt, und die Mittagszeit verbot laute Tätigkeiten im Garten.

Gordi fuhr an die Absperrung heran und parkte am Straßenrand. Die beiden verließen den Wagen und gingen auf die Kollegen zu. Onno hatte Mühe, Gordi zu folgen, der ihn um eine Kopflänge überragte und mit schlaksigen, ausladenden Schritten vorausmarschierte.

Gordi wandte sich an den älteren. »Grüß dich, Lars.«

Der Beamte in den Mittfünfzigern mit schütterem grauen Haar nickte. »Ein viel zu schöner Tag für einen so traurigen Anlass. Es hat sich herumgesprochen, dass ihr beide diesem Fall zugeteilt worden seid.«

»Du hast einen neuen Kollegen. Wo hast du Manfred gelassen?« Onno deutete auf den jungen Beamten, der in Sichtweite stand.

»Den haben wir vor ein paar Wochen mit großem Brimborium auf der Wache und abends mit einer Feier unter Kollegen verabschiedet. Er hat es in die Rente geschafft. Ihr solltet häufiger bei uns in Norden auftauchen, anstatt in der Zentrale rumzusitzen, dann wärt ihr auf dem Laufenden. Mir hat man den Frischling da zugeteilt. Er heißt Michael de Vries.«

»Grüß Manfred von uns, wenn du ihn siehst«, sagte Gordi.

»In nächster Zeit wird das schwierig. Mani hat seinen Traum in die Tat umgesetzt und eine alte Harley restauriert. Jetzt tourt er durch die Lande. Dein Schätzchen da drüben hätte es ebenso verdient. Etwas Lack würde dem Wagen nicht schaden.« Lars zeigte auf den Citroën.

»Siehst du?«, sagte Onno. »Was predige ich dir immer? Wenn du den Wagen nicht bald sanierst, bricht er uns unter dem Hintern weg. Das ganze Revier lacht sich schlapp über die Schrottkarre.«

»Ja, schon gut.«

Onno schaute zum Haus hinüber. »Wie lange sind die Beamten der Spurensicherung schon da?«

»Sie sind vor zwei Stunden eingetroffen.«

»Dann gehen wir mal hinein.«

Sie nahmen den seitlichen gepflasterten Gehweg, um hinter das Haus zu gelangen.

»Du könntest wenigstens die Farbe umlackieren lassen. Die Kollegen tuscheln, dass wir in einer Tussikarre sitzen«, lamentierte Onno, während er sich bemühte, mit Gordi Schritt zu halten.

»Was hast du gegen Tussis?«, fragte dieser.

»Nichts, gar nichts, aber ich schäme mich, in einem quietschgelben Auto zu sitzen.«

»Dann solltest du mit deinem Wagen fahren.«

»Gern, wenn du dich nicht weigern würdest, in meinen BMW zu steigen.«

»Mein Wagen ist ein Klassiker, und er hat Stil.«

»Er ist eine lahme Rostlaube, und alle Welt lacht, wenn wir damit auftauchen.«

Lars Tammen und sein jüngerer Kollege Michael schauten ihnen mit offenen Mündern hinterher.

»Was waren das denn für Clowns?«, witzelte Michael und schüttelte den Kopf.

»Schnack nicht so viel. Du bist erst vier Wochen im Dienst. Wenn du länger dabeibleiben willst, musst du eines lernen«, erwiderte Lars. »Respekt. Die beiden ›Clowns‹, wie du sie nennst, sind die Besten des Reviers.«

»Okay«, beschwichtigte Michael. »Wie viel Zeit wird unser Einsatz in Anspruch nehmen? Was meinst du?« Er trat von einem Fuß auf den anderen.

»Das weiß man nie. Das hier ist dein erster Todesfall. Die wichtigste Regel in unserem Beruf lautet: Geduld. Regelmäßig bauen wir Absperrungen auf, halten Neugierige fern, nehmen Personalien auf und harren aus. Wir warten auf die Spurensicherung, auf die Mordermittler und auf den Abtransport der Leiche. Ich sage dir was, Grünschnabel, wir sind die Ersten, die kommen, und die Letzten, die gehen. Das Beste ist, von Anfang an Geduld zu lernen, Kollege.«

Michael grinste.

»Wat is?«

»Du hast mich zum ersten Mal Kollege genannt.«

»Lass dir das bloß nicht zu Kopf steigen«, sagte Lars streng, aber er lächelte dabei.

2

Hinter dem Haus erstreckte sich ein großzügiger Garten, dessen Pracht man von der Straße aus nicht vermutete.

Gordi sah sich um. Das Grundstück wurde zu beiden Seiten durch akkurat würfelförmig geschnittene Buchsbaumhecken begrenzt. Die Rhododendronbüsche am hinteren Ende der Rasenfläche hatten erste Knospen gebildet und warteten darauf, in den kommenden Maitagen zu erblühen. Sie erinnerten Gordi an den Garten seines Elternhauses, aber hier war der Rasen perfekt geschnitten.

Der Robotermäher summte monoton über die grüne Fläche. Er hatte seinen eigenen Rhythmus, es kümmerte ihn nicht, was hier an diesem Morgen geschehen war. Ein achteckiger Pavillon am rechten Ende des Grundstücks lud zum Verweilen ein. Der Blick über dieses Kleinod beruhigte Augen und Gemüt. Doch die Besitzerin würde dies alles nie wieder sehen.

»Komm!«, rief Onno, der schon auf der Terrasse stand.

Gordi riss sich von dem Anblick des zarten Grüns der Blätter und des Rasens los und folgte seinem Kollegen durch eine große Glasschiebetür in die Küche, in der unter einer schwarzen Plane ein menschlicher Körper am Boden lag. Die Sonnenstrahlen ließen die Folie glänzen. Beamte durchwühlten die Küchenschränke. Es herrschte geschäftiges Treiben.

»Wollen wir mal sehen, wo Berni ist«, sagte Onno.

In diesem Augenblick kam ein rundgesichtiger Mann herein. Er war die Treppe aus dem oberen Stockwerk heruntergelaufen und sichtlich außer Atem. »Ich freue mich, euch zu sehen, Jungs. Hab deine Zitrone oben aus dem Fenster erkannt, Gordi, als ich dabei war, das Badezimmer zu durchsuchen.«

»Wie immer schon fleißig vor Ort, Berni. Was gibt's?«, fragte Onno.

»Eine alleinstehende Frau wurde tot aufgefunden.« Er deutete auf die schwarze Plane.

»Von wem?«, fragte Gordi.

»Von Fokko Theilen, dem Briefträger. Er hat den Notruf ausgelöst, der die Polizei benachrichtigte. Er stand auf der Terrasse, als wir eintrafen, und war nicht dazu zu bewegen, auf euch zu warten. Ich habe seinen Bericht aufgenommen und ihn gehen lassen.«

»Was hat er ausgesagt?«

»Er trägt die Post seit zehn Jahren in diesem Viertel aus. Die Tote, Ella Martens, war berufstätig und pflegte ihre Samstage vormittags zu Hause zu verbringen. Sie hatten vereinbart, Paketsendungen auf der Terrasse abzulegen, wenn sie nicht daheim sein sollte. Dabei hat er sie heute gefunden. Alle Fenster und Außentüren waren verschlossen und sind unversehrt. Es gibt keine Hinweise auf einen Einbruch. Nichts ist durchwühlt worden. Ich habe teuren Schmuck und Bargeld gefunden, alles scheint am richtigen Ort zu sein. Bei der ersten oberflächlichen Untersuchung der Toten habe ich keine Verletzungen festgestellt. Die Extremitäten sind frei von Einstichen. Es gibt keine Quetschungen am Hals oder Prellmarken. Falls die Frau eines natürlichen Todes gestorben ist, seid ihr schon wieder raus aus der Sache. Wenn ihr nichts dagegen habt, gebe ich die Leiche zum Abtransport frei.«

»Von unserer Seite ist es okay«, sagte Gordi.

Bernhard Holling gab zwei Männern, die auf der Terrasse warteten, einen Wink. Sofort traten sie ein, schoben die Abdeckplane beiseite, legten die Tote in den mitgebrachten Leichensack und hoben ihn gemeinsam auf die Rolltrage.

Gordi hinderte sie daran, den Reißverschluss hochzuziehen, um sich die Frau anzusehen. Sie hatte kurz geschnittene ergraute Haare. Tiefe Furchen in ihrer Stirn und Augenfältchen ließen ihr Alter erahnen. Sie wirkte friedlich, wie im Schlaf.

Gordi überließ das Opfer den Trägern. Die Männer verschlossen den Leichensack und schoben ihn hinaus.

»Und warum holst du uns aus unserem wohlverdienten Wochenende?«, fragte Gordi an Berni gewandt. »Du hast selbst gesagt, dass es keine Anzeichen für Fremdeinwirkung gibt.«

»Ich glaube nicht, dass wir den Fall nach der Obduktion abschließen werden.« Der übergewichtige Leiter der Spurensicherung mit rosigem Gesicht und Doppelkinn war ein begabter Kriminaltechniker – einer der Beamten, denen ihre Arbeit wichtig war, die jede Kleinigkeit katalogisierten. Gordi arbeitete gern mit ihm.

»Was vermutest du?«, fragte er.

Selbstsicher tippte Berni sich mit dem Zeigefinger an die Nase. »Der habt ihr eure Anwesenheit zu verdanken. Nur vierzig Prozent der Menschen können den Geruch von Blausäure wahrnehmen. Und zu denen gehöre ich.«

»Hast du nie erwähnt.«

»Ihr müsst nicht alles wissen. Es ist gut, wenn ich ab und an mit einer Überraschung aufwarten kann.« Berni grinste.

»Die da wäre?«, fragte nun Onno.

»Der Fall sah nach einem schnellen Routineeinsatz mit ungeklärter, aber wahrscheinlich natürlicher Todesursache aus. Bis ich mich über die Tote gebeugt habe. Da habe ich einen Hauch von Bittermandel wahrgenommen. Nirgendwo sind Reste von Blausäure zu finden. Gläser und Tassen stehen sauber und ordentlich in den Schränken. Ich konnte kein benutztes Geschirr finden. Die Spülmaschine ist leer.«

Gordi hatte sich in der Küche umgesehen, während er Bernis Ausführungen zugehört hatte. »Hast du schon Hinweise auf Angehörige der Toten gefunden?«, fragte er.

»Bisher nicht, aber ich habe ihren Schreibtisch noch nicht durchsucht. In ihrem Portemonnaie habe ich ihren Ausweis und ihren Führerschein entdeckt. Ella Martens hat nach unseren ersten Befragungen der Nachbarn äußerst zurückgezogen gelebt. Niemand kannte ihre Herkunft, obwohl sie seit Jahren hier gewohnt hat. Das ist untypisch. Hier leben die Menschen freundschaftlich, fast familiär miteinander.«

»Na, so familiär auch wieder nicht, wenn eine Tote unbemerkt in ihrer Wohnung liegt und erst der Postbote sie findet.«

»Onno, hör auf.« Gordi versuchte seinen Kollegen zu bremsen. Er kannte seine barsche Art.

»Was denn? Dieses scheinheilige Getue. Nachbarn grüßen sich lächelnd und ziehen dann übereinander her, sobald sie sich den Rücken zugekehrt haben. Wenn einer seine Hecke einen Zentimeter zu weit auf dem anliegenden Grundstück anpflanzt, gibt es Krieg. So sind die Menschen, die meisten taugen nicht viel, da sind die Ostfriesen keine Ausnahme.«

»Wohnst du deshalb in einer Eigentumswohnung?«, fragte Berni.

»Du hast es erfasst. Außerdem bin ich nicht gerade sesshaft.«

»Weil du kein Ostfriese bist. Wird noch kommen. Aber jetzt weiter zu Ella Martens. Die Frau liegt noch nicht lange hier, maximal zwei Stunden.« Berni hielt eine Plastiktüte mit Tabletten in die Höhe. »In ihrer Nachttischschublade habe ich eine Packung verschreibungspflichtiger Antidepressiva gefunden. Sie wurde noch nicht angebrochen.«

Gordi ließ die beiden in der Küche zurück und lief einen ungewöhnlich breiten Flur entlang zum vorderen Teil des Hauses. An den Wänden hingen kostbar eingerahmte Bilder. Er entdeckte Werke von Malern wie Rizzi und Keith Haring. Allesamt limitierte und handsignierte Ausgaben moderner Künstler, die Tausende von Euros gekostet haben mussten. Während seiner Schulzeit hatte sich Gordi mehrere Jahre in der internationalen Norder Sommerakademie eingeschrieben und Kurse in Landschaftsmalerei belegt. Aus ganz Deutschland kamen jährlich ambitionierte Künstler dorthin, um zwei Wochen lang daran teilzunehmen. Und hier sah er jetzt Rizzis Bild »The Gates of Central Parks Heaven« mit der Originalunterschrift des Künstlers!

Er riss sich los und betrat linker Hand ein Zimmer, dessen Wände von Bücherregalen aus Mahagoni bedeckt waren. Durch das Fenster konnte er die Passanten beobachten, die um Lars herumstanden und sich mit ihm unterhielten. Die ersten Kirschblütenblätter rieselten auf die Gehwege. Die Bäume waren alt und verliehen dem Viertel einen altehrwürdigen Charme.

Ella Martens hatte von ihrem Schreibtisch aus die beste Sicht nach draußen gehabt. Gordi nahm auf ihrem Stuhl Platz und ließ seinen Blick durch den Raum wandern. In den Bücherregalen waren Sachbücher, klassische Literatur, aber auch leichte Kost gut sortiert. Alles in diesem Zimmer war teuer. Allein das antike Möbelstück, an dem er saß, war für einen Normalverdiener unbezahlbar.

Gordi strich über das polierte Holz des Schreibtischs. Ein Bild in einem silbernen Rahmen stand zu seiner Rechten und zeigte einen sitzenden Mann im Anzug mit grauen Haaren. Die Ähnlichkeit mit dem Opfer war nicht zu übersehen. Vermutlich war es Ella Martens' Vater.

Gordi öffnete die rechte Schublade. Edles Briefpapier mit eingeprägten Initialen lag darin. Dies war eindeutig das Arbeitszimmer einer gebildeten und wohlhabenden Frau. Gordi betrachtete den Füllfederhalter am Kopfende des Tisches, ohne ihn zu berühren. Ella Martens' Name war darauf eingraviert.

Er öffnete die linke Schublade. Ein Laptop und ein dickes Fotoalbum kamen zum Vorschein. Gordi nahm beides heraus. Den Laptop steckte er in eine mitgebrachte Plastikfolie, legte ihn zur Seite und betrachtete danach das Album. Wie vieles im Haus war es sehr alt. Den Einband zierten Intarsien aus Silber.

Gordi schlug es auf und sah sich die Fotos an. Unter jedem Bild waren die Namen der Personen, deren Verwandtschaftsverhältnisse und das Aufnahmedatum mit geschwungener Handschrift notiert. Gordi bemerkte, dass Ella Martens auch die Geburts- und Sterbedaten aufgeschrieben hatte. Sie hatte eine große Familie gehabt. Eltern, Onkel und Tanten waren liebevoll in diesem Buch verwahrt worden.

Sie alle haben eines gemeinsam, sie sind tot, dachte Gordi.

Auf einigen Fotografien konnte man Ella Martens als junges Mädchen sehen. Die Mandelaugen und das fröhliche Gesicht hatte sie im Alter nicht verloren. Wie war dieses freudestrahlende Mädchen zu den Antidepressiva gekommen, die Berni gefunden hatte?

»Wer bist du, Ella Martens?«, murmelte Gordi, stand auf und wollte das Zimmer verlassen, als er den Aktenordner im Regal bemerkte. Er zog ihn heraus, öffnete ihn und blätterte die Seiten im Stehen durch. Dann holte er den Laptop und ging zu seinen Kollegen, die immer noch in der Küche standen und sich unterhielten.

»Hast du etwas gefunden?«, fragte Berni.

»Ella Martens' Laptop.« Gordi gab ihm die Beweismitteltüte. »Und das hier.« Er deutete auf den Ordner mit der Aufschrift »Bank und Versicherungen«. »Die Dame ist reich gewesen. Sie hat einen Teil ihres Vermögens in Immobilien- und Rentenfonds angelegt. Außerdem hat sie drei Sparbücher, und ihr Girokonto weist fünfzigtausend Euro auf. Das Haus ist voller Kostbarkeiten. Diese Frau hatte es nicht nötig, für Geld zu arbeiten. Wie lange wird die Hausdurchsuchung dauern?«

»Wir haben noch einige Räume vor uns«, sagte Berni.

»Okay, wir befragen in der Zwischenzeit weitere Anwohner und stoßen danach wieder zu dir.«

Onno und Gordi verließen das Haus über die Terrassentür und gelangten auf demselben Weg, über den sie gekommen waren, durch den Garten auf die Straße.

»Der Mord muss mit Ella Martens' Geld zusammenhängen«, sagte Gordi, der wie immer vorauseilte.

»Oder Bernis Riechorgan hat ihn im Stich gelassen. Und zum tausendsten Mal: Lauf nicht so schnell!«

3

Niemandem waren häufige Besuche bei der Verstorbenen aufgefallen.

»Die direkten Nachbarn des Opfers haben von einer Anneliese Brauer berichtet. Sie sei die Einzige gewesen, die Ella Martens näher gekannt habe. Sie bewohnt das Haus direkt gegenüber«, sagte Lars.

Onno und Gordi bedankten sich und überquerten die Straße. Das Haus von Anneliese Brauer war ein kleiner Rotklinkerbau mit Butzenfenstern. Das Dach war in die Jahre gekommen. Aber der Vorgarten war gepflegt und liebevoll mit frischen Frühlingsblumen bepflanzt.

»Schau dir nur diesen Kitsch an.« Onno deutete auf die bunten Gartenzwerge, die in den Beeten verteilt standen.

Kaum dass Gordi die Klingel betätigt hatte, wurde die Tür schwungvoll geöffnet.

Eine stämmige Frau mit streng nach hinten gekämmten Haaren und einem Dutt im Nacken stand im Türrahmen. Über ihrem braun karierten, knielangen Kleid trug sie eine Küchenschürze. »Wie kann ich Ihnen helfen?« Der Versuch, zu schmunzeln, zauberte der Frau, die kaum größer als einen Meter fünfzig war, zwei Grübchen in die Mundwinkel.

»Sind Sie Anneliese Brauer?«, fragte Gordi.

»Natürlich. Wer sollte Ihnen sonst die Haustür öffnen?«

Die Kommissare beugten sich etwas hinunter, als sie sich vorstellten.

»Frau Brauer, mein Name ist Martin Gerdes, und das ist mein Kollege Onno Schoolmann. Wir sind von der Kripo Aurich. Es geht um Ella Martens, Ihre Nachbarin. Wir hätten gern –«

Anneliese Brauer kam ihm zuvor. »Sie haben Fragen. Verständlich bei einem so plötzlichen Tod, obwohl es ab einem gewissen Alter nicht ungewöhnlich erscheint. Seit Stunden herrscht hier ein Riesentohuwabohu auf der Straße. Es hat sich in Windeseile herumgesprochen, dass der Postbote sie gefunden hat.«

»Sie haben recht. Wir haben Fragen und hoffen, Sie können uns Auskunft geben«, sagte Gordi höflich.

»Vor ein paar Tagen habe ich Ella putzmunter getroffen. Es fehlte ihr nichts. Sie war zwar permanent überarbeitet, aber nicht krank. Das hätte ich gemerkt.« Das Lächeln und die Grübchen waren aus ihrem Gesicht gewichen. »Bitte kommen Sie herein. Es ist nicht nötig, sich an der Tür zu unterhalten.«

Anneliese Brauer führte sie in ihr Wohnzimmer. Das Haus roch nach frisch Gebackenem.

»Nehmen Sie bitte Platz. Ich brühe uns einen Tee auf.« Ohne eine Antwort abzuwarten, ging sie hinaus.

Dieses Haus bot einen völlig anderen Anblick als das von Ella Martens. Überall zierten gehäkelte Deckchen, auf denen Porzellanfigürchen platziert waren, Tische und Kommoden.

»Das toppt sogar die Gartenzwerge«, murmelte Onno. Als er sich in den Sessel setzte, versank er förmlich darin.

»Hier ist es anders als gegenüber, aber gemütlich.« Gordi ging zur Anrichte an der Wand und deutete auf die eingerahmten Bilder, die dort in Reih und Glied standen. »Die Fotos sind zeitlich chronologisch geordnet.«

Die erste schwarz-weiße Aufnahme zeigte zwei junge Menschen, die sich freudig umarmten. Daneben sah man sie als Hochzeitspärchen. So folgte ein Foto dem anderen. Aus Schwarz-Weiß wurde Farbig, während das Paar Falten bekam. Die Frau wurde grau, der Mann entwickelte eine Glatze, jedoch hielten sich die beiden stets umarmt und sahen glücklich in die Kamera – bis auf das letzte Foto. Hier war die Frau allein zu sehen. Ihre Lippen waren schmal geworden und wirkten streng. Der Glanz in ihren Augen und die Grübchen waren verschwunden. Sie war schwarz gekleidet. Anneliese Brauer, wie sie heute aussah.

»Diese Bilder zeigen ein Leben im Zeitraffer. Ich vermute, Anneliese Brauer lebt von einer kleinen Witwenrente. Die Straße zwischen den beiden Häusern trennt Welten.«

»Aber in einem gleichen die beiden Frauen sich«, erwiderte Onno.

»Worin?«

»Sie sind allein.«

Die Gastgeberin kam mit einem Tablett herein, das sie bedächtig auf dem Tisch abstellte. Dann legte sie je zwei kleine Kandisstücke in die flachen Tässchen mit dem Design der Ostfriesischen Rose und schenkte Tee ein, sodass die Zuckerkristalle in der heißen Flüssigkeit knisterten. Mit einem silbernen Löffel schöpfte sie Sahne aus einem Schälchen und ließ sie geschickt in die Tassen gleiten. Die weißen Wölkchen breiteten sich allmählich in der kupferroten Flüssigkeit aus.

»Man darf sie nicht einfach hineinschütten«, erklärte Anneliese Brauer und setzte sich zufrieden auf das Sofa. »Ein guter Tee hilft in jeder Lebenslage, und der ostfriesische ist der beste.«

Gordi setzte sich zu ihr.

»Allerdings schmeckt er in guter Gesellschaft umso besser.« Sie reichte etwas Gebäck herum. Der Geruch des dampfenden Tees durchströmte das Zimmer. »Schießen Sie los«, sagte sie schließlich.

»Einige Ihrer Nachbarn haben uns erzählt, dass Sie Ella Martens näher gekannt haben«, begann Onno das Gespräch.

»Was man so ›näher kennen‹ nennt«, erwiderte Anneliese Brauer. »Die Arbeit war Ellas Leben. Nichts war ihr wichtiger. Sie war immer beschäftigt. Ab und an habe ich für sie mit eingekauft, wenn sie es nicht geschafft hat. Dann haben wir uns unterhalten. Manchmal haben wir uns gegenseitig besucht. Bei ihr gab es Kaffee und hier Tee. Wir haben eine gute Nachbarschaft gepflegt, aber eine engere Freundschaft konnte ich nicht zu ihr aufbauen. Dafür waren wir zu verschieden.«

»Inwiefern?«, fragte Gordi.

»Sie haben ihr Haus gesehen. Ich habe sie nicht beneidet. Sie führte ein abgeschiedenes Dasein, in das niemand hineingelassen wurde. Sie hat ihre Nachbarn lediglich gegrüßt, höflich und zuvorkommend, nicht mehr. Ich war die Einzige, mit der sie manchmal einige Worte gewechselt hat.« Versunken betrachtete Anneliese Brauer ihre Tasse, in der immer noch kleine Sahnewölkchen mit dem Tee verschmolzen. Auf einmal sah sie ertappt auf und räusperte sich. »Verwandte hatte Ella meines Wissens nicht. Sie war in Aurich für den Landkreis tätig.«

»In welcher Abteilung?«, fragte Gordi.

»Im Bauamt. Als Sekretärin des Leiters hat sie oft Überstunden gemacht.« Anneliese Brauer beugte sich leicht zu Gordi hin und sprach mit gedämpfter Stimme weiter. »Wenn ich abends hier auf dem Sofa beim Fernsehen saß, habe ich sie oft im Dunkeln nach Hause kommen sehen. Sie hatte immer ihre Aktentasche dabei. In den letzten Monaten wirkte sie müde und abgespannt. Immer wieder habe ich sie ermahnt, etwas kürzerzutreten und sich zu schonen. Ein Kurzurlaub hätte ihr gutgetan. Sie hätte es sich leisten können, aber das hat sie strikt abgelehnt.«

»Hat es einen Mann in Ella Martens' Leben gegeben?«

»Nein, sicher nicht. Sie war eine dieser Frauen, die nie einen Partner an sich heranlassen.« Anneliese Brauer sah zu den Bildern auf der Kommode. »Ich bin Witwe und war mit einem faszinierenden Mann verheiratet. Ansgar, die Tage werden länger. Gott sei Dank«, sagte sie nachdenklich, ehe sie sich wieder besann und fortfuhr. »Ansgar ist mein Mann gewesen. Denken Sie ruhig, dass ich verrückt bin, weil ich mit einem Toten spreche. Aber nach vierzig Jahren Ehe ist er von heute auf morgen von mir gegangen. Daran kann ich mich schwer gewöhnen.« Gequält zwang sie sich zu einem Lächeln und nahm einen Schluck Tee.

»Sie haben eine Ambition«, stellte Gordi fest.

»Welche Ambition sollte eine alte Frau wie ich schon haben?«

Er deutete auf ein schlichtes Bücherbord an der Wand, das mit Kriminalromanen vollgestellt war, und stand auf. Hercule Poirot, Miss Marple, Sherlock Holmes – ausnahmslos, was Rang und Namen in der Welt der fiktiven Ermittler hatte, war vertreten.

»Hobbydetektivin?«

»Mit Leidenschaft! Ich bekenne mich schuldig, Herr Kommissar.« Der Anflug von Traurigkeit in Anneliese Brauers Ausdruck war so schnell verflogen, wie er gekommen war. »Kriminalromane und mein Garten beschäftigen mich zur Gänze.«

»Hatte Frau Martens Hobbys?«

»Sie hat klassische Musik gehört und liebte Kunst. Neben ihrer Arbeit sammelte sie Bilder.« Anneliese Brauer schmunzelte. »Die gute Ella hat es geschafft, mich für manche Kunstwerke zu begeistern.«

»Haben Sie je bemerkt, dass sie Depressionen hatte?«

»Wer hat die nicht? Manche nennen es Depression, andere Kummer. Für jeden von uns gibt es glückliche und traurige Tage. Da ging es Ella nicht anders. Aber so was wie Depressionen wäre mir aufgefallen.«

»Woran?«

»Aus eigener Erfahrung. Nach dem Tod meines Mannes ging es mir miserabel. Ich bin in ein tiefes Loch gefallen. Es fiel mir schwer, morgens aus dem Bett zu kommen oder das Haus zu verlassen. Ohne meinen Ansgar wollte ich nicht mehr weitermachen. Wir waren Seelenverwandte, und ohne ihn war alles sinnlos geworden. Es hat eine Weile gedauert, bis ich mich an den Alltag ohne ihn gewöhnt habe. Aber ich habe mich zusammengerissen.« Sie lächelte, und ihre Grübchen erschienen wieder. »Damals habe ich angefangen, leichte Krimikost zu lesen, um mich abzulenken. Miss Marple und ihre Gleichgesinnten haben mir enorm dabei geholfen. Man muss sich an Menschen festhalten, auch wenn es nur fiktive sind. Aber Ella und Depressionen? Das glaube ich nicht. Sie war die aktivste Person, die ich kannte. Immerzu war sie beschäftigt, und man musste sie zügeln, damit sie zur Ruhe kam.«

»Wissen Sie etwas über ihre Familie?«

»Nein. Sie hat viele Erinnerungsfotos in ihrem Haus, aber nie hat sie ein Wort über ihre Herkunft verloren. Ich hoffte immer, sie möge von selbst etwas über ihre Lieben mitteilen, aber das tat sie nicht, und ich habe sie nicht taktlos ausgehorcht.

Vielleicht gab es etwas in ihrer Vergangenheit, das sie ruhen lassen wollte.«

Onno stemmte sich mit beiden Händen auf den Lehnen mühsam aus dem weichen Sessel. »Dann wollen wir Sie nicht länger aufhalten.«

Auch Gordi stand auf, irritiert von Onnos raschem Aufbruch. Er hätte gern noch mit Anneliese Brauer weitergeredet. »Wir bedanken uns für Ihre Gastfreundschaft und die Auskunft. Der Tee war vorzüglich.«

»Gern geschehen. Kommen Sie jederzeit wieder. Außer zum Einkaufen gehe ich nie aus. Sie sind willkommen.« Anneliese Brauer begleitete sie zur Tür und verabschiedete sich.

»Warum hattest du es auf einmal so eilig?«, fragte Gordi, als sie auf der Straße waren.

»Ich finde dieses Haus gruselig. Keine Minute länger hätte ich es dadrin ausgehalten. In diesem Refugium mit Unmengen an Nippes, in dem seit Jahrzehnten nichts von seinem Platz gerückt wurde, in dem nie etwas entsorgt wird und es vor Kitsch trieft. Und bei einer Frau, die fachmännisch erkennt, ob jemand Depressionen hat. Nach dem nächsten Keks wäre selbst ich trübsinnig geworden.«

»Immerhin liest sie gute Krimis«, bemerkte Gordi.

»Komm schon«, sagte Onno, und diesmal lief er voraus.

4

Im Haus gegenüber packten die Kollegen gerade ihre Arbeitsutensilien ein, akribisch von Berni überwacht. Er pflegte stets, zum Schluss die Räumlichkeiten abzugehen, und befahl dann den Abmarsch.

Bernis Magen knurrte. Seit dem Obstmüsli am Morgen hatte er nichts mehr gegessen. Vor sechs Monaten hatte er einen kleinen Herzinfarkt erlitten, und der Arzt hatte ihm dringend angeraten, abzunehmen. Seine Frau hatte einen Diätplan für ihn aufgestellt, an den er sich penibel zu halten hatte, und sie kontrollierte ihn ständig. Bisher hatte er jeden Kampf gegen die Pfunde verloren. Seine Tage im Segelverein, an denen er noch ein schmaler Teenager gewesen war, der mit der Jolle an Wettbewerben teilgenommen hatte, lagen lange zurück. Es war eine unbeschwerte Zeit gewesen. Das Segeln hatte er vor Jahren aufgegeben.

Heute suchte er an Tatorten nach Spuren und Beweisen, die der Aufklärung dienlich waren. Eine Berufung, für die er dankbar war. Nicht jeder konnte behaupten, dass er mit seinem Hobby Geld verdiente.

Als Onno und Gordi wieder durch die Terrassentür eintraten, winkte er ihnen zu. »Habt ihr etwas erfahren?«

»Hauptsächlich, dass die Nachbarschaft ostfriesischen Tee brüht und das Gebäck vorzüglich schmeckt«, sagte Onno.

»Du kannst wohl nie ernst bleiben.« Berni wandte sich fragend an Gordi.

»Er hat leider recht. Ella Martens hatte kaum Kontakt zu den Nachbarn. Ab und an ist sie zu Frau Brauer gegenüber gegangen, um Tee zu trinken. Wir haben nichts herausgefunden, was von Wert ist, und es bringt nichts, zu diesem Zeitpunkt tiefer zu bohren. Wir werden auf den Obduktionsbericht warten müssen.«

»Ich verlasse mich hundertprozentig auf meine Nase«, sagte Berni grinsend.

»Hast du zusätzliche Informationen für uns?«

»Ich habe einen Terminkalender gefunden.« Berni nahm mit behandschuhten Händen ein kleines Büchlein vom Küchentisch. Daneben lagen ein feiner Pinsel und ein Döschen mit Pulver. Er schlug den Kalender auf. »Routinemäßig habe ich die Fingerabdrücke genommen. In der letzten Woche vor ihrem Tod hat Ella Martens drei Termine festgehalten. Vor fünf Tagen ist sie bei einem Treffen des Kinderschutzbunds in Norden gewesen, und für vorgestern ist ein Friseurtermin eingetragen. Jetzt passt auf. Hier!« Er wies auf eine Zeile, datiert auf den 7. Mai. »Da ist eine Verabredung mit einer Maike, ›Carolinenhof, Luigis Restaurant‹, notiert.«

»Das ist in vier Tagen.«

»Vor Wochen hat sie Kontakt zu besagter Maike aufgenommen. Danach gab es mehrere Telefonate. Sie hat jedes Treffen und jedes Gespräch mit Datum und Vornamen aufgeschrieben. Vor drei Tagen habe ich die letzte Eintragung gefunden. Da hat sie den Termin mit ihr vereinbart, am Ende mit drei Ausrufezeichen. Leider steht die Nummer nirgendwo. Das ist merkwürdig. Sie ist weder auf ihrem Handy noch im Festnetztelefon gespeichert.« Berni klappte das Büchlein zu und steckte es in eine Schutzfolie. »Maike ist ein Allerweltsname.«

»Dann bleibt uns nur eines zu tun: Wir werden den Termin in vier Tagen einhalten«, entgegnete Gordi.

»Ich habe noch ein letztes Indiz für euch«, sagte Berni, während er mit der flachen Hand wie mit einem Fächer vor Onnos und Gordis Nasen wedelte. Dabei vibrierte sein Doppelkinn über dem zu engen Hemdkragen. »Riecht ihr das nicht? Kommt schon, Jungs, der einmalige, würzig-holzige Duft mit einem Hauch von Bergamotte, wie ein Aphrodisiakum.«

Onno und Gordi sahen sich verständnislos an.

»Sag, was du meinst, Riechgenie. Hast du ein neues Eau de Toilette?«, fragte Onno.

»›Azzaro‹! Einer der bekanntesten Herrendüfte der Welt.« Berni rollte mit den Augen. »Wundert mich nicht, dass ihr keine Frauen habt.«

Onno kam näher heran und schnupperte an Bernis Hals. »Riecht gar nicht so schlecht.«

»Ein Weihnachtsgeschenk meiner Schwägerin. Ich habe ein Fläschchen davon in Folie verpackt im Badezimmer gefunden. Ein Dankeskärtchen hing daran. Die Schriftzüge sind die gleichen wie in Ella Martens' Kalender, aber ein genauer Handschriftenabgleich im Präsidium muss das noch bestätigen.«

»Ein Herrenduft ist ein persönliches Präsent. Für wen hat Ella Martens das gekauft? Für einen Freund?«, fragte Gordi.

»Vielleicht für einen Geliebten. So zurückgezogen hat sie dann wohl doch nicht gelebt. Wer weiß schon, wie sie hinter ihrer biederen Fassade wirklich gewesen ist.«

Gordi ließ Onnos sarkastische Bemerkung unkommentiert. »Nach der Obduktion werden wir sehen, wie verlässlich dein Riechorgan ist«, sagte er an Berni gewandt.

5

Das Spurensicherungsteam war bereits mit den relevanten Gegenständen auf dem Weg zum Labor, um sie auf Fingerabdrücke und DNA-Spuren untersuchen zu lassen. Gordi, Onno und Berni verließen als Letzte gemeinsam das Haus in der Baumstraße.

Berni schloss die Haustür ab und versiegelte sie. Sie verabschiedeten sich von Lars Tammen und Michael de Vries und gingen auseinander.

Die neugierigen Passanten waren verschwunden. Zum Schluss bauten die Streifenpolizisten die Absperrung ab und fuhren davon. Wie eine unheilbringende Warnung senkte sich die Stille auf Ella Martens' Haus. Nur der Robotermäher zog leise vor sich hin summend seine einsamen Bahnen durch den Garten.

Gordi setzte Onno am Norder Revier ab. Der Marktplatz war wie leer gefegt, nichts erinnerte mehr an das Treiben vom Vormittag. Anschließend fuhr er die Norddeicher Straße, die Norden mit dem Küstenort Norddeich verband, in Richtung Hafenanleger entlang.

Er hing seinen Gedanken nach. Wenn sich Bernis Verdacht auf Blausäurevergiftung bestätigen sollte, würde er zusammen mit seinen Teamkollegen ermitteln. Wenn nicht, handelte es sich nur um den Todesfall einer einsamen Frau in ihrem Haus, tragisch, aber natürlich und kein Ausnahmefall.

Gordis knurrender Magen holte ihn in die Wirklichkeit zurück. Außer den Keksen bei Anneliese Brauer hatte er nichts zu sich genommen. Gleich würde er an »Gitti's Grill« vorbeifahren, einer preisgünstigen Alternative zu den überteuerten Restaurants. Er überlegte, ob er einen Burger oder ein Grillhähnchen mitnehmen sollte, verwarf den Gedanken aber wieder und fuhr an dem Imbiss vorbei.

Je näher er der Küste kam, desto mehr Lokalitäten säumten

zu beiden Seiten die Straße, an der sich in der Hochsaison die Besucher tummelten. Die Querstraßen führten zu Pensionen und Ferienwohnungen.

In Norddeich bog Gordi vor der Auffahrt zum Fähranleger links ab und parkte vor einem Haus hinter dem Deich. Im dritten Stock hatte er eine Wohnung gemietet. Die drei Zimmer mit einem Hundertachtzig-Grad-Panoramablick auf das Meer waren der größte Posten in seinen sonst bescheidenen monatlichen Ausgaben. Diesen Traum seiner Kindertage hatte er sich nach dem Amtsantritt in der Mordkommission Ostfriesland erfüllt.

Zu seinen Mitbewohnern im Haus pflegte Gordi ein freundliches Verhältnis. Im Erdgeschoss wohnte ein Paar, das aus Nordrhein-Westfalen zugezogen war. Jahrelang hatte die Frau an Asthma gelitten, bis ihr Ehemann sie an die Nordsee gebracht hatte. Hier konnte sie endlich wieder frei atmen. Im ersten Stock lebte ein junger Lehrer, der am Ulrichsgymnasium in Norden seine Referendarzeit absolvierte.

Oben angekommen, lief Gordi geradewegs in die Küche, schmierte sich ein Schinkensandwich, nahm sich eine Flasche Jever aus dem Kühlschrank und setzte sich auf den Balkon. Solange die Obduktion von Ella Martens keinen Fall ergab, machte es keinen Sinn, über ihren Tod nachzudenken. Aber er hatte eine Ahnung, dass das Kapitel noch nicht abgeschlossen war.

Der Himmel war voller grauer Wolken, die am Horizont das Meer berührten. Schemenhaft war Norderney zu erkennen. An klaren Tagen konnte Gordi sogar den Wasserturm auf der Insel ausmachen. Nur die Wellen der Nordsee und der Wind waren zu hören. Er musste nicht jeden Sommer nach Spanien und im Winter in den Skiurlaub fahren. Die Nordsee, die niemals eintönig wurde, genügte ihm vollends. Er betrachtete es als Privileg, hier zu leben.

***

Mitten in der Nacht auf Montag klingelte schrill das Telefon. Mit geschlossenen Augen griff Gordi zum Hörer.

»Gerdes hier.«

Der Nachtdienstleiter aus Norden meldete sich am anderen Ende der Leitung. In das Haus von Ella Martens war eingebrochen worden. »Da ihr den Fall bearbeitet, rufe ich an.«

Im Nu war Gordi hellwach. »Wer hat den Einbruch gemeldet?«, fragte er.

»Eine Nachbarin, die gegenüber wohnt. Sie hat etwas im Haus bemerkt und angerufen. Sie glaubt, mehrere Männer gesehen zu haben. Als die Streife eintraf, waren die Kerle schon wieder weg.«

»Ich fahre hin. Danke für den Anruf.«

»Du bist näher dran. Deshalb habe ich zuerst bei dir angerufen. Soll ich Onno informieren?«

»Lass ihn schlafen. Es bringt nichts, wenn er mitten in der Nacht aus Leer herfährt.«

Gordi beendete das Gespräch und sprang aus dem Bett. Der Wecker auf seinem Nachttisch zeigte ein Uhr dreißig an. Eilig zog er sich an und fuhr los.

Unterwegs kurbelte er das Seitenfenster herunter. Die kühle Nachtluft erfrischte ihn.

Die Straßen waren menschenleer, sodass er bereits nach fünfzehn Minuten in Norden ankam. Vor dem Haus in der Baumstraße 150 parkte ein Streifenwagen. Gordi stellte seinen Citroën dahinter ab.

Lars Tammen erwartete ihn am Weg, der zum Garten führte. »Grüß dich, Gordi. Ich hätte nicht erwartet, dass wir das Haus innerhalb weniger Stunden noch einmal betreten müssen. Sie sind hinten durch den Garten eingedrungen. Die Eingangstür zur Straße ist unbeschädigt.« Er lief voran und beleuchtete mit einer großen Taschenlampe den Weg.

Auf der Terrasse stand Michael de Vries. »Moin«, sagte er knapp.

»Moin«, grüßte Gordi zurück.

Die Einbrecher hatten mit einem Glasschneider ein Loch

in die Scheibe der Küchentür geschnitten, um in das Haus zu gelangen. Das runde Stück Glas war professionell entfernt worden und lag auf dem Terrassenboden.

»Sie müssen von der Nachbarin aufgescheucht worden sein und sind abgehauen«, sagte Lars.

Gordi und er gingen ins Haus, während Michael auf der Terrasse zurückblieb.

»Wir haben nichts angefasst. Sobald es hell wird, kommt die Spurensicherung, aber ich glaube nicht, dass die Täter Spuren hinterlassen haben. So wie sie die Tür aufgebrochen haben, müssen es Profis sein. Sie sind äußerst leise vorgegangen. Außer der Alten gegenüber scheint keiner der Nachbarn etwas bemerkt zu haben. Jedenfalls ist sie die Einzige, die sich bei der Wache gemeldet hat«, sagte Lars.

Gordi betätigte den Lichtschalter, und sie sahen sich um. Die Küchenschränke waren geöffnet worden, und die Inhalte standen fein säuberlich auf den Ablagen herum. Jemand hatte hier nach etwas gesucht, aber brutal war er nicht vorgegangen. Auf den ersten Blick war nichts beschädigt worden.

Systematisch gingen Gordi und Lars das Haus ab. In jedem Raum herrschte ein Durcheinander, aber nichts war zerschlagen worden. Im Schlafzimmer lagen Kleider und Schuhe auf dem Boden. Sogar die Matratze war aus dem Bettkasten herausgerissen worden. Der einzige Raum, in dem nicht gewütet worden war, war das Arbeitszimmer. Nur die Schreibtischschubladen standen offen. Es schien, als hätten die Eindringlinge die Durchsuchung abgebrochen. Waren sie gestört worden?

»Berni hat gestern eine Bestandsaufnahme der Gegenstände gemacht. Wenn etwas fehlt, werden wir es erfahren. Wer auch immer hier eingebrochen ist, hat etwas Bestimmtes gesucht. Er kam nicht, um zu stehlen, sonst hätte er viele kostbare Dinge wie die Bilder oder die Stereoanlage eingesackt.« Gordi stellte sich ans Fenster. Im Haus von Anneliese Brauer brannte Licht.

»Sie wartet auf dich. Die alte Dame muss eine Heidenangst

haben. Ich habe ihr gesagt, dass du sie noch aufsuchst. Wir sichern die Tür und fahren dann zum Revier zurück.«

»In Ordnung«, sagte Gordi.

Als er über die Straße lief, öffnete sich die Haustür. Im Morgenmantel, die Arme um den Körper geschlungen, stand Anneliese Brauer im Türrahmen. Zitternd bat sie Gordi herein.

»Sie brauchen sich nicht zu fürchten«, sagte er.

Anneliese Brauer führte ihn ins Wohnzimmer. »Ich habe seit Jahren Schlafstörungen und mache das Beste daraus. Deshalb saß ich gemütlich hier, aber in Gedanken bin ich mit Miss Marple in Paddington in den Zug gestiegen.« Sie deutete auf das Buch, das aufgeschlagen auf der Couch lag. »Von meiner Ecke aus kann ich Ellas Haus sehen. Die Straße lag im Dunkeln, aber dann habe ich einen flackernden Lichtschein hinter dem Fenster drüben wahrgenommen. Erst da ist mir das parkende Auto auf der Straße aufgefallen. Für einen Moment war ich zu Tode erschrocken. Dann habe ich mich zusammengerissen und zum Telefon gegriffen. Den Rest kennen Sie.«

»Als die Streife ankam, waren die Einbrecher weg«, stellte Gordi fest.

Anneliese Brauer zog die Schultern hoch. »Ich habe einen Fehler gemacht. Ich lese immer im Schein der kleinen Tischlampe. Nach dem Anruf bei der Polizei habe ich, ohne nachzudenken, die Deckenleuchte angeschaltet. Das müssen die Einbrecher bemerkt haben, weil sofort darauf das Licht drüben erlosch. Sie haben mich ebenso entdeckt wie ich sie. Ich habe mich hinter dem Vorhang versteckt und die Straße beobachtet. Drei Männer sind um das Haus herumgekommen, in den Wagen gestiegen und davongefahren.«

»Konnten Sie ihre Gesichter erkennen?«

»Nein. Aber den Wagen habe ich deutlich gesehen. Es war ein Transporter, wie ihn Handwerker benutzen. Nichts Spezielles. Aber eines ist mir doch aufgefallen: Der Seitenspiegel auf der Fahrerseite fehlte.«

Gordi machte sich Notizen. »Für den Rest der Nacht werde

ich einen Streifenwagen vor Ihrer Haustür postieren«, sagte er schließlich.

»Das ist nicht nötig. Die werden sicher nicht wiederkommen. Und ich kann auf mich aufpassen«, sagte sie tapfer, aber Gordi bemerkte die Unsicherheit in ihrer Stimme. »Haben sie viel Schaden angerichtet?«, fragte sie.

»Nichts, was man nicht durch eine Aufräumaktion beheben könnte.«

Gordi verabschiedete sich und blieb vor dem Haus stehen, bis Anneliese Brauer die Tür geschlossen hatte. Er fühlte sich nicht wohl dabei, die alte Dame den Rest der Nacht allein zu lassen.

6

Es war Montagmorgen. Onno öffnete das Fenster. Am Wochenende war der Büroraum, den er sich mit Gordi teilte, nicht gelüftet worden. Er lehnte sich hinaus, atmete die kühle Morgenluft tief ein und rieb sich mit der rechten Hand den Nacken. Die Nacht war kurz gewesen, aber der Kaffee, den er zu Hause noch schnell getrunken hatte, entfaltete seine Wirkung. Er fühlte sich wach.

Als die Tür hinter ihm geöffnet wurde, straffte er die Schultern und wandte sich mit einem aufgesetzten Grinsen vom Fenster ab.

»Du siehst übernächtigt aus«, sagte Gordi trocken.

»Eine neue Bar hat in der Innenstadt geöffnet.« Onno hob die Arme. »Was soll ich sagen? Es gab Happy Hour bis Mitternacht.«

»Du solltest die Nächte zum Schlafen nutzen. Dann würdest du morgens nicht so miserabel aussehen.«

»Das Leben ist zu knapp bemessen, um es zu verschwenden. Meine neue Flamme hat eine Schwester, die genauso umwerfend aussieht. Ich mache dich mit ihr bekannt.«

Gordi winkte ab. »Nein, danke. Ich suche mir selbst eine Frau. Und ich habe dich letzte Nacht auch noch in Ruhe gelassen, damit du durchschlafen kannst.«

»Du warst nicht untätig, wie man hört. Im ganzen Revier ist der Einbruch Tagesgespräch. Ich habe die Fahndung nach drei Männern in einem Handwerkertransporter gesehen. Das ist lächerlich.«

»Mehr haben wir nicht. Mitten in der Nacht fahren normalerweise keine Handwerker durch die Wohnviertel. Vielleicht wurden sie um die Tatzeit in der Nähe gesehen. Wir können Anneliese Brauer dankbar sein, dass sie so schnell reagiert hat. Hat Jan etwas Neues für uns?«

Onno zuckte mit den Schultern. »Ich war noch nicht bei ihm.«

Gemeinsam verließen sie das Büro und liefen den Flur hinunter. In der EDV-Abteilung entdeckten sie den Leiter Jan Heinrich an seinem Schreibtisch. Die Fingerbeeren gegeneinandergepresst, starrte er auf den Bildschirm des Laptops vor ihm. Als die Kollegen eintraten, sah er auf und strich sich eine rotblonde Haarsträhne aus der Stirn.

»Da hat Berni mir ein Schatzkästchen gebracht, eine richtige Herausforderung!«, rief er.

»Bist du bei Morgengrauen aus dem Bett gefallen? Siehst fast so übernächtigt aus wie Onno«, sagte Gordi.

»Berni hat mir am Samstag eine Nachricht geschickt, dass er einen Laptop zur Recherche hereinreicht. Ich war neugierig und bin gestern für eine halbe Stunde ins Revier gekommen, um zu sehen, worum es geht.«

»Und dann konntest du die Finger nicht mehr davonlassen«, fügte Onno hinzu.

»Ich habe bis ein Uhr nachts daran gearbeitet. Einige Dateien sind passwortgeschützt.« Jan lehnte sich zurück. Deutlich sah man die stramme Muskulatur unter seinem T-Shirt. Trotz der sitzenden Tätigkeit hatte er nie ein Gramm Fett am Körper. Das war ihm in jungen Jahren zugutegekommen. Er war kein Kostverächter gewesen.

»Ich habe früher nichts anbrennen lassen. Keine Deern war vor mir sicher«, hatte er Onno einmal bei einer Betriebsfeier erzählt.

Mit fünfundvierzig und in dritter Ehe hatte sich das geändert. Heute verbrachte Jan die meiste Zeit am Computer, und jeder im Revier schätzte sein Können.

»Ich habe sämtliche persönliche Daten der Verstorbenen ausprobiert. Namen, Geburtsdatum et cetera.«

»Vielleicht können wir helfen.« Gordi nahm Ella Martens' Terminkalender aus seiner Tasche und schlug ihn auf. »Versuch ›Carolinenhof‹.«

Jan tippte es ein. »Falsch.«

»›Luigis Restaurant‹.«

Jan tippte. »Falsch.«

»7. Mai, 13.30 Uhr, also ›0751330‹.«

»Falsch.«

Gordi blätterte ratlos in dem Heft herum, bis er abrupt aufhörte. »Hast du ›Baumstraße‹ schon probiert?«

»Ja, sicher, Adressen sind immer als Erstes dran.«

»Dann versuch ›Blütenstraße‹.«

»Aber das ist nicht ihre Adresse.«

»Nein, aber die Baumstraße ist im Frühling übersät mit Blüten, deshalb nennen viele sie so. Es gibt eine Baumschule in Leezdorf, einen Familienbetrieb, der seit Generationen von den Schittenhelms geführt wird. Der Großvater des jetzigen Besitzers hat die blühenden Bäume in der Baumstraße gepflanzt. Versuch es. Was haben wir schon zu verlieren?«

»Woher weiß du das?«, fragte Onno.

»Ich bin mit einem Schittenhelm zur Schule gegangen. Der war mächtig stolz auf seinen Großvater. Außerdem bin ich ein Ostfrees Jung.«

Jan tippte »Blütenstraße« ein, und sofort erklang Vivaldis »Vier Jahreszeiten«. Auf dem Bildschirm erschienen etliche Icons.

»Bingo!«, rief Jan. »Okay, Jungs. Vielen Dank. Jetzt stört mich nicht länger.«

»Wie? Wir haben es doch geschafft«, erwiderte Onno amüsiert.

»Wir haben das Passwort geknackt, aber jetzt brauche ich euch nicht mehr. Husch, husch, Vati muss nun in Ruhe werkeln, dabei seid ihr mir bloß im Weg.« Jan konzentrierte sich auf den Laptop. Nichts schien ihn mehr zu interessieren als die Geheimnisse des Computers auf seinem Schreibtisch.

»Lass uns verschwinden. Hier sind wir überflüssig«, sagte Onno.

7

Mit dem alten Citroën brachen sie nach Oldenburg auf. In der Regel warteten sie den schriftlichen Obduktionsbefund per E-Mail ab oder telefonierten mit der Rechtsmedizinerin. Aber übermorgen stand der rätselhafte Termin im »Carolinenhof« an, und bis dahin musste klar sein, ob sie ermitteln würden oder nicht.

Sie verließen Aurich und fuhren die Leerer Landstraße entlang. Onno saß auf dem Beifahrersitz und sah durchs Seitenfenster, ohne die grüne Landschaft, die an ihm vorüberzog, wahrzunehmen. Er hing seinen Gedanken nach. Immer wenn er die Augen schloss, erwachten die Bilder, die zu Hause auf dem Couchtisch ausgebreitet lagen und ihn das ganze Wochenende beschäftigt hatten, wieder zum Leben. Es hatte seinen Grund, warum er Angst vor dem Schlafen hatte.

Gordis Stimme schreckte ihn auf. »Woran denkst du?«

»An die Obduktion«, log er. »Ich bin gespannt, was Angelika uns berichten wird.«

»Dr. Schneider!« Gordi seufzte.

»Ja, das alte Mädchen kann einem schon Angst einjagen.«

»Aber dir nicht.«

»Nein.« Onno hatte sich von seinen trüben Gedanken losgerissen und lachte. Er hatte eine besondere Verbindung zu Angelika Schneider und freute sich, sie zu sehen. Als er aus Hamburg nach Ostfriesland versetzt worden war, hatte er sie durch seine Fälle in der Mordkommission kennengelernt. Die Chemie zwischen ihnen hatte gestimmt. Ihre auf andere burschikos wirkende Art fand Onno liebenswert. Angelika hatte einen Sohn, der in Berlin studierte und nur drei Jahre jünger war als er.

Nach knapp einer Stunde erreichten sie das rechtsmedizinische Institut in Oldenburg. Gordi steuerte den Wagen vor das

Tor und hielt an. Onno reichte dem Pförtner, der aus seinem Häuschen gekommen war, durch das Seitenfenster ihre Dienstmarken. Dienstnummern und Uhrzeit wurden registriert, dann durften sie passieren.

Der mehrstöckige rote Klinkerbau aus den siebziger Jahren wirkte trist und unscheinbar. Sie ließen den Citroën direkt vor dem doppeltürigen Eingang stehen, stiegen aus und betraten das Gebäude.

Die langen, breiten Flure mit grauen Linoleumböden wirkten steril und wenig einladend. Ein strenger Geruch lag in der Luft.

»Jetzt weiß ich wieder, warum wir so selten hier sind«, sagte Gordi.

Sie erreichten den Obduktionssaal. Zu Onnos Freude lag auf keinem der Seziertische ein Leichnam.

Angelika Schneider stand an einem Pult und sprach in hohem Tempo etwas in das Diktiergerät, das sie in der Hand hielt.

Die stämmige Rechtsmedizinerin hatte ihre Doktorarbeit mit dreiundzwanzig Jahren begonnen, in der Regelstudienzeit ihre Approbation erhalten und zeitgleich ihren Doktortitel erlangt. Der strebsamen Frau waren die Erfolge im Leben zugefallen, bis ihre Ehe auseinandergebrochen war. Geblieben war die Liebe zu ihrem Beruf.

Als sie Onno und Gordi kommen sah, schaltete sie ihr Diktiergerät aus. »Ich habe euch schon erwartet. Ihr seid unpünktlich, und ich habe meine Zeit nicht gestohlen. Heute warten noch zehn weitere Obduktionen auf mich.«

»Tut mir leid, Doc«, sagte Onno im Näherkommen, »aber die alte Karre meines Kollegen ist nicht die schnellste.«

Angelikas Gesichtsausdruck veränderte sich rasch. Wenn sie sich wohlfühlte, wurde ihre blasse Haut rosarot. Seit ihr Mann sie wegen einer jüngeren Frau verlassen hatte, legte sie keinen Wert mehr auf ihr Äußeres. Schminke trug sie nicht, und in der Regel war sie sachlich und ernst. Onno schaffte es immer wieder, das zu ändern.

»Unser letztes Wiedersehen ist lange her«, sagte sie mit gespieltem Groll und umarmte Onno. Erst nach dieser herzlichen Begrüßung würdigte sie Gordi eines kühlen Blickes. »Freut mich auch, Sie zu sehen, Herr Gerdes«, sagte sie steif.

»Können Sie uns etwas Neues berichten?«, fragte Gordi.

»Ja, das kann ich. Die Tote hatte Tee, Brötchen und Käse im Magen. Dem Verdauungsstadium nach zu urteilen, hat sie unmittelbar vor ihrem Tod reichhaltig gefrühstückt. Das ist ihre letzte Mahlzeit gewesen. Zusätzlich konnte ich große Mengen Cyanid im Magensaft nachweisen. Gestorben ist die Frau an einer Blausäurevergiftung.«

»Da hat Bernis Riechorgan recht gehabt. Könnte sie das Gift bei sich zu Hause mit dem Frühstück eingenommen haben?«, fragte Onno.

»Habt ihr benutztes Frühstücksgeschirr gefunden?«

»Nein.«

»Wenn Ella Martens das Gift in ihrem eigenen Haus mit dem Essen zu sich genommen hat, wäre es unmöglich gewesen, die Spuren restlos vom Geschirr zu beseitigen. Ich kenne Bernhard Hollings Gründlichkeit. Er hätte es nachgewiesen.«

»Entweder hat jemand nach ihrem Tod alles, was auf Gift hinweist, mitgenommen, in der Hoffnung, dass ein natürlicher Tod festgestellt werden würde, oder sie muss außerhalb ihres Hauses gefrühstückt und dabei das Gift eingenommen haben. Damit ist es offiziell. Wir haben einen Fall«, murmelte Gordi.

8

Dr. Angelika Schneider hatte Kaffee und Sandwiches aus der Betriebsküche bestellt. Sie saßen an einem der Esstische im Speisesaal des Instituts und ließen es sich schmecken. Angelika stellte eine Zuckerdose und Milch vor Onno ab.

»Drei Löffel für einen Becher, wenn ich mich recht entsinne.« Sie schenkte allen aus einer Kanne ein. »Es ist genug da. Ich kann noch mehr kommen lassen. Greift zu.«

Und das tat Onno auch. Nach dem dritten Sandwich fasste er sich zufrieden an den Bauch.

Angelika stellte ihren Kaffeebecher ab. »Die Todesursache steht nun fest, aber damit ist der Obduktionsbericht noch nicht abgeschlossen.«

»Wie haben wir das zu verstehen? Hast du weitere Überraschungen auf Lager?«, fragte Onno neugierig.

»Ich habe einen unerwarteten Befund erhoben. Aber ich muss die Gewebefeinschnitte erst noch auswerten und prüfen, ob sich meine makroskopisch gestellte Verdachtsdiagnose bestätigt. Das wird einige Tage in Anspruch nehmen.«

»Wird das Resultat Auswirkungen auf unsere Ermittlungen haben?«, fragte Gordi, der bisher geschwiegen hatte.

»Enorme, wenn es das ist, was ich vermute.«

»Und die wären?«

Angelika legte einen Finger auf die Lippen. »Lasst euch überraschen. Im Krimi darf man nichts zu früh verraten.«

»Wir sind nicht im Krimi, sondern bei der Polizei. Bei der echten«, protestierte Gordi.

»Ich werde keine Vermutungen äußern, die noch nicht histologisch untermauert sind, Herr Gerdes«, erwiderte Angelika. »Warten Sie es ab.«

Sie leerten die Kaffeekanne und aßen die letzten Sandwiches, dann verabschiedeten sie sich.

»Vielen Dank für die Bewirtung«, sagte Gordi.

»Gern.« Angelika wandte sich Onno zu. »Lass nicht wieder so viel Zeit verstreichen bis zu unserem nächsten Wiedersehen.«

»Keine Angst, das wird nicht passieren. Dieser Fall wird noch einige Gelegenheiten zu weiteren Treffen bieten.«

»Das hoffe ich doch. Sonst müsste ich dir die Freundschaft kündigen«, sagte sie gespielt ernst.

»Dazu werden wir es nicht kommen lassen.« Onno lächelte und umarmte sie zum Abschied.

Im Wagen fragte Gordi verzweifelt: »Was ist bloß so unwiderstehlich an dir? Du bist vom ersten Tag an ihr Liebling gewesen. Egal, wie freundlich ich bin, sie bemerkt mich kaum und behandelt mich wie eine lästige Beigabe.«

»Ich bin eben ein charmantes Kerlchen und gut aussehend dazu.« Onno behielt seine gute Laune bei. Er erzählte Gordi, wie er Angelikas Sohn kennengelernt hatte, ohne zu verbergen, dass er ihn nicht mochte. »Er hat so eine phantastische Mutter gar nicht verdient. Angelika ist fünfundfünfzig, derselbe Jahrgang wie meine Mutter.«

Inzwischen war der Himmel mit dunklen Wolken behangen. Leise begann der Regen, auf das Autodach zu prasseln, und schwoll zu einem steten Rauschen an, das in ein lautes Trommelfeuer mündete. Der Schauer löste sich so schnell wieder auf, wie er gekommen war, und die Sonne arbeitete sich durch die Wolken.

Sie verließen die Autobahn und fuhren auf die Landstraße. Onno holte sein Handy aus der Tasche und wählte. Nach dreimaligem Klingeln meldete sich Bernis sonore Stimme am anderen Ende.

»Hier ist Bernhard Holling, Kommissariat Aurich.«

»Onno hier. Berni, halt dich fest, die Obduktion hat deinen Verdacht bestätigt.«

»Ich wusste es!«, rief Berni so laut, dass es auch Gordi hören konnte.

»Ja, du bist der Beste, und wir werden deinen Geruchssinn nie in Frage stellen.« Onno sah zu Gordi und verdrehte die Augen. »Hast du neue Informationen? – Ich verstehe. Wir werden in einer halben Stunde auf dem Revier sein.« Onno beendete das Gespräch.

»Was hat er herausgefunden?«, fragte Gordi.

»Er wollte nicht damit rausrücken. Wir sollen ins Revier kommen.«

»Dann los, ich bin gespannt«, sagte Gordi und gab Gas.

***

Sie fanden Berni im Labor. Er war damit beschäftigt, seinen Forensik-Koffer aufzufüllen.

»Ihr seid gerade noch rechtzeitig gekommen. Ich muss zu einem Einsatz. In der Innenstadt ist ein Juwelier überfallen worden.«

»Wurde jemand verletzt?«, fragte Gordi.

»Nein. Aber der Täter hat mehrere Warnschüsse abgegeben. Die Streifenpolizisten haben mich angefordert.« Er schnalzte mit der Zunge. »Früher, während ich hier aufgewachsen bin, wäre es nie jemandem in den Sinn gekommen, einen Raubüberfall zu begehen. Fahrräder wurden auf der Auffahrt liegen gelassen. Die Haustüren wurden nicht abgeschlossen.«

»Die Zeiten ändern sich«, sagte Onno.

»Kannst du laut sagen. Wir bekommen immer mehr Zustände wie in der Großstadt.«

»Was hast du Neues zu berichten?«, fragte Gordi.

»Heute Morgen bin ich wieder im Haus des Opfers gewesen. Ich habe die Gegenstände, die in den Zimmern verstreut herumlagen, fotografiert und dann wieder eingeräumt. Laut einem Abgleich mit meiner vorherigen Auflistung wurde nichts gestohlen. Die Eindringlinge waren nicht auf Wertgegenstände aus, sonst hätten sie die Kunstwerke mitgenommen.«

»Was haben sie dann gesucht?«

»Ich vermute, etwas, das wir bereits mitgenommen haben.«

»Den Laptop«, sagten Gordi und Onno wie aus einem Mund.

»Kann sein. Die Pillenpackung aus Ella Martens' Haus haben wir verfolgt. Meine Jungs haben die Apotheken im Umkreis kontaktiert und sind bei der Schwanen-Apotheke in der Innenstadt fündig geworden. Das Opfer hatte vor eineinhalb Jahren begonnen, regelmäßig Antidepressiva auf Rezept zu beziehen. Dann hörte es von heute auf morgen auf und kam nie wieder.«

»Sie hat die Therapie beendet. Von welchem Arzt sind die Rezepte ausgestellt worden?«

»Von einem gewissen Dr. Sauer, Psychiater im Kreiskrankenhaus Aurich.«

»Dann verlieren wir keine Zeit und suchen ihn umgehend auf«, sagte Gordi.

9

Die vierspurige Straße durch die Stadt war dicht befahren. Es war bereits nach Mittag, als Onno und Gordi auf dem Krankenhausgelände in Aurich ankamen. Die Sonne hatte den Kampf gegen die Wolken endgültig gewonnen. In der Glasfassade des mehrstöckigen Gebäudekomplexes spiegelten sich ihre goldenen Strahlen.

Auf der gegenüberliegenden Straßenseite zog sich ein großes kostenpflichtiges Parkgelände hin, aber Gordi lenkte den Wagen vor das Haupthaus und parkte auf einem der Stellplätze, die für Ärzte und Verwaltungsangestellte reserviert waren. Er legte ein Schild, das den Citroën als Polizeifahrzeug auswies, gut sichtbar in die Frontscheibe.

»Spar dir das. Die Karre kennt jeder vom Streifendienst«, sagte Onno.

Sie gingen hinein. Die riesige Eingangshalle erinnerte eher an ein Hotelfoyer als an ein Krankenhaus. Der Boden war mit glänzendem sandfarbenen Granit gefliest, und das Klackern von Schritten hallte durch den Raum.

Gordi mochte dieses Krankenhaus nicht. Seine Tante war hier auf der kardiologischen Station gestorben. Die ganze Nacht über war er bei ihr geblieben, hatte ihre Hand gehalten und zugesehen, wie sie friedlich eingedämmert war. Die Nachtschwester hatte regelmäßig nach ihr gesehen und ihm Kaffee gebracht, trotzdem war seine Tante nur eine Nummer in dieser Maschinerie gewesen. Zum Schluss hatte sie mit letzter Kraft Gordis Hand gedrückt, dann war sie endgültig gegangen. Sein Vater war kein einziges Mal aufgetaucht, um seiner Schwester beizustehen oder Abschied zu nehmen. Erst zur Beerdigung war er gekommen. Mit dem Abschied von seiner Tante hatte Gordi einen Schlussstrich unter die Beziehung zu seinem Vater gezogen. Er hatte ihm nie verziehen.

Sie steuerten auf den langen, hohen Empfangstisch zu, hinter dem ein Pförtner in Anzug und Krawatte saß, und fragten nach Dr. Sauer.

»Gehen Sie durch die Halle, am Ende links abbiegen, geradeaus an der Wartezone vorbei. Dann kommt die Psychiatrie.« Er klang monoton und desinteressiert. Nachdem er geendet hatte, wandte er sich wieder seinem Arbeitsplatz zu, ohne eine Reaktion der beiden abzuwarten.

Die Gänge, die in das Hauptgebäude führten, wirkten spartanisch und konnten mit dem Eingangsbereich nicht konkurrieren. Auf Höhe der chirurgischen Ambulanz vernahmen Onno und Gordi das laute Weinen eines Kindes. Zwei Rettungsdienstfahrer kamen mit einem Patienten, der aus einer Wunde an der Stirn blutete, auf der Trage über den Flur. Onno und Gordi machten ihnen Platz. Kaum waren die Sanitäter vorbei, flog die Tür hinter dem Wartebereich für die Patienten mit Schwung auf, und eine junge Frau in weißer Hose und T-Shirt stürmte heraus.

»Verdammter Mist. Ständig muss man den Untersuchungen hinterherlaufen«, schimpfte sie und hätte Gordi beinahe umgerannt. Sie konnte gerade noch einen Aufprall verhindern und kam einige Zentimeter vor seinem Gesicht zum Stehen.

Gordi trat reflexartig einen Schritt zurück. Die Frau war nahezu so groß wie er. Die hohen Wangenknochen ließen sie noch schlanker erscheinen. Sie war ungeschminkt und hatte nur einen Hauch von braunem Lidschatten aufgetragen. Obwohl sie lauthals wetterte, fand er ihre Stimme angenehm. Das Namensschild wies sie als Assistenzärztin der chirurgischen Abteilung aus.

»Verzeihen Sie, ich wollte Sie nicht anrempeln.« Sie lächelte, und strahlend weiße Zähne kamen zum Vorschein.

»Das haben Sie nicht«, entgegnete Gordi. »Wir suchen einen Dr. Sauer. Der Pförtner hat uns in diese Richtung geschickt, aber wir haben uns verlaufen.« Er bemerkte ein leichtes Kräuseln ihrer Nase bei der Erwähnung des Namens.

»Oh, nein, Sie sind auf dem richtigen Weg. Dr. Sauer ist der Chefarzt der psychiatrischen Abteilung. Sein Sekretariat liegt hier im Erdgeschoss.« Sie deutete in die Richtung, die sie einschlagen sollten. »Am Ende des Flures biegen Sie nach links. Dort werden Sie sein Büro finden. Seine Vorzimmerdame ist Frau Wellers.«

»Vielen Dank, Frau Doktor«, antwortete Gordi etwas steif und ärgerte sich sofort darüber.

»Es war mir ein Vergnügen. Sind Sie Patienten?«

»Nein«, antwortete Gordi.

»Dann sehen Sie zu, dass Sie da schnell wieder rauskommen.« Sie lächelte ihn erneut an und verschwand so eilig, wie sie gekommen war, in den Räumen der Ambulanz.

Onno und Gordi folgten den Anweisungen der Ärztin wie beschrieben. An einer der großen weiß-matten Glastüren stand in schwarzen Druckbuchstaben »PSYCHIATRIE«.

Kaum hatten sie die Tür passiert, veränderten sich die Räumlichkeiten. Die steril und kalt wirkenden grauen Fliesen des Haupthauses wechselten in einen cognacfarbenen Parkettboden. Die dazu passenden Pastelltöne der Wände strahlten eine heitere Wärme aus. Überall hingen Blumenbilder. Hier und da kamen ihnen Angestellte der Abteilung in Privatkleidung entgegen, die nur durch die Namensschilder als Ärzte zu erkennen waren.

Gordi wies auf eine Bürotür, auf deren Schild »Vorzimmer Dr. Sauer, Chefarzt« stand. Er klopfte.

Als eine hohe Stimme sie hereinbat, öffnete Gordi die Tür und ging voraus.

Hinter dem Schreibtisch saß eine zierliche junge Frau mit blondierter Kurzhaarfrisur. Auf ihrem Namensschild war »Elke Wellers« zu lesen. Nachdem sie ihr Anliegen vorgebracht hatten, griff die Sekretärin zum Telefon. Mit fast lieblichem Ton meldete sie die Kommissare an. Dann stand sie auf und führte Onno und Gordi trotz High Heels flotten Schrittes ins Nachbarzimmer.

Ein wohlgenährter Mann mittleren Alters kam behäbig, aber gut gelaunt um den Schreibtisch herum auf sie zu.

»Guten Morgen, meine Herren. Frau Wellers hat gesagt, dass

Sie von der Polizei sind. Bitte nehmen Sie Platz.« Er reichte ihnen die Hand und setzte sich wieder hinter seinen Tisch, während Onno und Gordi sich in zwei schwarzen Ledersesseln davor niederließen.

»Kein Angestellter Ihrer Abteilung trägt Berufskleidung«, bemerkte Gordi.

»Und das ist gut so. Schön, dass es Ihnen aufgefallen ist. Unsere Patienten sind in der Regel sogenannte Langlieger. Sie werden nicht nach kurzzeitiger Behandlung und innerhalb von Tagen wieder entlassen. Oft beherbergen wir sie wochenlang. Dann brauchen sie eine heimelige Umgebung, in der sie sich wohlfühlen können, ohne weiße Kittel und kahle Wände. Das trägt zur Heilung bei.«

Die eintönige braune Cordhose und das braune Hemd mit beiger Wollweste, die Dr. Sauer trug, wirkten auf Gordi deprimierender als die weißen Kittel der Klinik. Das ungekämmte Haar umrahmte wirr die kahle Stelle auf dem Hinterhaupt des Arztes.

Dr. Sauer lehnte sich zurück und legte die Hände gefaltet auf seinen runden Bauch. »Wie kann ich Ihnen helfen, meine Herren?«, fragte er schmunzelnd. »Ich habe als psychiatrischer Forensiker schon oft Gutachten für Gerichte erstellt und Behörden beraten. Um welchen Fall handelt es sich?«

»Ich muss Sie enttäuschen, Dr. Sauer. Wir sind nicht wegen eines Gutachtens gekommen, sondern untersuchen die näheren Umstände des Todes Ihrer Patientin Ella Martens. Sie wurde am Samstag tot aufgefunden«, erklärte Gordi.

Dr. Sauer richtete sich auf und öffnete den Mund, dann ließ er sich in den Schreibtischsessel zurückfallen. »Das kann ich nicht glauben! Wie …? Sie fühlte sich wohl bei unserem letzten Treffen.«

Gordi ging nicht auf seine Frage ein. »Sie waren ihr Psychiater?«

»Ja, das war ich.«

»Warum stand Frau Martens in Ihrer Behandlung? Welche Probleme hatte sie?«

»Darüber darf ich keine Auskunft geben. Der Tod meiner Patientin entbindet mich nicht von der Schweigepflicht.«

»Wir könnten eine richterliche Verfügung erbringen und die Offenlegung der Krankenakte Ihrer Patientin erwirken«, konterte Onno kühl. »Aber das kostet Zeit, die wir nicht haben, und Energie, die wir anderweitig sinnvoller einsetzen können.«

»Aber, aber, meine Herren. Warum sollten Sie das tun? Es handelt sich doch um einen tragischen, aber natürlichen Tod.«

»Das tut es nicht.«

»Worum geht es dann?«

»Um Mord.«

Für einen Moment starrte Dr. Sauer Onno und Gordi fassungslos an. »Mord? Davon stand nichts in der Zeitung.«

»Ella Martens wurde vergiftet. Das war heute Morgen noch nicht bekannt. Werden Sie uns bei den Ermittlungen unterstützen, oder müssen wir die Einsicht in die Akten erzwingen?«

»Das ist eine ganz andere Sachlage. Natürlich werde ich tun, was ich kann.«

»Erzählen Sie uns etwas über Ihre Patientin. Warum befand sie sich in Ihrer Behandlung? Was für ein Mensch war sie?«

Dr. Sauer stand auf und öffnete die Bürotür zum Vorzimmer. »Frau Wellers?«

Die Sekretärin war augenblicklich zur Stelle. »Wie kann ich Ihnen helfen, Doktor?«

»Seien Sie so gut und bringen Sie mir die Akte ›Ella Martens‹.«

»Gern.«

Kaum hatte sich Dr. Sauer gesetzt, stand Elke Wellers mit den gewünschten Unterlagen unter dem Arm in der Tür. Schnell kam sie näher und legte die Mappe auf den Schreibtisch. »Ein frischer Kaffee ist aufgebrüht«, bot sie an.

Onno und Gordi lehnten dankend ab.

»Ich nehme eine große Tasse, wie immer schwarz und kräftig«, sagte Dr. Sauer.

Elke Wellers ging hinaus und kam in Windeseile mit einem Tablett zurück.

Gordi erwartete, sie auf ihren hohen Absätzen straucheln und fallen zu sehen. Aber sie balancierte selbstsicher ihre Last und lud eine große Kanne und Becher auf dem Tisch ab. Er wunderte sich über das Erscheinungsbild der jungen Frau, die mit ihrem Äußeren in dieser Umgebung ganz und gar aus dem Rahmen fiel. Sie hätte eher in eine Werbeagentur oder in das Vorzimmer eines Bankdirektors gepasst.

Dr. Sauer schien sein Interesse bemerkt zu haben. Nachdem Elke Wellers den Kaffee serviert hatte und gegangen war, sagte er: »Die Welt ist nicht schwarz oder weiß, Herr Kommissar. Es gibt viele Facetten des Daseins.«

»Da haben Sie recht«, entgegnete Gordi.

Dr. Sauer nahm einen großen Schluck Kaffee und öffnete schließlich die Krankenakte. »Frau Martens ist vor anderthalb Jahren zu mir gekommen. Ihr Hausarzt hat sie zu mir geschickt. Sie litt unter Depressionen, eine alleinstehende Frau, die im fortgeschrittenen Alter einer Existenz ohne Familie ausgesetzt war. Sie ist nie verheiratet gewesen und hatte keine Kinder. Ohne Brüder, Schwestern und ohne jegliche Blutsverwandte ist sie in ihren reifen Jahren im wahrsten Sinne des Wortes verlassen gewesen und sah für die Zukunft keine Perspektive. Ihre menschlichen Kontakte beschränkten sich auf einige oberflächliche und lose Freundschaften. Das Einzige, das sie vor dem Zusammenbruch bewahrt hat, waren ihr Engagement und die Liebe zu ihrer Arbeit. Als Sekretärin des Bauamtsleiters in Aurich ist sie ihrer Tätigkeit bis zur Selbstaufgabe nachgegangen. Sie hat alles für ihren Chef erledigt; weit mehr, als man von ihr verlangen durfte. Sie hat sogar die persönlichen Angelegenheiten ihres Vorgesetzten gemanagt, Hochzeitstagsgeschenke oder passende Blumenbuketts besorgt und bei Feierlichkeiten geholfen. Es ging bei Weitem über ein gesundes Arbeitsverhältnis hinaus. Das Wort Überstunden kannte sie nicht. Ich habe sie wiederholt ermahnt, das nicht zu tun.« Er trank einen Schluck von seinem Kaffee, während er mit der linken Hand versuchte, sein zerzaustes Haar zu glätten, was unmöglich schien.

Genau so hatte sich Gordi einen Psychiater vorgestellt, etwas abgehoben, überlegen und dennoch wirr.

Manchmal bestätigen sich Vorurteile, dachte er.

»Konnten Sie ihr helfen?«, fragte Onno.

»Ich habe es zumindest versucht. Wenn Menschen einsam sind, klammern sie sich umso mehr an ihre Arbeit, um die Leere zu füllen, die sie empfinden. So entstehen Karrieren. Ich habe ihr Psychopharmaka rezeptiert und Gesprächstherapien durchgeführt. Das Ziel war, ihr die Ängste vor dem Alleinsein zu nehmen – eines der größten Probleme unserer Gesellschaft, in der die Menschen deutlich älter werden als vor dreißig Jahren. Diesen Abschnitt ohne einen Partner bewältigen zu müssen ängstigt speziell Frauen, die ihre Ehemänner um Jahre überleben. Angst ist ein mannigfaltiges Gefühl. Ella Martens war eine talentierte und gebildete Frau mit einer natürlichen, angeborenen Moral und Ethik, die ich selten bei Menschen beobachtet habe. Tragisch nur, dass sie wie ein Vogel im Käfig saß. Ihr wahres Potenzial hat sie nie ausgeschöpft.«

»Hat die Behandlung angeschlagen?«, fragte Gordi.

»Mit Sicherheit. Sie machte Fortschritte und nahm erneut am Leben teil. Sie fuhr wieder nach Leer, in ihre Heimatstadt, was sie seit Jahren nicht getan hatte. Sie ist förmlich aufgeblüht, und es war herzerfrischend, das mit anzusehen und an dieser Entwicklung teilzuhaben.«

»Hat sie je eine Freundin namens Maike erwähnt?«

»Ich führe bei jeder Therapiesitzung mit meinen Patienten Protokoll über das Gespräch. Wenn sie eine enge Freundin hatte, die so heißt, ist es vermerkt«, sagte Dr. Sauer, während er in der Akte blätterte. »Nein. Eine Maike steht nicht in meinen Unterlagen.«

»Hatte Ella Martens Feinde? Menschen, die ihr Übles wollten – Kollegen am Arbeitsplatz oder in ihrem privaten Umfeld?«

»Sie meinen jemanden, der sie so sehr gehasst hat, dass er ihr nach dem Leben getrachtet hat?«

»Ja«, bestätigte Gordi. »Diese Art von Hass meine ich.«

Dr. Sauer schob die Patientenakte beiseite. »Nein. Ich glaube kaum, dass jemand sie dermaßen gehasst hat. Sie wurde von jedermann gemocht und geschätzt.« Bekümmert sah er auf seine gefalteten Hände. Die selbstsichere Haltung war von ihm gewichen. »So sollte niemand enden. Ella war ein liebenswerter Mensch.«

Das vorherige Lächeln des Arztes hatte Gordi nicht gefallen. Es hatte ihn an seinen Großvater erinnert, der Lehrer gewesen war und die Menschen um sich herum stets wie unmündige Kinder behandelt hatte. Sein süffisantes Grinsen und seine selbstgefällige Art hatte Gordi verabscheut. Aber es gab einen deutlichen Unterschied zu Dr. Sauer, in dessen Augen Mitgefühl lag, während sein Großvater ein boshafter, mitleidloser Mann gewesen war.

»Kommen Sie schon, Doktor«, insistierte Onno. »Sagen Sie uns, was Sie wissen. Ella Martens war Ihre Patientin, Ihre Schutzbefohlene.«

»Ich fühle mich schuldig«, sagte Dr. Sauer leise, ohne aufzusehen.

»Warum?«, fragte Onno.

Der Psychiater atmete tief ein, brachte aber kein Wort heraus. Er kippte den letzten Schluck Kaffee hinunter. »Vor einigen Wochen hat Ella Martens mir Ängste gestanden, die sie konkret beschrieben hat«, sagte er schließlich. »Sie hat sich bedroht gefühlt.«

»Von wem?«, fragte Gordi.

Dr. Sauer rückte sich in seinem Schreibtischsessel zurecht, als müsste er sich sammeln. »Während einer unserer Sitzungen hat sie mir von einer Vermutung berichtet, die sie gegen ihren Vorgesetzten hegte. Sie war der festen Überzeugung, dass er sich bereichere.«

»Was hat sie damit gemeint?«

»Ich weiß es beim besten Willen nicht. Ich habe sie nicht ernst genommen. Hätte ich es nur getan, aber ich hielt das Ganze für Einbildung. Sie hat gespürt, dass ich ihr nicht geglaubt habe, und das Thema gewechselt. Es wäre meine Pflicht gewesen, ihren Befürchtungen nachzugehen und diese, wenn nötig, aus dem Weg zu räumen. Stattdessen habe ich Frau Martens' Medikation erhöht.«

»Haben die Medikamente geholfen?«

»Ja, zumindest hat sie ihren Vorgesetzten nie wieder erwähnt.«

»Könnte sie sich dadurch Feinde auf der Arbeit gemacht haben?«

»Das halte ich nicht mehr für unmöglich, nach dem, was passiert ist. Ella war eine starke Persönlichkeit, die ihre Ziele beharrlich verfolgt hat. Falls sie eine Vermutung gehabt hat, ist sie der Sache sicher nachgegangen.« Heftig schlug er mit der Faust auf die Tischplatte. »Nein, trotz dieser Umstände glaube ich nicht, dass ihr jemand etwas antun wollte. Schließen Sie Selbstmord definitiv aus?«

»Ja. Wann haben Sie Frau Martens zuletzt gesehen?«, fragte Gordi.

Dr. Sauer nahm seinen Kalender vom Schreibtisch und blätterte einige Seiten zurück. »Die letzte Sitzung war am 23. April um sechzehn Uhr dreißig. Wir hatten uns an diesem Tag in der Klinik verabredet. Der Termin kam mir entgegen, da ich vorher eine Chefarztkonferenz leiten musste.«

»Was für einen Eindruck hat Ella Martens da auf Sie gemacht?«

»Sie war etwas nervös, aber stabil.«

»Inwiefern nervös?«

»Sie war angespannt, als stünde sie vor einem entscheidenden Schritt in ihrem Leben.« Dr. Sauer schien die Selbstbeherrschung zu verlieren. Er presste eine Hand fest auf die Krankenakte. »Ich weiß es nicht. Als ihr Therapeut hätte ich es wissen müssen. Es soll keine Entschuldigung sein, aber als Chefarzt der psychiatrischen Abteilung habe ich mit einem unterbesetzten Team vier Stationen und eine zusätzliche Tagespsychiatrie zu betreuen. Meine Patienten brauchen Hilfe, und oft ist die Zeit für den Einzelnen zu knapp. Die Psychiatrie ist im Vergleich zu anderen Fachgebieten deutlich unterfinanziert, und wir spüren den Mangel jeden Tag. Trotzdem hätte ich merken müssen, dass Ellas Ängste berechtigt waren.«

»Wo haben Sie sich am Morgen des 3. Mai aufgehalten?«, fragte Onno unvermittelt.

»Da brauche ich nicht in meinen Terminkalender zu sehen. Es ist mir klar, dass Sie jeden überprüfen müssen. Ich kann nur hoffen, dass Sie Ihren Job besser machen, als ich meinen gemacht habe. Ich war in der JVA in Lingen. Wie ich schon erwähnt habe, bin ich häufig als Gutachter tätig. Da ich in der Klinik unabkömmlich bin, lege ich diese Termine aufs Wochenende. Am 3. Mai habe ich einen jungen Straftäter befragt. Ich bin bereits am Freitag nach der Arbeit gefahren und habe im Hotel vor Ort übernachtet. Frau Wellers wird Ihnen die Hoteladresse heraussuchen. Den JVA-Kontakt werden Sie haben. Überprüfen Sie es.«

»Das werden wir«, sagte Onno

»Wir bedanken uns, dass Sie sich die Zeit für uns genommen haben«, sagte Gordi.

»Gern. Ella Martens war meine Patientin, und ich bin es ihr schuldig. Darf ich Sie noch etwas fragen?«

»Nur zu«, sagte Gordi.

»Glauben Sie, ich hätte ihren Tod verhindern können, wenn ich ihren Verdacht ernst genommen hätte?«

»Das ist unwahrscheinlich. Bisher wissen wir nichts Näheres über ihre Vermutungen.«

Dr. Sauer schien sich zu entspannen. »Danke.«

Nachdem sie sich verabschiedet hatten, standen Onno und Gordi auf und wandten sich zur Tür.

Noch einmal drehte Gordi sich zu Dr. Sauer um, der sitzen geblieben war. »Eine letzte Frage: Hatten Sie je privaten Kontakt zu Ella Martens? Ich meine, sind Sie in ihrem Haus gewesen?«

»Nein, nie. Therapiegespräche müssen in einer neutralen Umgebung stattfinden. Wir versuchen, in der Klinik eine private Atmosphäre zu schaffen, damit sich die Patienten wohlfühlen können. Das gelingt uns nur teilweise. Deshalb habe ich ein Gesprächszimmer bei mir zu Hause, wo ich ambulante Behandlungen durchführen kann. Nur in einem Notfall suche ich jemanden zu Hause auf. Wenn es um das Leben eines Patienten geht, ist es die Pflicht eines Arztes, so schnell wie möglich zu ihm zu gelangen. Warum fragen Sie?«

»Reine Routine. Danke für das Gespräch.« Gordi öffnete die Tür zum Vorzimmer und sah gerade noch aus dem Augenwinkel, wie Elke Wellers den Schalter der Sprechanlage losließ.

Zusammen mit Onno verließ er die Klinik, und sie beschlossen, zum Revier zurückzufahren.

»Du bist ein guter Samariter«, sagte Onno, während sie in den Wagen stiegen.

»Wieso?«

»Ella Martens hat ihrem Arzt – warum auch immer – verschwiegen, dass sie die Pillen abgesetzt hat. Das hat er in seinen Therapiesitzungen nicht gemerkt. Ferner hat er ihre Vermutungen nicht ernst genommen. Jetzt befürchtet er, dass er seinen Job nicht korrekt gemacht hat, und du hast ihm weitere Gewissensbisse genommen.«

»Warum die Pferde scheu machen? Wir wissen bisher nichts Näheres. Was hältst du von Dr. Sauer?«

»Er hat ein felsenfestes Alibi«, stellte Onno fest.

»Und eine extrem neugierige Sekretärin. Sie hat unser Gespräch belauscht. Außerdem hatte sie Ella Martens' Patientenunterlagen blitzschnell parat. Sie hat nicht danach suchen müssen.«

»Was vermutest du?«

»Keine Ahnung. Auf jeden Fall spioniert sie dem Doktor hinterher.«

Der Citroën sprang erst nach zwei Fehlzündungen an.

10

Gordi klopfte an und ging hinein. Jan saß mit geschlossenen Augen auf seinem Schreibtischstuhl und massierte sich mit Zeige- und Mittelfingern die Schläfen. Als Gordi näher kam, sah er angestrengt auf.

»Was ist los?«, fragte Gordi.

»Kopfschmerzen.«

»Du solltest nicht Tag und Nacht vor dem Monitor sitzen.«

»Das ist mein Job, aber daran liegt es nicht.«

Gordi zog sich einen Stuhl heran und setzte sich. »Woran dann?«

Jan zögerte einen Moment, ehe er begann. »Ärger daheim. Ich hatte letzte Woche eine Menge Arbeit und viele Suchanfragen von Kollegen anderer Reviere. Eva hat mir vorgeworfen, dass ich jeden Tag zu spät zum Abendessen komme.«

Gordi kannte Jans Frau, eine sympathische Fünfunddreißigjährige, die deutlich jünger als ihr Mann war.

»Sie wünscht sich ein Kind, aber mit fünfundvierzig und nach zwei gescheiterten Ehen bin ich nicht sicher, ob ich Kinder in diese Welt setzen will. Ich liebe Eva, aber Nachwuchs? Das ist eine Verantwortung, um die ich mich immer gedrückt habe.«

Onno kam herein, und Jan brach das Gespräch ab.

»Hältst du nichts von anklopfen?« fragte er leicht verärgert.

»Entschuldigung, wusste nicht, dass ihr Geheimnisse vor mir habt. Ich kann auch wieder gehen.«

»Red keinen Unsinn und mach die Tür zu. Berni hat mir das Obduktionsergebnis stolz wie Oskar unter die Nase gehalten. Habt ihr was vom Psychiater erfahren?«

»Ella Martens hat ihrem Therapeuten gegenüber in der Klinik einige Andeutungen gemacht, aber nichts Handfestes. Bist du vorangekommen?«, fragte Gordi.

»Mehr als das. Ich habe ein Motiv entdeckt. Seht euch das mal an.«

Onno und Gordi stellten sich rechts und links hinter Jan und sahen ihm über die Schultern, während er auf Ella Martens' Laptop auf ein Symbol klickte. Eine Textdatei öffnete sich.

»Du hat deine geheimen Dokumente exzellent versteckt. Ich hätte mich gut mit dir verstanden, Ella Martens.«

»Du weißt schon, dass du Selbstgespräche führst? Gib uns einfach die Information, die wir brauchen. Den Rest kannst du für dich behalten«, sagte Onno.

»Ella Martens hat den Landrat Peter Memmenga und ihren Vorgesetzten Niels Rademacher der Bestechlichkeit verdächtigt. Sie sollen von Manfred Schanhorst immer wieder Geld angenommen haben.«

»Wer ist das?«, fragte Onno.

»Sagt bloß, ihr kennt den Typen nicht?« Jan machte eine Pause, bevor er die Frage beantwortete. »Schanhorst ist der größte Bauunternehmer im Landkreis. Er hat den Anbau am Auricher Sozialgerichtsgebäude errichtet.«

»Diesen abstoßenden Betonklotz am Kiefernweg? Die Eltern eines Schulfreundes wohnen in der Gegend. Sie sind immer noch sauer über den Bau«, sagte Gordi.

»Es hat damals Proteste seitens einer Bürgerinitiative gegeben, die den Anbau als Verschandelung des Hauptgebäudes ansahen. Gerüchte über Vetternwirtschaft machten die Runde. Sie waren aber bar jeden Beweises. Öffentliche Bauten unterliegen strengen Regularien. Die Konstruktion war Schanhorsts Einstieg. Danach war er dick im Geschäft. Er ist kein Ostfriese. Letztes Jahr hat er noch einen Großauftrag bekommen, was ihn dazu veranlasst hat, mit seiner Familie nach Ostfriesland zu ziehen.« Jan fuhr mit dem Cursor auf einen markierten Abschnitt im Text. »In den letzten zwei Jahren hat Schanhorst fünf Bauaufträge mit einem Gesamtvolumen von drei Millionen Euro vom Landkreis erhalten. Ella Martens hat alles auf den Cent genau aufgeführt.«

»Aber der Landrat und der Bauamtsleiter sind beide angesehene Bürger in hohen Ämtern. Ohne Beweise sind das nichts als haltlose Beschuldigungen«, sagte Gordi.

»Und nach diesen Beweisen hat Ella Martens gesucht. Sie berichtet von einer Vertrauten, die helfen würde, Indizien zu sammeln. Einen Namen nennt sie nicht. Diese Freundin, so schreibt sie, habe ihre Mitarbeit zugesagt, wenn sie nicht in den Fall involviert werde.«

»Das muss Maike sein, mit der sie laut Terminkalender in zwei Tagen im ›Carolinenhof‹ verabredet ist. Die Frau wollte unerkannt bleiben. Deshalb haben wir keine Daten und keine Telefonnummer von ihr gefunden.« Gordi klopfte Jan anerkennend auf die Schulter.

»Was, wenn diese Maike gar nicht existiert und sie nur das Hirngespinst einer nervlich angeschlagenen Frau ist?«, fragte Onno. »Habt ihr das in Erwägung gezogen? Dann hätte Dr. Sauer recht gehabt, und ihre Vermutungen wären nicht ernst zu nehmen.«

»Ella Martens ist tot, und jemand hat sie ermordet. Wir werden so lange ermitteln, bis wir den Mörder gefasst haben, egal, wer es ist«, sagte Gordi.

Jan verschränkte die Arme vor der Brust. »Für die möglichen Alternativen bin ich nicht zuständig. Ich habe euch meine neuesten Infos weitergegeben. Den Rest überlasse ich euch. Es liegt noch eine Menge Arbeit vor mir. Ich bin noch nicht fertig mit diesem Laptop. Und wenn eine ältere Frau gelernt hat, so professionell mit dem Computer zu arbeiten, besteht auch noch Hoffnung für euch beide, ganz besonders für dich, Gordi.«

»Das bezweifle ich. Handgeschriebene Briefe, Tagebücher, die man verwahren und immer wieder hervorholen kann, wenn man sich erinnern will, sind Dinge von bleibendem Wert.«

»Mag sein, aber ein Computer ist ebenso eine Art Tagebuch, dem man seine Gedanken und Gefühle anvertrauen kann. Und das hinterlässt einen digitalen Fingerabdruck.«

Gordi sah Jan fragend an.

»Jede Bewegung im Netz, mag es eine Suchanfrage bei Wikipedia, abgespielte Musik oder ein Einkauf sein, ist verfolgbar und zeigt individuelle Interessen und Neigungen. Gelöschte

Daten können oft wiederhergestellt werden. Der Computer des Täters erweist sich in der Regel als wichtiger als der des Opfers. Ich denke an diesen Fall in den USA, bei dem vor mehreren Kirchengebäuden Paketbomben platziert wurden. Später hat man auf dem Computer des Verdächtigen Bauanleitungen dafür gefunden. Es waren Indizien, die im Gesamtbild den Ausschlag gegeben haben.« Jan wedelte mit der Hand, als wollte er seine Kollegen wegscheuchen. »Haut jetzt ab und macht die Tür hinter euch zu. Ich muss meine Arbeit beenden. Wenn ich hiermit fertig bin, warten andere Kollegen im Revier, die ebenfalls Fragen zu ihren Fällen haben. Ihr seid nicht die Einzigen.« Er wandte sich wieder dem Laptop zu. »Komm, Schätzchen, zeig mir, was Ella Martens zu verstecken hatte.« Er nannte die Computer immer Schätzchen, sie waren der wahre Inhalt seines Lebens.

»Sieh zu, dass du heute pünktlich nach Hause kommst«, sagte Gordi, als er zur Tür ging, aber Jan hörte ihn nicht. Auch heute würde er nicht vor Einbruch der Dunkelheit seine Schätzchen verlassen.

***

Gordi war niedergeschlagen. Die Beweislage im Mordfall Ella Martens war dünn. Sie hatten viele Fragen und waren weit von der Lösung entfernt. Gordi baute auf das Treffen mit Maike. Er hoffte, dass sie die Antworten liefern würde, nach denen sie suchten.

Am späten Nachmittag verabschiedete er sich von Onno und sah ihm nach, als er seinen Wagen bestieg und in hohem Tempo nach Leer düste. Gordi hatte einige Vermutungen, womit sich Onno nachts beschäftigte, aber sie sprachen nie darüber. Wie lange würde er noch auf ein klärendes Gespräch mit seinem Kollegen warten müssen?

Gordi setzte sich in seinen Citroën und fuhr in die entgegengesetzte Richtung.

Er ließ den Wagen auf seinem Stammplatz stehen. Dass jede Wohnung seines Mietshauses einen zugewiesenen Bereich hatte, war von Vorteil. Im Sommer füllten sich alle Flächen, auf denen man parken durfte.

Jans letzte Worte gingen ihm nicht aus dem Kopf. *Aber ein Computer ist ebenso eine Art Tagebuch.*

Ella Martens hatte zu der Generation gehört, die zwar ihre geheimsten Gedanken niederschrieb, aber nicht in einen Computer. Auch wenn sie damit umgehen konnte und Zahlen und Fakten gespeichert hatte. Ihre Gefühle hätte sie vermutlich eher in Leder gebundenen Heften anvertraut statt einem Apparat. Die Einrichtung ihres Hauses, der kostbare Kirschbaumschreibtisch, der Füllfederhalter mit Goldfeder wiesen darauf hin. Aber am Tatort war kein einziges Schriftstück gefunden worden.

Gordi stieg die Stufen hoch auf den Deich und spazierte in Richtung Yachthafen. Die Luft war frisch, aber nicht unangenehm. Wo konnten Ella Martens' Tagebücher liegen, wenn es sie denn gab?

Nach einer Weile schüttelte er die Gedanken ab. Er erreichte den Fähranleger in Norddeich, wo die »Frisia II« gerade ablegte. Als er nach einem langen Spaziergang nach Hause zurückkehrte, dämmerte es bereits.

11

Das Bauamtsgebäude am Robert-Koch-Platz 1 in Aurich war ein solider Rotklinkerbau aus der Nachkriegszeit. Die schwere hölzerne Eingangstür war schon in die Jahre gekommen und quietschte, als Onno sie aufstieß.

Der Pförtner saß hinter einer Glasscheibe an der Telefonzentrale. Sein blütenweißes, steif gebügeltes Hemd war bis oben zugeknöpft, darüber ragte ein ausgeprägter Adamsapfel hervor. Nachdem er ein Gespräch beendet hatte, stand er auf und öffnete die kleine runde Scheibe zum Kundenbereich.

»Kann ich Ihnen helfen, meine Herren?«, fragte er.

»Wir suchen das Büro von Niels Rademacher«, sagte Gordi.

»Nehmen Sie die Treppe in den zweiten Stock und dann rechts bis zum Ende des Ganges. Dort wird man Ihnen weiterhelfen.«

Die Kommissare bedankten sich und folgten der Wegbeschreibung. Die Flure hatten hohe Decken, und die Parkettböden knarrten bei jedem ihrer Schritte.

»Heute haben die Lokalzeitungen einen kleinen Bericht gebracht. Die Todesanzeigen sind am Morgen das Erste, was Ostfriesen aufschlagen, um zu sehen, ob ein Name darunter ist, den sie kennen. Sicher werden die meisten Mitarbeiter schon vom Tod ihrer Kollegin erfahren haben«, sagte Gordi.

Beim Vorzimmer von Niels Rademacher angekommen, klopfte Onno an die Tür. Sie hörten ein knappes »Herein«. Onno öffnete, und sie betraten nacheinander das Vorzimmer.

Auf dem Schreibtisch vor ihnen stand noch Ella Martens' Namensschild. Eine Mittvierzigerin saß dahinter. Gordi erklärte den Grund ihres Kommens.

Die Frau schluchzte, nahm ihre Tasche vom Boden auf, öffnete sie und holte ein Taschentuch daraus hervor, das sie gegen Nase und Wangen drückte. »Wir haben uns gewundert, als Frau Martens nicht zur Arbeit erschien. Ella hat, solange ich sie kenne, nicht einen Tag gefehlt. Sie kam immer ins Amt, ob sie unpässlich war oder nicht. Als sie gestern nicht aufgetaucht ist, habe ich auf Geheiß von Herrn Rademacher bei ihr zu Hause angerufen. Niemand meldete sich. Der Chef sagte, wir sollten uns gedulden. Auch sie könne krank werden. Aber wir wussten, dass Ella niemals wegbleiben würde, ohne sich abzumelden. Da musste etwas passiert sein. Heute Morgen stürzte Hilke von der Buchhaltung herein und meinte, die Schwester des Freundes ihrer Cousine wohne in Norden und habe gestern Abend vom Tod einer älteren Frau erfahren, die im Bauamt in Aurich gearbeitet habe. Sie wusste sogar den Namen der Toten, Ella Martens. Sie hat rumtelefoniert und uns informiert. Und heute stand es auch in der Morgenzeitung. Wir konnten es nicht glauben.« Sie schluchzte wieder auffällig und deutete auf das Namensschild. »Ich konnte es einfach nicht entfernen. Mein Name ist Nele Brüning.«

»Kannten Sie Ella Martens näher?«, fragte Gordi.

»Wir waren Kolleginnen hier im Amt, nicht mehr.« Nele Brüning hielt ihr Taschentuch fest in der Hand und blinzelte, als ob sie mit den Tränen kämpfte, doch ihr Mascara saß perfekt.

»Wir müssen zu Herrn Rademacher. Melden Sie uns an«, sagte Onno. Gordi entging nicht der ungeduldige Unterton, den er von seinem Kollegen kannte.

Nele Brüning erhob sich und klopfte an die Tür ihres Vorgesetzten. So schnell, wie sie reinging, kam sie wieder heraus. »Herr Rademacher kann Sie jetzt empfangen.«

Ein kleiner Mann, dessen Gesicht nahtlos in den Brustkorb überging, erwartete die beiden stehend hinter seinem Schreibtisch. Seine rosigen Wangen glänzten vor Schweiß. Er trug einen grauen Anzug mit Weste, der schlecht saß.

»Bitte, meine Herren, nehmen Sie doch Platz.« Er deutete auf zwei Lehnstühle. Dann wandte er sich zur Tür, in der die Sekretärin stand. »Danke, Fräulein Brüning. Ich brauche Sie vorerst nicht mehr.«

Nachdem sich die Sekretärin zurückgezogen hatte, setzte

sich der Bauamtsleiter wieder hinter den Schreibtisch aus glänzendem Mahagoni. »Der Tod von Frau Martens hat uns alle sehr mitgenommen. Ich habe meine Frau angerufen.« Rademacher rückte ein eingerahmtes Foto zurecht, das auf dem Schreibtisch stand und eine brünette Frau, zwei Jungen und ein Mädchen, aufgestellt in Reih und Glied, zeigte. Dann lehnte er sich zurück und fingerte an einem markanten Siegelring herum, den er am rechten Kleinfinger trug. »Wir haben ihr die größte Wertschätzung und Anerkennung entgegengebracht. Ich muss dringend Trauersträuße in Auftrag geben.«

»Damit werden Sie warten müssen«, sagte Onno trocken.

»Warum?«

Onno ging nicht darauf ein. »Ella Martens war Ihre Sekretärin. Nach unseren Informationen ist ihr die Tätigkeit hier wichtig und weit mehr als nur ein Job für sie gewesen.«

»Das stimmt. Sie war eine richtige Perle. Sie hat meine Termine koordiniert. Ich bin ein Schussel, was das angeht, aber Frau Martens kannte den gesamten Tagesablauf. Sie hat mich an Geburtstage erinnert, sogar an meinen Hochzeitstag, und hat Blumen und Geschenke besorgt. Über die Jahre kannte sie den Geschmack meiner Frau Alice besser als ich. Ich weiß nicht, wie ich in Zukunft ohne sie auskommen soll. Sie wird eine riesige Lücke hinterlassen.« Rademacher holte ein Taschentuch aus seiner Jackentasche, wischte sich damit den Schweiß von der Stirn und atmete tief ein und aus. »Letztes Jahr hat sie geholfen, die Konfirmationsfeier meines Sohnes auszurichten. Alice fehlt leider jegliches Organisationstalent, da habe ich Frau Martens gebeten, die Feier zu arrangieren. Ich gab ihr eine Liste der Personen, die eingeladen werden sollten, und schilderte ihr unsere Wünsche. Danach brauchte ich mich um nichts mehr zu kümmern. Sie hat den Sonntag zu unserer vollsten Zufriedenheit vorbereitet. Ich habe gesellschaftliche Verpflichtungen, die ich wahrnehmen muss, und Ella Martens war die ideale Mitarbeiterin für solche Aufgaben. Es wird schwer werden, einen gleichwertigen Ersatz zu finden.«

»Heißt das, dass sie Ihr Vertrauen besaß und Zugang zu den

Details Ihres privaten und beruflichen Hintergrunds hatte?«, fragte Gordi.

»Auf jeden Fall. Ella war integer und diskret.«

»Diskret? Inwiefern?«

»Ich meine nur, dass sie immer loyal war und nicht ständig tratschte, was in einem so großen Umfeld nicht ausbleibt.«

»Hatte Frau Martens Feinde hier im Amt? In ihrer Position gibt es immer Neider.«

»Meine Abteilung hat über fünfzig Angestellte, und der Großteil sind Frauen. Darunter sind viele ambitioniert, Karriere zu machen. Bei Beförderungen bin ich Ellas Einschätzungen gefolgt. Sie besaß ein Gespür für Talente, konnte aber auch Menschen abweisen, ohne sie zu verletzen.«

»Gab es Streitigkeiten?«

»Absolut nicht. Ella war stets fair und gerecht.« Rademacher legte beide Hände vor sich auf den Schreibtisch. »Ich verstehe den Grund dieser Fragen nicht. Was hat das mit ihrem Tod zu tun? Warum sind Sie überhaupt hier?«

»Was vermuten Sie denn?« Onno war in seinem Element. Es machte ihm Spaß, beim Verhör Informationen herauszuholen.

»In der Zeitung stand, dass Ella Martens tot in ihrer Wohnung aufgefunden wurde. Solche Fälle werden von der Polizei routinemäßig untersucht. Deshalb sind Sie doch hier, oder?«, fragte Rademacher unsicher.

»Der Grund unseres Kommens ist keineswegs Routine, Herr Rademacher. Die Zeitungen haben heute über den Tod Ihrer Sekretärin berichtet, allerdings haben wir die Todesursache nicht öffentlich bekannt gegeben. Sie starb nicht eines natürlichen Todes.«

Rademacher schnappte nach Luft. Er griff sich an die Krawatte und zerrte daran. Dann öffnete er den obersten Knopf seines Hemdes. »Wie … Wie ist das möglich?«, stammelte er. »Wurde sie ausgeraubt?«

»Sie wurde vergiftet.«

Rademacher starrte Gordi ungläubig an. Seine pausbäckigen Wangen sackten nach unten, und der Mund stand ihm offen.

»Das kann nicht wahr sein. Ella war die gutherzigste Frau, die ich kannte. Niemand würde sie ermorden.«

»Es ist aber passiert.«

»Das kann nicht sein, unmöglich. Wer sollte eine so harmlose Frau töten? Und warum?«

»Wir werden es herausfinden«, antwortete Onno.

»Und Sie glauben, es hängt mit ihrer Arbeit zusammen?«

»Aufgrund konkreter Hinweise erwägen wir diese Möglichkeit.«

»Welche Hinweise sollen das sein?«

»Bislang können wir keine Auskunft darüber geben«, schloss Onno ab.

»Ich verstehe. Wenn ich Ihnen helfen kann, werde ich es tun, meine Herren. Aber niemand hier im Amt hat Ella nach dem Leben getrachtet.«

Sie verabschiedeten sich und verließen den Bauamtsleiter, der mit schweißnassem Hemdkragen zurückblieb.

Sobald sich die Tür hinter den Beamten geschlossen hatte, griff Niels Rademacher nach dem Telefonhörer. Er wählte hastig die Nummer.

»Hallo. Ich bin's, Niels. Ich glaube, wir haben ein Problem.«

12

Es war Feierabend, und das Kommissariat leerte sich. Nur die Diensthabenden und einige Nachzügler hielten sich noch an ihren Schreibtischen auf, und im Erdgeschoss war die Polizeidirektion besetzt.

Jan Heinrich saß zurückgezogen in seinem Büro. Der Schein der Tischlampe tauchte ihn in weißes Neonlicht. Ella Martens' Laptop war zugeklappt, der Arbeitscomputer ausgeschaltet. Jan schaute auf das Telefon am Tischrand. Insgeheim hoffte er, es möge klingeln, aber das tat es nicht.

»Was ist mit dir? Worüber grübelst du?« Gordi war unbemerkt hereingekommen, zog einen Stuhl an Jans Tisch heran und setzte sich. »Ich dachte mir schon, dass du noch hier bist. Kommst nicht los von dem Fall, stimmt's?«

»Ich weiß nicht, wie viele Stunden ich vor dem Laptop verbracht habe.«

»Aber?«

»Aber es gibt eine Datei, an die ich nicht herankomme.«

»Du siehst müde aus, setz deine Arbeit morgen fort.«

Jan grinste kraftlos. »Weißt du, wie es ist, eine Obsession zu haben? Ihr haltet mich alle für einen Computerfreak, aber hast du dich mal gefragt, warum ich ausgerechnet an diesem Platz gelandet bin, bei der Mordkommission? In der freien Wirtschaft könnte ich das Mehrfache verdienen. Vor drei Jahren, als du auf der Polizeischule warst, bin ich einem Kinderpornoring im Darknet auf die Spur gekommen. Die Organisatoren waren in mehreren Bundesländern wohnhaft, und ich habe sie gemeinsam mit meiner Abteilung einen nach dem anderen aufgespürt. Vom Schreibtisch aus habe ich die Fälle aufgedeckt. Mein Team hat eine Belobigung bekommen. Unsere Leistung wurde als beispiellos bezeichnet. Aber solche Perversitäten gehen nicht spurlos an dir vorüber. Ich habe nie fassen können, was Menschen einander antun, und ich bin froh, nicht wie ihr da rauszumüssen.« Er deutete mit dem Kopf zum Fenster. »Eva wirft mir vor, dass ich das Leben nicht auskoste, sondern nur beobachte. Aber Tatsache ist, dass ich es nicht aus der Nähe ertrage.« Er legte eine Handfläche behutsam auf Ella Martens' Laptop. »Ein Mensch hat gelebt und ist gestorben, weil ein anderer es so wollte. Hier drin liegen ihre Geheimnisse. Es obliegt mir, sie freizulegen, Schicht um Schicht ans Tageslicht zu bringen, damit ihr den Mörder schnappen könnt. Ich weiß nicht, wie lange es Eva mit mir aushalten wird.«

Gordi stand auf und klopfte auf Jans Schulter. »Letzten Endes tun wir, was wir können, aber für alles gibt es eine Grenze. Geh nach Hause zu deiner Frau.«

»Wo ist Onno? Sicher hätte er einen Witz auf Lager.«

»So schlimm ist er auch wieder nicht. Du kennst doch das alte ostfriesische Sprichwort: ›Unter jedem Dach ein Ach.‹«

Jan schaltete die Tischlampe aus, stand auf und nahm die Jacke von der Stuhllehne. Gemeinsam verließen sie das Revier.

»Vergiss, was ich gesagt habe«, sagte er, als sie sich trennten.

»Ich habe nichts gehört.«

13

Onno griff in die Jackentasche, holte den Schlüssel heraus und fuhr mit dem Fahrstuhl aus der Tiefgarage hoch. Vor knapp einem Jahr hatte man ihn in die Dienststelle Ostfriesland versetzt. Eine Alternative hatte es nicht gegeben, wenn er im Polizeidienst hatte bleiben wollen. Bewusst hatte er diese Wohnung mit deutlicher Distanz zu seinem Arbeitsplatz gewählt. Dafür nahm er die tägliche Anfahrt in Kauf. Er hatte keine heimatlichen Gefühle, so wie Gordi für Norddeich. Er genoss die Annehmlichkeiten seiner Luxuswohnung, aber ein Zuhause war es nicht.

Der moderne Gebäudekomplex war in den letzten zehn Jahren erbaut worden. Er stellte einen Kontrast zur historischen Altstadt auf der anderen Uferseite des Binnenhafens mit dem Rathaus, den mittelalterlichen Kirchtürmen und den engen Gassen dar. Luxuswohnungen hier und geschichtsträchtige Bauten dort, die sich trotzdem harmonisch zusammenfügten. Im Erdgeschoss gab es Wohnungen mit Bootsanleger, an denen die Yachten der Bewohner direkt vor dem Eingang ankerten.

Onno schloss die Wohnungstür auf und ging in den Flur. Vor der Garderobe zog er die Jacke aus und ließ sie achtlos auf den Boden fallen. Immer wenn er das tat, hörte er seine Mutter, die ihn wegen der Unordnung schalt. Die Geste half ihm, den Klang ihrer Stimme nicht zu vergessen.

Im Wohnzimmer goss er sich einen Single Malt ein und stellte sich mit dem Glas vor die bodentiefen Fenster. Im Dunkeln spiegelten sich die Lichter der Innenstadt auf der Wasseroberfläche des Binnenhafens. Er beobachtete die letzten Ruderer des Vereins auf der gegenüberliegenden Hafenseite, die einen Achter an Land zogen.

Auf dem Couchtisch lagen Bilder und Berichte verstreut, in die er sich in der letzten Nacht vertieft hatte. Er konnte nicht anders. Oft legte er die Unterlagen weg, um nicht mehr daran erinnert zu werden, holte sie aber nach wenigen Tagen wieder hervor. Er nahm eines der Fotos in die Hand. Ausdruckslos betrachtete er den Mann, der in einer Blutlache lag und dessen Augen genauso kalt und tot waren wie die von Ella Martens.

Er erinnerte sich, als ob es gestern gewesen wäre. Das Handy hatte geklingelt. Mit Hochgeschwindigkeit war er durch die Stadt gerast. Der Tatort war schon abgesperrt worden. Die meisten Kollegen hatte er gekannt. Zwei von ihnen hatten versucht, ihn fernzuhalten, aber er hatte sich losgerissen und war zu dem Toten gerannt. Niemand hatte ihn aufhalten können. Heute wünschte er, diesen Anblick nie gesehen zu haben. Er hatte sich in sein Gehirn gebrannt, war immer präsent und ließ ihn nicht zur Ruhe kommen. Im Tod glichen sich die Menschen.

Das schrille Klingeln des Telefons riss ihn aus seinen Gedanken. Ein Lächeln huschte über sein Gesicht, wie durch ein Kippschalter ausgelöst, und der bissige Onno, der jeden vor den Kopf stieß, war wieder da. Er nahm den Hörer ab.

»Was machst du?«, fragte Gordi am anderen Ende.

»Mann, du bist wie ein Bluthund, den ich nicht abschütteln kann.«

»Sei brav, heiße Dusche, früh ins Bett.«

»Ja, Mama.«

»Onno, tu, was ich dir sage. Egal, wie du die letzte Nacht verbracht hast. Heute nicht. Versprich es.«

»Okay, Partner. Ich werde früh ins Bett gehen.« Onno legte auf, trank den letzten Schluck Whisky und ging ins Badezimmer. Die Bilder des toten Mannes und die offenen Akten ließ er auf dem Tisch liegen.

14

Der »Carolinenhof« war ein mehrstöckiges Einkaufszentrum im Herzen Aurichs. Das Erdgeschoss nutzte ein großer Supermarkt, während sich kleinere Geschäfte und Boutiquen über die Etagen darüber verteilten.

Onno und Gordi stellten den Wagen in der Tiefgarage ab und nahmen die Rolltreppe in das obere Stockwerk, in dem sich der Italiener befand.

Gordi war als Jugendlicher regelmäßig mit seinen Freunden in der Großraumdiskothek gewesen, die sich auch hier befunden hatte. Sie war schon vor Jahren geschlossen worden. Die Erinnerung an die überdimensionierte Diskokugel, die flackernde Lichtpunkte auf die Tanzfläche gezaubert hatte, brachte ihn zum Grinsen.

»Was ist?«, fragte Onno.

»Nichts, gar nichts.«

Es war Mittagszeit, kurz vor dem Termin, den Ella mit ihrer Kontaktperson vereinbart hatte. Die Tische des Restaurants waren nahezu voll besetzt. Viele Angestellte aus den Büros der Innenstadt nutzten hier das Mittagsangebot.

Sie standen am Eingang, und Onno ließ seinen Blick suchend durch den Raum wandern. »Wo bist du? Wie siehst du aus? Zeig dich, Liebling«, flüsterte er.

»Sie wird wie unser Opfer eine reifere Frau sein«, erwiderte Gordi.

»Wie kommst du darauf?«

»Denk nach. Mit wem sollte sich eine Chefsekretärin aus dem Bauamt, die eine Korruption aufklären will, verabreden? Ich vermute, mit einer Informantin, die ebenfalls im hohen Verwaltungsbereich tätig ist.«

»Bist du sicher?«

»Nein, aber das wäre logisch.«

»Wo bist du, Frau in den besten Jahren?«

Sie schlenderten um die Tische herum, aber nirgends saß eine einzelne Person. An einem runden Bistrotisch am Ende des Raumes, von dem aus sie den Überblick über das gesamte Lokal und den Eingang hatten, nahmen sie Platz.

Bald kam der Kellner mit seinem Notizblock. »Was darf ich Ihnen bringen, meine Herren?«, fragte er.

Gordi bestellte zwei Spezi.

Der Kellner setzte ein mürrisches Gesicht auf. Gäste, die in der Mittagszeit einen Tisch blockierten, ohne etwas zu verzehren, sah er offensichtlich nicht gern.

Onno holte seine Dienstmarke heraus und hielt sie ihm vor die Nase. »Ein paar Fragen hätten wir da noch.«

Der Ausdruck des Kellners änderte sich sofort. »Ich weiß nicht, wie ich Ihnen helfen könnte, aber fragen Sie«, sagte er freundlich.

Gordi zeigte ihm das Foto von Ella Martens. »Haben Sie diese Frau mal hier gesehen? Sie ist heute in Ihrem Restaurant mit einer anderen Frau verabredet. Vielleicht waren die beiden schon einmal gemeinsam hier.«

Der Kellner nahm das Foto in die Hand und betrachtete es aufmerksam. »Ich sehe täglich viele Gesichter, aber an diese Frau kann ich mich erinnern. Ich glaube, sie war ab und an hier, aber keine Stammkundin.«

»Können Sie sich auch an eine Begleitung erinnern?«

»Leider nicht. Sie kam immer allein, aß etwas und ging wieder.« Der Kellner marschierte in schnellem Schritt davon und kam genauso schnell mit den Getränken und einem kleinen Teller mit frisch duftendem Pizzabrot, Oliven und Antipasti zurück. »Mit Empfehlung des Hauses«, sagte er, während er servierte. »Lassen Sie es sich schmecken.«

Onno und Gordi bedankten sich und beobachteten die Gäste, die meist in kleinen Gruppen eilig hereinkamen. Keiner fiel ihnen besonders auf.

Die Mittagspause der Angestellten schien zu Ende zu gehen, die Tische leerten sich allmählich wieder, bis niemand außer ihnen mehr im Restaurant war.

»Wäre auch zu einfach gewesen. Sicher hat Maike durch die Zeitung von Ella Martens' Tod erfahren«, sagte Gordi.

»Es war einen Versuch wert.«

Der Kellner kam zurück, um abzuräumen. »Wir schließen in zehn Minuten«, sagte er. »Die Person ist wohl nicht gekommen.«

Onno holte einen Zwanzig-Euro-Schein aus seinem Portemonnaie und gab ihn dem Kellner. Dieser bedankte sich und steckte das Geld zufrieden ein.

Die Kommissare erhoben sich und verließen enttäuscht das Restaurant. Es war eine Sackgasse gewesen, die Spur wurde kalt.

Mit dem Fahrstuhl fuhren sie in die Parkgarage. Beim Aussteigen streifte Gordis Blick die Etagenanzeige. Zuoberst stand »Landkreis Aurich, Landratsamt«.

15

Gordi fuhr die vierspurige Straße entlang auf das Präsidium zu. Enttäuschung machte sich breit. »Lass uns die Fakten festhalten«, schlug er vor.

»So gut wie nichts.«

Gordi sprach unbeeindruckt weiter. »Eine alleinstehende, wohlhabende Frau ohne größeren Freundeskreis um die sechzig wird vergiftet. Sie geht in ihrem Beruf als Chefsekretärin auf, bis sie entdeckt, dass ihr Vorgesetzter korrupt ist, worauf sie mit einer bisher unbekannten Freundin, die nicht aufgetaucht ist, nach handfesten Beweisen sucht.«

»Bislang etwas dünn und nur Vermutungen. Woher willst du wissen, was Ella Martens von dieser Maike wollte?«

»Wir müssen sie unbedingt ausfindig machen.«

Onnos Handy klingelte. Er holte es aus der Tasche. »Schoolmann. Ja? – Ich verstehe. Ja. Danke, Jan.«

»Und?«, fragte Gordi.

»Du kannst wieder umkehren. Rate, wohin wir fahren.«

»Sag schon.«

»Zurück zum ›Carolinenhof‹. Jan hat Ella Martens' Verabredung identifiziert. Er hat ein Profil der besagten Maike erstellt und durch Auswahlkriterien den Personenkreis eingegrenzt. Falls Ella Martens von Maike X Hilfe erwartet hat, um ihren Verdacht zu erhärten, muss diese Person ein gewisses Alter haben und eine Position besetzen, die ihr den Zugang zu Informationen erleichtert. Jan hat alle Angestellten des Landkreises mit dem Vornamen Maike in den Computer eingegeben, dann alle Jahrgänge zwischen fünfzig und sechzig in leitender Position markiert. Es sind zwei Frauen übrig geblieben. Eine heißt Maike Weber, Sachbearbeiterin in der städtischen Müllentsorgung. Und jetzt halt dich fest. Die andere Person heißt Maike Müller und ist Chefsekretärin des Landrats.«

Gordi wendete den Wagen an der nächsten Straßenbiegung und fuhr zurück.

***

Wieder nahmen sie den Aufzug, diesmal fuhren sie in das oberste Stockwerk.

Hinter einer Glastür mit der Aufschrift »Landratsamt« erstreckte sich ein Großraumbüro. Sie standen vor dem lang gezogenen Empfangstresen. Überall herrschte geschäftiges Treiben. Nur wenige Männer und an die zehn Frauen saßen an den Schreibtischen. Eine von ihnen kam auf sie zu.

»Kann ich Ihnen behilflich sein?« Das Namensschild an ihrer Bluse wies sie als Azubi aus.

»Wir suchen Frau Maike Müller«, sagte Gordi.

»Sie ist unsere Büroleitung.« Wie auf Bestellung lächelte sie und ging zu einer Kollegin im Blümchenkleid, die, über die Schulter einer Mitarbeiterin gebeugt, auf deren Monitor zeigte.

Die Frau sah in ihre Richtung und kam an den Tresen. »Was kann ich für die Herren tun? Ich bin Maike Müller.«

»Mordkommission Ostfriesland. Wir möchten mit Ihnen sprechen«, sagte Onno.

Maike Müller griff nervös in ihr gelocktes braunes Haar und schaute sich gleichzeitig zu ihren Mitarbeiterinnen um. »Bitte, meine Herren, nicht hier«, flüsterte sie.

»Wir sind gekommen, um Sie an Ihren Termin zu erinnern«, erwiderte Onno lautstark, Maike Müllers Einwand ignorierend. »Ihre Verabredung bei ›Luigis‹.«

»Bitte«, wiederholte Maike Müller.

Onno holte Luft, um weiterzusprechen, aber Gordi legte eine Hand auf seinen Arm.

»Wo können wir uns ungestört unterhalten?«, fragte er.

»Im ›Fährhaus‹, Norddeich.«

»Wann?«

»Heute Abend, gegen zwanzig Uhr. Ich werde da sein«, flüsterte sie.

Gordi nickte als Zeichen seiner Zustimmung und zog Onno mit sich fort, während Maike Müller zu ihrem Schreibtisch zurückging und sich dabei immer wieder umblickte.

»Kannst du mir sagen, was das sollte?«, fragte Gordi barsch, als sie wieder in der Parkgarage angekommen waren. »Warum musstest du die Frau so hart angehen?«

»Warum nicht? Sie ist nicht zur Verabredung mit ihrer Bekannten erschienen. Das heißt, sie wusste von deren Tod, wahrscheinlich über die Zeitung. Hätte sie sich nicht bei der Polizei melden müssen, wenn sie nichts zu verbergen hat?«

»Ja, hätte sie, hat sie aber nicht. Sie hat gezittert wie Espenlaub. Sie hatte Angst.«

»Bist du sicher, dass nicht die Mörderin vor uns gestanden hat? Das Opfer hat etwas von ihr verlangt. Was genau?«

»Das glaubst du doch selbst nicht.«

»Nein, aber ein bisschen Druck schadet nicht. Es geht schließlich um Mord.«

»Wir werden sehen, was sie uns heute Abend zu sagen hat. Bis dahin gebe ich dir ein Bier aus. Wir nehmen uns den Nachmittag frei und fahren zu mir. Heute kriegen wir nichts mehr gebacken.«

16

Ungewöhnlich schnell hatten sie Norddeich erreicht. Gordis Wohnung war sparsam möbliert. Das Teuerste an ihr war die Miete. Vom Flur aus gelangte man über eine schmale Treppe auf die Dachterrasse mit Panoramablick auf die Nordsee. An das Wohnzimmer schloss sich ein überdachter Balkon an, sodass man auch bei Regen im Freien sitzen konnte.

Sie holten sich zwei gut gekühlte Jever aus dem Kühlschrank, gingen über die Treppe nach oben und setzten sich in bequeme Rattansessel.

»Prost.« Onno stieß seine Bierflasche gegen Gordis und nahm einen kräftigen Schluck.

Der vorgerückte Frühlingsnachmittag war mild für norddeutsche Verhältnisse, und die Sonne wärmte bereits. Zahlreiche Menschen spazierten auf dem Deich.

Onno stand auf, schlenderte zum Geländer der Dachterrasse und lehnte sich darauf. Er blickte auf den zitronengelben Citroën vor dem Haus hinab. »Was hat es eigentlich mit dieser Karre auf sich?«

»Sag nicht ständig ›Karre‹.«

Onno setzte ein schiefes Lächeln auf. »Okay. Also, was hat es mit diesem Oldtimer, von dem du dich nicht trennen kannst, auf sich?«

»Es ist nur ein Auto.«

»Quatsch! So wie du damit umgehst, steckt etwas anderes dahinter. Wenn du es so sehr in dein Herz geschlossen hast, solltest du es herrichten lassen, die eingebeulten Kotflügel reparieren, dezentere Hochglanzfarbe. Dann kommt der Wagen besser rüber.«

»Das ist ausgeschlossen.«

»Warum?«

»Weil es ihre Lieblingsfarbe war.«

»Wessen Lieblingsfarbe?«

Gordi schaute über das Meer. Ein sanfter Wind wehte von Norden ins Inland.

»Komm schon. Seit fast einem Jahr fahre ich mit dir in diesem *Oldtimer*. Heute will ich eine Antwort.«

»Ihr Name war Julia.« Gordi stellte sich neben Onno und beobachtete, wie die letzte Fähre des Tages nach Norderney ablegte.

»Das war ja klar. Es musste was mit einer Frau zu tun haben«, sagte Onno.

»In der Oberstufe hatte ich Biologie als Leistungsfach. Ich saß im Kursraum an meinem Platz, da kam sie herein. Als sie durch die Tür schritt, habe ich den Rest der Welt um mich herum vergessen. Sie hat sich neben mich gesetzt und gesagt: ›Ich bin Julia.‹ So hat es angefangen. Bis zum Abitur waren wir unzertrennlich. Wir zogen nach Hannover, ich besuchte die Polizeischule, sie studierte BWL. Wir hatten gemeinsame Träume und Ziele. Dachte ich wenigstens. Als Student kann man keine großen Sprünge machen, aber wir waren glücklich. Bei einem Gebrauchtwagenhändler haben wir dann den Citroën gefunden. Sie ist bei der Farbe ausgeflippt.«

»Deshalb lässt du ihn nicht umfärben.«

»Ja. Ich habe den Wagen für tausend Euro gekauft, weil er in desolatem Zustand war.«

»Daran hat sich nichts geändert.«

»Du hättest ihn damals sehen sollen. Ich habe drei Monate lang jedes Wochenende daran gearbeitet. Den ersten Ausflug damit haben wir nach Hamburg gemacht. Julia hat das Auto geliebt.«

Sie hatten noch nie über persönliche Dinge gesprochen. Sie rissen zwar ständig Witze und alberten herum, aber ein ernsthaftes Gespräch hatten sie bisher nicht geführt. Gordi wusste, dass Onno aus reichem Hause kam. Aber er ging nicht damit hausieren. Auf andere wirkte er barsch. Sie vor den Kopf zu stoßen war seine Art, die Menschen von sich fernzuhalten.

»Und dann?«, fragte Onno.

»Sie hat den alten Citroën gegen einen nagelneuen Audi TT eingetauscht und ist in das Appartement eines betuchten Kommilitonen gezogen. Manchmal passiert etwas, und die Person, die du zu kennen geglaubt hast, entpuppt sich als jemand anderer.« Gordi brach ab und vermied es, Onno anzusehen. »Heute kann man bis nach Borkum sehen.«

Es herrschte Flut, aber das Wasser war ruhig. Die Oberfläche kräuselte sich nur. Am Horizont waren die Gebäude der Insel Norderney zu erkennen.

»Gut, dass du die Wohnung hier gemietet hast«, sagte Onno. »Obwohl wir uns mit den Möbeln fast totgeschleppt haben. Versuch, das Appartement zu kaufen.«

»Das kann ich mir nicht leisten.«

»Wozu gibt es Kredite?«

»Verpflichtungen würden mich einengen.«

»Das kann ich nachvollziehen.«

Gordi stellte seine Flasche auf den Boden. »Das Bier schmeckt schal.«

Am Himmel sammelten sich allmählich tief hängende Wolken. Sie deuteten darauf hin, dass das milde Wetter die Ruhe vor dem Sturm war. Heute Nacht würde sich das Meer in eine wellengepeitschte See verwandeln.

»Jetzt pass mal auf«, sagte Onno. »Mein Vater war ein Ehrenmann mit Herz und Prinzipien, wie du. Jahre nachdem meine Mutter gestorben ist, habe ich ihm gesagt, er solle neue Frauen kennenlernen und nicht allein alt werden. Ich sehe ihn noch heute vor mir. Er erwiderte, man liebe nur einmal, und er hat es durchgehalten. Er hat nie wieder eine andere Frau geliebt. Aber deine Freundin ist nicht gestorben. Sie hat dich verarscht. Verschrotte den Oldtimer gemeinsam mit den Erinnerungen an sie. Oder verscherble ihn. Fang neu an. Es lohnt sich nicht, ihr nachzuweinen. Solche Frauen gibt es wie Sand am Meer, und sie sind leicht zu haben.«

»Woher willst du das wissen?«, fragte Gordi, ohne den Blick von der Ferne abzuwenden.

»Abgesehen davon, dass ich einen BMW fahre, bin ich der

Typ mit dem Audi.« Onno sprach nicht weiter, und das musste er auch nicht. Gordi kannte einige seiner Geheimnisse – auch ohne dass er sie preisgab.

Er dachte an die Verabredung, die ihnen bevorstand. Würden sie von Maike Müller etwas Neues erfahren?

17

Das »Fährhaus« war ein Hotel mit Restaurantbetrieb am Hafen von Norddeich. Von hier aus legte stündlich die Fähre nach Norderney ab, zur einzigen tideunabhängigen Insel der Nordsee. Nach Juist setzten die Schiffe nur bei Hochwasser über.

Onno und Gordi gingen hinein, durchquerten die Lobby und gelangten in die spärlich besetzte Bar. An drei Tischen saßen ältere Gäste, die sich leise unterhielten. Onno bestellte zwei Tassen Kaffee beim Barkeeper, dann suchten sie sich einen kleinen, abseits gelegenen Tisch, von dem aus sie den Raum überblicken konnten.

Gordi sah auf die Uhr über der Eingangstür, durch die Maike Müller im selben Moment eintrat. »Zwanzig Uhr, auf die Minute pünktlich.«

Maike musterte suchend die Tische und kam auf sie zu.

Gordi rückte den Stuhl neben sich zurecht. »Bitte setzen Sie sich. Keine Sorge, hier wird Sie niemand erkennen.«

Maike Müller nahm Platz und zog die Mütze vom Kopf. Den Mantel behielt sie an. »Ostfriesland ist ein Dorf. Man kann nirgendwohin gehen, ohne dass am nächsten Tag darüber getratscht wird.«

»Was soll ich Ihnen bestellen?« Onno gab dem Kellner ein Zeichen, der gleich zum Tisch kam.

»Einen Cognac.«

»Sie waren heute mit Ella Martens verabredet, sind aber nicht zu dem Termin erschienen«, sagte Gordi, nachdem sich der Kellner wieder entfernt hatte.

»Wundert Sie das? Warum sollte ich eine Verabredung mit einer Toten einhalten? Obwohl Ella nicht im Landratsbüro gearbeitet hat, ist sie eine Kollegin gewesen, und bei uns im Amt war ihr plötzlicher Tod Tagesgespräch. Überall wurde die Zeitung herumgereicht. Einen Tag danach hat es niemanden mehr gekümmert.«

»Aber Sie hat es gekümmert.« Gordi betonte jedes Wort.

Maike Müllers Augen wurden glasig. »Das hat es.«

»Morgen werden die Kolleginnen erneut Grund zum Gerede haben. Heute hat das Präsidium offiziell mitgeteilt, dass es sich bei dem Tod Ihrer Kollegin um einen Mordfall handelt«, sagte Onno.

Maike Müller starrte wortlos auf das Cognacglas, das der Kellner gebracht hatte. Die rosige Gesichtsfarbe, mit der sie hereingekommen war, verblasste. Zittrig nahm sie das Glas und leerte es in einem Zug. Mit einer Handbewegung bestellte Onno nach.

»Das scheint Sie nicht zu verwundern«, sagte Gordi.

»Nein, nicht wirklich. Seit Ellas Tod habe ich keine Nacht geschlafen.«

»Welche Verbindung hatten Sie zu Ella Martens?«

»Wir kannten uns aus der Schule. Wir sind beide in Leer aufgewachsen und haben das Teletta-Groß-Gymnasium besucht, zu unserer Zeit hieß es ›Schule für höhere Töchter‹. Wir waren in derselben Klasse. Ella war ein streitbares Mädchen.«

»Inwiefern?«

»Sie hat sich immer für die hilflosen Mitschülerinnen eingesetzt, für die, die sich nicht selbst verteidigen konnten. Ich war eine von ihnen. Ella gehörte zu einer wohlbekannten und geachteten Familie im Landkreis Leer. Sie beide sind zu jung, um die Martens-Werft zu kennen, die seinerzeit über die Landesgrenzen hinaus bekannt gewesen ist. Ellas Großvater hat sie gegründet, und ihr Vater hat sie aufgebaut. Begonnen haben sie mit dem Bau von Binnenlastschiffen, was ihnen Reichtum und Ansehen gebracht hat. Als die Nachfrage zurückging, hat sich Menno Martens, Ellas Vater, auf handgefertigte Luxusyachten spezialisiert. Er hat viele Auszeichnungen bekommen, und seine Designerstücke erschienen in Fachzeitschriften.« Ein zaghaftes Lächeln breitete sich über Maike Müllers Gesicht aus.

»Woran denken Sie?«, fragte Gordi.

»Tja, auch wenn man es mir heute nicht ansieht, so war ich

doch in meiner Jugend ausgesprochen sportlich. Während der Schulzeit war ich im Leeraner Segelverein. Der alte Martens hat in seinen besten Jahren unsere Boote kostenlos gewartet und Reparaturen ausgeführt. Das waren glückliche Zeiten, meine besten.« Sie griff nach dem neuen Cognacglas und hielt sich mit beiden Händen daran fest, ohne zu trinken. »Wir haben geglaubt, dass etwas Großes aus Ella werden würde. So ist die Jugendzeit. Aber das Leben belehrt uns eines Besseren. Über die Jahre haben wir uns aus den Augen verloren, obwohl wir nicht weit voneinander wohnten. Ich wusste, dass Ella im Bauamt arbeitet, aber jede von uns hat ihre eigenen Wege verfolgt. Man hofft, man wartet, dass das Leben beginnt, und dann ist die Jugend auf einmal vorbei, ohne dass man es merkt.« Als würde sie sich ihres Redeschwalls bewusst, hielt sie plötzlich inne.

»Reden Sie weiter«, trieb Gordi sie sanft.

»Vor einigen Wochen hat mich Ella dann unerwartet angerufen und um ein Treffen gebeten. Nach der langen Zeit war ich überrascht. Zunächst dachte ich, dass es um ein Klassentreffen ginge.« Sie sah sich um. Die anderen Gäste waren gegangen. Nur der Kellner stand noch hinter der Bar und wusch die letzten Biergläser. Maike Müller nippte an ihrem Cognac und setzte das Glas ab.

»Aber es ging nicht um ein Klassentreffen«, bemerkte Gordi.

»Nein, das tat es nicht.«

»Was hat Ella von Ihnen gewollt? Lassen Sie uns doch nicht um jedes Wort ringen«, bat Onno.

»Sie müssen das verstehen. Ich bin eine alleinstehende Frau und auf meine Anstellung angewiesen. Die Männer, um die es Ella ging, sind einflussreich und gefährlich zugleich.« Maike Müller brach ab.

Gordi legte seine Hand auf ihren Arm. »Ella Martens war ein streitbares Mädchen, haben Sie gesagt.«

»Ja, das war sie.«

»Sie hat sich immer für die Schwächeren eingesetzt, sagten Sie. Ist es nicht an der Zeit, dass Sie sich revanchieren?« Gordi senkte die Stimme. »Ich kannte Ella Martens nicht persönlich, aber was ich bisher über sie erfahren habe, war ihre Devise, sich selbst treu zu bleiben.«

Zwei Tränen rollten über Maikes Wangen. Gordi holte ein frisch gebügeltes Taschentuch aus seiner Jackentasche und reichte es ihr.

»Danke.«

»Bleiben Sie auch sich selbst treu, Maike. Tun Sie das Richtige. Tun Sie das, was Ella Martens getan hätte.«

Maike fuhr fort. »Ella war die Seele im Bauamt Aurich, fleißig und aufopfernd. Solche Angestellte werden oft ausgenutzt, und so war es auch mit ihr. Aber es hat ihr nichts ausgemacht. Sie war diesem dümmlichen Rademacher haushoch überlegen. Bei der Konfirmationsfeier seines Sohnes, die Ella organisiert hatte, war sie ebenfalls dabei. Rademachers Familie bewohnt eine herrschaftliche Altbauvilla in der Schlossstraße in Aurich. Das ganze Haus war voller Gäste. Es wurden Cocktails gereicht, und eine Cateringfirma hat sich um das Büfett gekümmert. Der Bauamtsleiter hatte groß aufgefahren, es fehlte an nichts. Jede Familie des Landkreises mit Rang und Namen war anwesend. Der Hausherr hatte sich mit dem Landrat Peter Memmenga und Manfred Schanhorst, einem Bauunternehmer, in sein Arbeitszimmer zurückgezogen. Ella sollte auf Wunsch von Frau Rademacher deren Mann zur Gesellschaft zurückholen. Dabei hat sie durch die angelehnte Tür unbeabsichtigt das Gespräch der Männer belauscht. Herr Schanhorst hat den Beamten unverblümt eine hohe Summe in Aussicht gestellt, wenn er den Zuschlag für einen Neubau bekäme. Sie haben förmlich um die Geldsumme geschachert.«

»Hat sie mitbekommen, um welchen Auftrag es sich handelte?«

»Nein, das nicht. Einer der Gäste ist den Flur hochgekommen, und sie hat an die Tür geklopft, um nicht aufzufallen.«

»Und was wollte sie von Ihnen?«

»Das können Sie sich sicher denken. Ella wusste, dass ich für den Landrat arbeite. Ich sollte Augen und Ohren offen halten und nach Fakten suchen. Sie wollte die Korruption aufdecken. Ein Gespräch, das eine Sekretärin aufgeschnappt hat, wäre kein Beweis gewesen. Danach haben wir uns getroffen. Am Anfang habe ich mich geweigert, aber sie hat mir ins Gewissen geredet. Wie Sie heute.«

Gordi lehnte sich zurück und atmete tief durch.

»Haben Sie etwas herausgefunden?«, fragte Onno.

»Nein. Ich habe nichts Ungewöhnliches bemerkt. Ich habe gehofft, dass sich Ella geirrt hat und sich ihr Verdacht nicht bestätigen würde. Dann las ich in der Zeitung von ihrem Tod.«

»Könnten die Männer bemerkt haben, dass sie beobachtet wurden?«

»Nein, zumindest nicht bei meinen Recherchen im Amt. Der Landrat ist ein, wie soll ich sagen, ein narzisstischer Charakter. Er ist viel zu sehr mit sich selbst beschäftigt, als dass er die niederen Ränge um sich herum wahrnimmt.«

»Wir würden gern erfahren, wo der Landrat am Morgen des 3. Mai gewesen ist. Ich erwarte nicht, dass Sie das wissen, schließlich war es Samstag, aber –«

Maike unterbrach Gordi. »Ich weiß es sogar ganz genau.« Ausführlich berichtete sie, womit der Landrat am Tattag beschäftigt gewesen war. Am Ende leerte sie den dritten Cognac und setzte das Glas ab. »Ich habe Ihnen gesagt, was ich weiß. Mehr kann ich nicht berichten. Ich hoffe, Sie werden verschwiegen sein.«

»Machen Sie sich keine Sorgen. Werden Sie das Versprechen, das Sie Ihrer Freundin gegeben haben, einhalten?«, fragte Gordi.

Maike nickte. »Ich halte Augen und Ohren offen.«

»Eine letzte Frage habe ich noch. Hat Ella Martens Tagebuch geschrieben?«

»Solange ich sie kenne.« Maike setzte sich die Mütze auf, zog den Kragen ihres Mantels hoch und verabschiedete sich. Bevor sie ging, sah sie die Kommissare an und sagte mit trauriger Stimme: »Mit Ella ist das letzte Mitglied ihrer Familie gestorben. Sie war ein guter Mensch, wissen Sie. Das hat sie nicht verdient. Aber das Leben macht uns mürbe und kriegt jeden klein. Gerecht ist es nicht.« Dann verließ sie geduckt und schnellen Schrittes die Hotelbar.

Onno und Gordi gingen kurz nach ihr. Draußen hatte sich Dunkelheit breitgemacht.

18

»Guten Abend, Detlef«, sagte Onno.

Der Wirt hinter der Theke stellte die Flasche Korn ab, die er in der Hand gehalten hatte, und begrüßte Onno und Gordi. »Schau an, ihr lebt noch. Euer letzter Besuch ist lange her.«

»Leider«, erwiderte Onno. »Wir sind mit Kollegen verabredet.«

Detlef lehnte sich mit ausgestreckten Armen auf den Tresen. »Hab gehört, ihr untersucht den Fall der toten Frau in der Baumstraße. Die ganze Stadt zerreißt sich das Maul darüber. Der Postbote, der sie aufgefunden hat, ist ein entfernter Verwandter von mir. Der Arme ist geschockt, hat sich krankschreiben lassen, das Sensibelchen.« Er zeigte zu dem besetzten Tisch. »Eure Kumpels sitzen da drüben. Sie haben schon nach euch gefragt. Eine reifere Frau, die ich nicht kenne, ist dabei; nicht gerade eine Granate.«

»Pass auf, was du sagst.«

Detlef nahm schützend die Arme hoch. »Sorry, Onno, wusste nicht, dass du die Dame näher kennst.«

Es war noch früh am Abend, und die Kneipe war bis auf zwei Tische leer. Onno sah zur Gruppe am Fenster.

»Was wollt ihr trinken?«, fragte Detlef.

»Ein Bier für meinen Freund und …«

»… und Single Malt für dich«, beendete Detlef den Satz. »Aber eins sage ich dir, Onno: Wenn ich diesen speziellen Glencadam für dich vorhalten soll, musst du öfter hier auftauchen. Du bist weit und breit der einzige Whiskytrinker in meiner Kneipe.«

»Ich würde jeden Abend kommen, wenn der Heimweg nicht wäre.«

»Zieh nach Norden um. Was hast du überhaupt in Leer verloren?«

»Kommt nicht in Frage. Dann habe ich den Kerl ständig am

Hals«, sagte Gordi, der dem Wortwechsel der beiden schweigend gefolgt war.

»Trinkt er Jever wie jeder anständige Ostfriese? Aber nein, der Herr genießt lieber eine Spezialität aus den östlichen Highlands in Schottland, an die schwer ranzukommen ist«, lamentierte Detlef.

»Er ist kein Ostfriese.« Gordi nahm die Bierflasche und schlenderte lächelnd zum Tisch der Kollegen.

Das »Mittelhaus« war ein Gasthof in Nordens Innenstadt und ein beliebter Treffpunkt für die Einheimischen. Die Einrichtung mit dunklem Holzboden und abgewetztem Mobiliar wirkte rustikal. An der Wand stand ein typisches Ostfriesensofa in sanftem Braunton, davor ein rechteckiger Holztisch. An der Wand darüber hing ein eingerahmter Stoff mit eingesticktem Spruch: »KOMM HEREIN UND FÜHL DICH DAHEIM.« In der Ecke verbreitete ein gusseiserner Ofen mit prasselndem Feuer eine wohlige Wärme im Raum. Regelmäßig trafen sich hier die Kollegen aus den Revieren Aurich und Norden.

»Du hast recht, ich muss häufiger kommen.« Onno nahm Detlef das halb volle Whiskyglas aus der Hand und folgte Gordi. »Hatte schon vergessen, wie gemütlich es hier ist.«

Jan, Berni und Angelika Schneider saßen an einem runden Tisch vor dem Fenster. Onno setzte sein Glas ab und nahm Angelika, die aufgesprungen war, herzlich in die Arme.

»Schön, dass du kommen konntest.« Ein Lächeln ließ die strengen Fältchen um ihre Augen milder erscheinen. Sie sah frischer und erholter aus als noch vor zwei Tagen in ihrem Institut.

»Ich habe die Gelegenheit genutzt und mir eine Übernachtung im ›Reichshof‹ gegönnt. Die Obduktion ist beendet, und ich wollte euch die abschließenden Resultate persönlich mitteilen.«

Sie nahmen Platz.

Angelika hatte einen großen Teller mit hausgemachtem Kartoffelsalat und Würstchen vor sich und aß mit Appetit, während Berni ihr gegenüber mit einem Salatteller vorliebnahm.

»Greif zu.« Sie reichte Onno, der neben ihr saß, die Gabel.

»Ich habe einen Bärenhunger.« Er stopfte sich ein halbes Würstchen in den Mund. Er fühlte sich neben der mütterlichen Frau wohl. »Du hast aufregende Neuigkeiten für uns?«, fragte er kauend.

»Das kann man so sagen.« Angelika machte eine Pause, um sich der Aufmerksamkeit der Kommissare zu versichern. »Zunächst einmal habe ich den Todeszeitpunkt auf eine halbe Stunde genau zwischen neun und neun Uhr dreißig am Morgen des Tattages eingegrenzt. Dass Ella Martens an Blausäure gestorben ist, wisst ihr schon.«

»Du lässt uns ganz schön lange zappeln. Ist es so bedeutend?«

Angelika nickte. »Als ihr im Institut wart, habe ich von einem Anfangsverdacht gesprochen. Die feingewebliche Untersuchung hat mich bestätigt. Das Opfer hatte Eierstockkrebs im Endstadium.«

Onno setzte sein Whiskyglas ab. Er hatte sich an dem Getränk verschluckt und hustete. Die anderen sahen sich verwundert an.

»Du bist immer für eine Überraschung gut«, brachte Onno hervor, nachdem er sich ausgehustet hatte.

»Wie ist das möglich?«, fragte Gordi. »Wir haben nirgends Hinweise auf so eine Erkrankung gefunden. Ella Martens war nie krankgemeldet. Es waren keine Krankenhausaufenthalte bekannt. Sie muss doch einen Frauenarzt konsultiert haben.«

»Nicht unbedingt«, erwiderte Angelika. »Es besteht die Möglichkeit, dass sie nichts davon wusste, obwohl sich Beschwerden und Symptome in diesem Stadium eingestellt haben dürften. Sie muss Schmerzen gehabt haben. Aber das Verdrängungspotenzial der Menschen ist enorm. Welcher Arzt kennt nicht Patientinnen, die eines Tages mit ausgebrochenem Brustkrebs in ihre Praxis kommen und berichten, sie hätten sich vor wenigen Wochen gestoßen.«

»Aber Ella Martens war eine gebildete Frau. Sie hätte den Kopf nicht in den Sand gesteckt.«

»Wenn Sie wüssten, was gebildete Menschen so tun. Das hat nichts mit Intelligenz zu tun. Ein Mensch glaubt, was er glauben will, und baut sich die passenden Argumente auf, wie etwa, dass eine Verhärtung in der Brust nur ein blauer Fleck sei. Andererseits ist es durchaus möglich, dass sich das Opfer bewusst gegen eine Behandlung entschieden hat. Es hätte den Tod ohnehin nur hinausgezögert. Die gewonnene Lebenszeit wird in diesen Fällen mit erheblichen körperlichen Beschwerden erkauft. Das ist eine Entscheidung, die jeder Einzelne für sich fällen muss. Eine junge Mutter wird Schmerzen in Kauf nehmen, um einige Wochen oder Monate länger bei ihren kleinen Kindern zu sein. Wie würden Sie entscheiden?« Sie grinste Onno an. »Was du tun würdest, weiß ich.«

Onno prostete ihr zu und kippte den Rest des Whiskys herunter.

Das Gespräch verstummte, als Detlef mit der Flasche in der Hand an den Tisch kam und, ohne zu fragen, Onnos leeres Glas auffüllte. »Darf ich Ihnen noch etwas bringen?«, fragte er Angelika höflich, während er zu Onno schielte.

»Ein Bier vom Fass«, antwortete sie.

»Gern.« Detlef wandte sich mitleidsvoll zu Berni. »Dieses Salatgefuttere wird dich garantiert nicht dünner machen. Geh zweimal die Woche zum Fitnesstraining.« Er klopfte sich mit der freien Hand auf seinen flachen Bauch. »Jeden Vormittag zwei Stunden im ›Fips‹.«

»Sabbel nicht so viel und bring mir noch ein Glas Mineralwasser.« Mürrisch wischte sich Berni mit der Serviette Salatdressing von der Lippe.

Detlef nahm die Bestellungen auf und ging zurück zur Theke.

»Auf Ella Martens' Laptop habe ich keine Informationen darüber gefunden. Nichts über Krebs oder irgendwelche anderen Erkrankungen«, erklärte Jan. »Da waren lediglich Aufzeichnungen über ihre eigenen Finanzen, Onlinebanking und die Vorwürfe gegen ihren Vorgesetzten, die ihr ja kennt. Dann gab es Kalendereintragungen und Berichte über ihre ehrenamtliche Arbeit für den Kinderschutzbund in Norden. Dafür hat sie einen Großteil ihrer Freizeit geopfert. Nun frage ich euch: Würde eine Frau im Endstadium einer Krebserkrankung so was tun?«

»Warum nicht? Wer kann schon die Gedanken der anderen lesen. Jeder hat seine eigene Art und Weise, die letzte Zeit auf Erden zu verbringen. Mag sein, dass Ella Martens das Ende sinnvoll nutzen und sich gebraucht fühlen wollte. Was gibt es Besseres dafür, als mittellosen Kindern zu helfen?« Gordi setzte die Bierflasche auf dem Tisch ab und lehnte sich im Stuhl zurück.

»Eine letzte Information kann ich noch liefern«, sagte Angelika. »Nach den Fakten, die mir das Revier mitgeteilt hat, war das Opfer in psychiatrischer Behandlung. Ich habe eine große Menge Cyanid in ihrem Körper gefunden, aber keine Spuren von Psychopharmaka. Wenn sie je welche genommen hat, so hat sie diese schon lange abgesetzt.«

»Dann können wir davon ausgehen, dass sie die Medikamente abgesetzt hat, nachdem sie ihre Krebsdiagnose erhalten hat«, sagte Gordi. »Was macht eine vermögende Frau ohne Nachkommen im Angesicht des Todes? Sie regelt ihren Nachlass und klärt die unerledigten Dinge, die ihr am Herzen liegen. Das Haus, in dem sie wohnte, hat ihr gehört, aber auf großem Fuß hat sie nicht gelebt. Keine Ausgaben für teure Reisen und Hobbys, nicht einmal Kosmetika, Schmuck oder wofür Frauen sonst Geld ausgeben. Sie hat bescheiden gelebt, obwohl sie reich war. Geizig war sie aber nicht.«

Jan stimmte ihm zu. »Das konnte ich nachweisen. Sie hat regelmäßig größere Geldbeträge in den Kinderschutzbund in Norden gepumpt, und ich meine wörtlich *größere*, denn immer waren es vierstellige Summen.«

»Wir müssen wissen, wen sie in ihrem Testament bedacht hat. Ich könnte mir vorstellen, dass sie gemeinnützigen Institutionen Geld vererbt hat«, sagte Gordi. »Ellas Anwalt hat sich im Revier gemeldet. Er wird ihren letzten Willen eröffnen und die Beerdigung im Familiengrab auf dem lutherischen Friedhof in Leer veranlassen, sobald die Gerichtsmedizin es zulässt.«

»In etwa einer Woche werde ich die Leiche freigeben«, sagte Angelika.

Mittlerweile war es draußen dunkel geworden, und die Kneipe füllte sich stetig. Detlef legte einige Holzscheite in den Kaminofen nach.

»Was ist aus eurem Treffen mit Maike Müller geworden?«, fragte Jan.

»Wir haben vorhin in Norddeich mit ihr geredet.« Gordi berichtete von ihrem Gespräch im »Fährhaus«. »Wegen ihrer unheilbaren Erkrankung hat Ella Martens vermutlich versucht, ihren Korruptionsverdacht so schnell wie möglich zu beweisen. Ihr blieb nicht viel Zeit dazu. Sie fühlte sich verpflichtet, diese Aufgabe zu Ende zu bringen, ehe sie sterben würde. Dazu hat sie ihren wachen Verstand eingesetzt und Maike Müller mit ins Boot geholt.«

»Hat sie ihre Freundin über ihre Diagnose informiert?«, fragte Angelika.

»Nein, Maike Müller hat nichts erwähnt.«

»Wir stehen dort, wo das Opfer gestanden hat. Wenn es eine Korruption gibt, gibt es ein Mordmotiv. Aber wie können wir das beweisen?«, fragte Berni.

»Geld«, antwortete Onno. »Wo es Bestechung gibt, fließt Geld. Folge der Spur des Geldes. Wenn wir Transaktionen nachweisen, werden wir dem Täter oder den Tätern näher kommen.«

»Ohne stichhaltige Beweise werden wir niemals eine Genehmigung zur Überprüfung bekommen. Das sind angesehene Männer im Landkreis. Die haltlosen Verdächtigungen einer Sekretärin werden den Staatsanwalt nicht beeindrucken. Er wird sich nicht die Finger verbrennen wollen. Dafür sind die Indizien zu dünn«, entgegnete Berni.

»Ich könnte die Konten hacken. Doch das ist illegal, und kein Gericht in Deutschland würde die Beweise zulassen.«

»Aus dem Grund wirst du es lassen, Jan. Egal, wie sehr es dich in den Fingern juckt. Abgesehen davon würde es deine Polizeilaufbahn mit einem Schlag beenden. Besser ist es, den

Staatsanwalt zu überzeugen. Ich setze auf Maike Müller. Sie hat zugesagt, für uns zu forschen«, sagte Gordi.

»Die Frau hat sogar Angst vor ihrem eigenen Schatten. Ich glaube kaum, dass sie uns helfen wird«, widersprach Onno.

Gordi setzte sein Bierglas ab. »Etwas anderes macht mir größere Sorgen: Falls es uns gelingt, den Verdacht der Korruption zu erhärten, ist noch lange nicht der Mord geklärt.«

»Es wäre ein Motiv«, gab Onno zu bedenken.

»Dennoch beunruhigt mich die Art und Weise, wie das Opfer getötet wurde. Ein Giftanschlag ist ein persönliches Verbrechen und wird in der Regel von einem nahestehenden Menschen verübt. Wie hat Ella Martens das Cyanid zu sich genommen? Wer hat die Hinweise darauf aus ihrem Haus verschwinden lassen? Einbruchspuren gab es nicht. Der Täter hat gehofft, dass ein natürlicher Tod angenommen wird.«

Detlef kam mit einem Tablett aus der Küche und stellte drei Teller auf den Tisch. »Lasst es euch schmecken«, sagte er.

Onno griff zu. Sie warteten, bis der Wirt gegangen war, dann nahmen sie ihr Gespräch wieder auf.

»Der Einbruch in das Haus ist völlig schleierhaft. Es waren keine Diebe, so viel ist klar«, sagte Onno.

»Was ist mit den Alibis der verdächtigen Männer?«, fragte Berni.

»Eine Sackgasse«, antwortete Gordi. »Die haben wir als Erstes geprüft. Nach Aussagen seiner Sekretärin Maike Müller hat Landrat Memmenga zur Tatzeit eine Aufsichtsratssitzung in Aurich geleitet. Der Bauamtsleiter hat nachweislich an einer Fortbildung in Hannover teilgenommen. Der Einzige, den wir noch nicht überprüft haben, ist der Bauunternehmer Schanhorst. Zumindest können wir Rademacher und Memmenga als Täter ausschließen.«

Onno hatte seinen Whisky ausgetrunken. »Solche Männer machen sich nicht selbst die Hände schmutzig. Die Tat ist geplant ausgeführt worden. Ohne Bernis Geruchssinn hätte es keine Autopsie gegeben, und es wäre der perfekte Mord geworden.«

Detlef kam erneut mit der Glencadam-Flasche an den Tisch. »Ich spendiere einen, werde ihn sowieso nicht mehr los.« Er wollte den Whisky in Onnos Glas gießen, doch der hob die Hand.

»Mehr als zwei vertrage ich heute nicht.«

»Wie schade.« Angelika verzog das Gesicht. »Ich wollte mir einen langen Abend gönnen, wenn ich mein Institut schon mal verlasse.«

»Nur wenn du einen mittrinkst.«

Angelika nickte zustimmend, und Onno gab Detlef ein Zeichen. »Lass die Flasche am besten gleich hier.«

»Na, endlich wird die Buddel mal leer«, sagte dieser und ging.

»Wir beide sammeln unbelegte Fakten und Hinweise, Puzzleteile, die am Ende ein Bild ergeben«, sagte Berni zu Angelika. »Sie haben eine stumme Kundschaft. Da ist die Konversation unter Kollegen eine Abwechslung.«

»Die Toten sprechen durchaus zu mir. Wenn man die richtigen Fragen stellt, erzählen sie von ihrem Dasein, wie sie gelebt haben, ob sie getrunken, geraucht haben oder ob sie bis zuletzt sportlich und gesund gewesen sind. Sie geben mir auch die Geheimnisse ihres Sterbens preis.«

»Genauso ist es in der Spurensicherung, dennoch ist es ein einsamer Job.«

»Jetzt reicht's!« Onno hielt die Whiskyflasche hoch. »Diese Flasche wartet darauf, geleert zu werden.«

Berni wollte protestieren, aber Onno kam ihm zuvor.

»Bleib mir heute weg mit deiner Diät. Erzähl zu Hause ruhig, ich hätte dich gezwungen.«

Überstimmt hob Berni sein leeres Mineralwasserglas. »Dann schenk ein.« Er nahm das volle Glas und wollte trinken, hielt aber noch einmal inne. »Eine Frage beschäftigt mich, seit ich im Haus des Opfers war: Für wen war eigentlich das Azzaro bestimmt?«

Niemand antwortete. Das Thema Ella Martens ließen sie für den Rest des Abends ruhen.

Mittlerweile hatte sich der Gasthof bis auf den letzten Platz gefüllt. Bernis Standhaftigkeit hatte nachgelassen, und er ließ sich zu einem Sandwich überreden, was seine Laune sichtlich besserte. Nach dem zweiten Whisky trug er Schwänke aus seinem Fachbereich vor. Angelika Schneider hielt mit. Weit nach Mitternacht hatten sie die Flasche geleert und brachen auf.

Onno begleitete Angelika die wenigen Schritte zu ihrem Hotel. Sie hakte sich bei ihm ein. Gemeinsam schlenderten sie über die beleuchtete Straße zum »Reichshof«. Die letzten Besucher verließen die Restaurants und Kneipen. Ihre Kollegen waren in die entgegengesetzte Richtung zum Marktplatz gegangen, wo man zu dieser Zeit noch Taxis fand.

»Ich hatte schon vergessen, wie hübsch die Norder Altstadt ist. Ich freue mich, dass du mitkommst, ein wahrer Gentleman.«

Onno schmunzelte. »Dazu eigne ich mich nicht.«

»Vor neun Monaten bist du in meinen Obduktionssaal hineinmarschiert, selbstsicher, stolz und etwas anmaßend. Mein Sohn war gerade erst ausgezogen, um in Berlin zu studieren. Das Haus war leer geworden – richtig leer, nicht so wie nach der Zeit, als mein Mann mich verlassen hatte. Du hast mich an Finn erinnert. Aber anders als mein Sohn bist du zuverlässig und beständig. Und bevor du etwas Flapsiges sagst: Vor mir brauchst du dich nicht zu verstellen.«

»Dein Sohn kann sich glücklich schätzen. Hat er sich in letzter Zeit gemeldet?«

»Zum Geburtstag vor einem Jahr hat er mir über Fleurop Blumen geschickt und mich abends angerufen. Er kommt nach seinem Vater.« Mittlerweile waren sie vor dem Hotel angekommen. »Wie werdet ihr jetzt in eurem Fall weiter vorgehen?«

»Wie immer: gründliche Polizeiarbeit. Ich werde überprüfen, ob Schanhorst ein Alibi hat. Die Menschen in Ella Martens' beruflichem und persönlichem Umfeld müssen durchleuchtet werden. Es ist langweilige Routine.«

»Aber du liebst es.« Angelikas Lächeln verschwand.

»Was ist los?«

»Ich frage mich, ob ich in einigen Jahren dort stehen werde, wo Ella Martens gestanden hat. Allein.«

Onno schloss sie in beide Arme und küsste sie auf die Wangen. »Das wird nicht passieren. Ich verspreche es dir.« Er schaffte es immer, ein Strahlen in ihr Gesicht zu zaubern. »Habe einen geruhsamen Schlaf.«

Auf dem Rückweg dachte er über Angelikas letzte Worte nach. »Am Ende sind wir alle allein«, murmelte er vor sich hin.

19

Gordi hätte sie fast überrannt, als er gedankenverloren in Richtung Krankenhaus-Ausgang lief. Er war ebenso überrascht wie sie. Mit beiden Armen hielt er die zarte Gestalt fest, damit sie nicht rücklings fiel.

»Verzeihung, es ist meine Schuld. Ich habe Sie nicht bemerkt«, sagte er, nahm seine Arme von ihr und machte einen Schritt zurück. Erst jetzt sah er in ihr Gesicht und erkannte die funkelnden grünen Augen.

Auch sie schien ihn wiederzuerkennen. Ein Grinsen breitete sich um ihren Mund aus. »Ich sehe, dass Sie aus der psychiatrischen Abteilung herausgefunden haben. Gut für Sie. Ihr Freund hat es wohl nicht geschafft.«

»Waren mein Kollege und ich so auffällig?«

Ihre Augen taxierten ihn, aber sie entgegnete nichts auf seine Frage.

»Ich bin Kriminalkommissar.«

»Selbstverständlich sind Sie das.«

»Glauben Sie mir nicht?«

»Bei Dr. Sauer gibt es Patienten, die vieles sind. Manchmal mehrere Persönlichkeiten in einem.«

War die Bemerkung ernst gemeint? Es war nicht leicht, schlau aus dieser Frau zu werden. Gordi zog seinen Dienstausweis aus der Jackentasche und zeigte ihn vor.

»Sie sind schwer zu überzeugen. Ich heiße Martin Gerdes.«

»Ich bin von Natur aus skeptisch. Ist nicht persönlich gemeint. Ich muss jemanden erst gut kennen, um ihm zu vertrauen.«

»Ich nehme es nicht persönlich. Wer weiß, vielleicht sind Sie selbst aus der Psychiatrie geflohen.«

Sie lachte herzhaft und reichte ihm die Hand. »Mein Name ist Dr. Anne Beekmann.«

»Nachdem wir uns vorgestellt haben, sollten wir uns näher kennenlernen. Ich schlage vor, dass wir mit einem Kaffee beginnen.« Gordi vermutete, dass Anne Beekmann als Mitarbeiterin sicher sämtliche Abteilungen kannte und einiges über Dr. Sauer berichten konnte. Einen Versuch war es wert.

»Ich komme gerade aus dem Nachtdienst.«

»Dann werden Sie ein kräftiges Frühstück nicht verachten.«

»Von einem Kaffee direkt zu einem Mahl. Das nenne ich Tempo.«

Gordi fehlten die Worte.

»Das war nur ein Witz. Sie können mich Anne nennen.«

»Meine Freunde nennen mich Gordi. Ich bin Polizeihauptkommissar in Aurich.« Schon während er redete, merkte Gordi, dass er ihr seinen Dienstausweis bereits gezeigt hatte und wie hölzern sich seine Worte anhörten.

»Ich würde Sie gern Martin nennen«, antwortete Anne Beekmann spontan. »Ich bin Assistenzärztin der Chirurgie. Sie können meine Hand wieder loslassen, es sei denn, ich bin verhaftet.«

Erst jetzt fiel Gordi auf, dass er sie noch festhielt. »Verzeihung«, sagte er und ließ los.

»Da wir das Formelle nun hinter uns gebracht haben, wo haben Sie heute Ihren Kollegen gelassen?«

»Ich bin allein unterwegs, und darüber bin ich froh. In der Nähe gibt es ein kleines Café. Wollen wir dorthin?«

Anne Beekmann bejahte. »Die haben die besten Sandwiches der Stadt.«

Gemeinsam verließen sie das Krankenhaus durch den Haupteingang und gingen in Richtung Innenstadt. Auf der anderen Seite der Straße erstreckte sich eine Wohnsiedlung, während linksseitig die Blätter hochgewachsener Birken ihr Frühlingsgrün entfalteten. An der nächsten Straßenecke roch es nach geröstetem Kaffee und frisch gebackenen Brötchen.

Sie betraten das Café und setzten sich an einen der runden Bistrotische. Es war noch früh, und nur wenige Besucher waren da.

Gordi bestellte Latte macchiato mit Sandwiches und begann ohne Umschweife das Gespräch. »Sind Sie Ostfriesin?«

»Nein, ich bin eine Zugezogene. In der Klinik wurde mir sofort gesagt, dass es sieben Generationen brauche, bis ein Zuwanderer als Hiesiger anerkannt wird. Sie sehen mir wie ein Ostfriese aus.«

»Wie sieht ein Ostfriese aus?« Gordi lachte. »Ich bin ein Ureinwohner. Mein Vater hat unseren Stammbaum bis in das 15. Jahrhundert verfolgt. Er behauptet steif und fest, dass wir unseren Ursprung im Greetsieler Häuptlingsgeschlecht der Cirksena haben.« Er fühlte sich ungewöhnlich wohl in Gegenwart dieser Frau. Dabei war sie Julia gar nicht ähnlich.

»Ob Ostfriesin oder nicht, ich liebe dieses Land mit seiner Weite und dem Anblick des rauen Meeres. Deshalb habe ich mich hier beworben, aber Aurich liegt zu weit im Inland. Ich würde gern direkt am Wasser wohnen. Leider wäre die tägliche Anfahrt durch die vielen Dienste im Krankenhaus etwas umständlich. Aber so oft es passt, fahre ich nach Norddeich oder an die Siele, wo ich spazieren gehe.«

»Ich wohne in Norddeich, direkt am Meer. Sie sollten mich bei einem Ihrer Spaziergänge besuchen.« Während Gordi die Worte aussprach, bedauerte er sie bereits. Was machst du nur?, dachte er. Es war völlig unangemessen, in einer laufenden Ermittlung eine mutmaßliche Informantin zu sich einzuladen.

Die Bedienung kam an den Tisch und servierte die Bestellungen.

»Vielleicht tue ich das sogar.« Anne nahm den Becher Latte und trank. »Ermitteln Sie in dem Fall der toten Frau in Norden?«, fragte sie und biss herzhaft in ihr Sandwich.

Ihre grünen Augen faszinierten Gordi. Er versuchte, sie nicht anzustarren. »Ja.«

»Seitdem der Landeskurier darüber berichtet hat, wird über nichts anderes in der Klinik geredet. Sie soll vergiftet worden sein. Das ist Segen und Fluch des Landlebens. In der Großstadt wäre es eine einmalige Schlagzeile und nach drei Tagen vergessen gewesen. Ist dieses Interesse auf dem Land Anteilnahme oder bloße Neugier?«

»Von beidem ein bisschen«, erwiderte Gordi. »Die Menschen

hier sind nicht anders als die in der Großstadt. Nur die Umstände wandeln sich. Das Opfer litt an Depressionen und stand in Behandlung bei Dr. Sauer.«

»Jup, das erzählt man sich«, sagte Anne kauend. In ihrer Stimme schwang etwas Verächtliches mit.

»Sie mögen Dr. Sauer nicht?«

Anne schluckte den Bissen hinunter und stützte sich mit dem rechten Ellbogen auf den Tisch. »Ich gestehe, Herr Kommissar. Ich kann ihn nicht ausstehen. Generell habe ich nichts gegen die Psychiatrie. Für viele Menschen ist sie eine enorme Hilfe. Mein Professor hat sich während meines Studiums große Mühe gegeben, das Feuer für sein Sachgebiet zu entfachen, aber er ist kläglich gescheitert, obwohl ich ihn geliebt habe.«

Gordi sah sie überrascht an.

»Nicht so! Platonisch«, sagte sie mit gespielter Entrüstung. »Okay, ich wäre nicht abgeneigt gewesen, wenn er nicht verheiratet gewesen wäre und zwei Kinder gehabt hätte. Aber ich wollte schon immer Chirurgin werden. Krankheiten der Psyche sind für mich ein Buch mit sieben Siegeln geblieben, trotz seiner Bemühungen.« Sie rümpfte die Nase. »Am Gefühlsleben kann man nichts wegschneiden. Im Staatsexamen habe ich das Fach auf Lücke gesetzt.«

Gordi lachte laut. Wie angenehm direkt und unkompliziert diese Frau doch war. »Und Dr. Sauer erscheint Ihnen suspekt?«

»Um das zu erklären, bräuchten wir mehr Zeit.«

»Die habe ich.«

»Wo soll ich beginnen?« Anne schien ihre Worte abzuwägen. »Dr. Sauer hat eine spezielle Art. Es wird gemunkelt, dass er es an Distanz fehlen lässt. Er ist ein exzellenter Psychiater, aber einige seiner Patientinnen haben eine überstarke Bindung zu ihm. Ich will nicht herzlos erscheinen. Man muss Empathie für das Leid der Menschen entwickeln, die uns anvertraut sind. Oft schaffe ich es nicht, am Ende des Tages die Gedanken an schwere Fälle abzustellen. Aber ein gewisser Abstand schützt sowohl den Arzt als auch den Patienten. Nähe ja, Abhängigkeit nein.«

»Ist ein erkrankter Mensch nicht immer auf seinen Arzt angewiesen?«

»Beide müssen sich auf Augenhöhe begegnen, und es darf keine Hörigkeit entstehen. Schließlich adoptieren wir die Patienten nicht. Sie haben ihr Leben und wir unseres.«

»Und das ist bei Dr. Sauer nicht der Fall?«

»Die Frauen hängen wie Kletten an ihm. Sind Sie seiner Sekretärin Frau Wellers begegnet?«

»Ja.«

»Sie glaubt, er sei ein Gottesgeschenk für die Menschheit. Er hat eine ungesunde Anziehungskraft auf manche Art von Frau.«

»Ich vermute, nicht auf Sie.«

»Ich bin nicht leicht zu beeindrucken, außer mit einer Wohnung in Norddeich, die eine Aussicht aufs Meer bietet.« Anne trank den letzten Schluck Latte. »Hätte ich lieber nichts sagen sollen?«, fragte sie schließlich mit einer Spur von Zweifel. »Es war nicht meine Absicht, dem Ruf eines Kollegen zu schaden.«

»Es ist nicht falsch, seine ehrliche Meinung zu äußern. Ich bin Ihnen sehr dankbar dafür, Frau Doktor.«

»Waren wir nicht bei Anne?«

»Das waren wir.«

»Nachdem Sie mich ausgefragt haben, will ich aber auch etwas von Ihnen wissen. Ich horche gern Leute aus.«

»Nur zu. Was glauben Sie, wie ich zu meinen Informationen komme?«

»Indem Sie Assistenzärztinnen auflauern und sie zum Frühstück ausführen, um sie zu befragen«, erwiderte Anne amüsiert. Dann wurde sie wieder ernst. »Warum sind Sie Kriminalbeamter geworden? Ich meine, diese Verbrechen, die sinnlose Gewalt, die Ihre Arbeit mit sich bringt. Das kann doch nicht erfreulich sein, nicht spurlos an einem Menschen vorübergehen. Wo stecken Sie die ganze Verzweiflung hin? Und sagen Sie mir nicht, dass es zur Routine wird, dann hätte ich Sie falsch eingeschätzt.«

»Es ist nicht anders als in Ihrem Beruf mit Krankheit und Tod.«

Anne wurde nachdenklich. »Bei mir gibt es Heilung und

Hoffnung. Deshalb habe ich die Chirurgie gewählt. Jeder Erfolg gibt mir die Kraft, meine Arbeit fortzusetzen. Ihr Einsatz aber beginnt nach dem Tod eines Menschen.«

»Bei mir ist es nicht anders. Jede Aufklärung bringt Gerechtigkeit und mit ihr Heilung.«

»Dann brauchen Sie Ihre Fälle als Medizin?«

»Noch einen Kaffee?«, fragte Gordi ablenkend.

»Gern, auch auf die Gefahr hin, dass ich heute kein Auge mehr schließen werde.«

Er bestellte noch mal zwei Latte macchiato.

»Was haben Sie heute in der Klinik gemacht?«, fragte Anne.

»Ich habe den Gynäkologen im medizinischen Versorgungszentrum aufgesucht. Die Obduktion des Opfers hat ein fortgeschrittenes Ovarialkarzinom ergeben. Wenn man sie nicht vergiftet hätte, wäre sie innerhalb der nächsten Monate ihrem Krebsleiden erlegen. Frau Martens hat jede Therapie abgelehnt. Sie wollte ihr Leben nicht verlängern.«

Anne lehnte sich vor. »Aber irgendetwas passt Ihnen nicht dabei. Das sehe ich Ihnen an.«

»Sie haben recht. Etwas stört mich. Der Gynäkologe hat berichtet, dass Frau Martens auf keinen Fall wollte, dass Dr. Sauer von ihrer Diagnose erfährt. Sie hat ihm explizit verboten, ihren Psychiater zu unterrichten. Ich frage mich, warum.«

»Eine gute Frage. Denken Sie weiter darüber nach. Leider muss ich jetzt nach Hause. Mein Bett ruft nach mir. Den Kaffee schaffe ich nicht mehr.« Anne griff nach ihrer Tasche.

Sie schien Misstrauen gegenüber Dr. Sauer zu hegen. Aber Gordi fragte nicht weiter nach. Er bezahlte, und sie verließen das Café. Draußen gab er Anne Beekmann ein Kärtchen mit seiner Adresse, Telefon- und Handynummer.

»So können Sie mich jederzeit erreichen, falls Sie mir noch etwas mitteilen wollen.«

Anne steckte die Visitenkarte ein und verabschiedete sich.

Gordi sah ihr hinterher. Er fragte sich, ob sie ihn je besuchen würde.

20

Er fuhr ohne Umwege nach Norden. Beim Polizeirevier am Marktplatz angekommen, ließ er den Wagen auf dem Parkplatz stehen und ging zu Fuß weiter.

Das ostfriesische Teemuseum lag vis-à-vis der Ludgeri-Kirche. Antikes Teegeschirr von vielen Generationen wurde hier ausgestellt, und die Besucher wurden in die Entstehungsgeschichte des echten Ostfriesentees eingeführt. Regelmäßig fanden Teezeremonien mit verschiedenen Sorten statt.

Gordi kannte das Museum von Jugend an, doch heute lief er achtlos an dem historischen Backsteinhaus vorbei. Anne Beekmanns Worte gingen ihm nicht aus dem Kopf. Sie hatte über Abhängigkeiten berichtet. Aber Ella Martens war kein unmündiger Mensch gewesen. Gordi hatte den Eindruck gewonnen, dass sie zwar vorübergehend depressiv, aber selbstbewusst und stark genug gewesen war, um sich davon nicht beherrschen zu lassen. Sie hatte ihren Therapeuten nicht mehr gebraucht, und nachdem dieser ihrem Verdacht am Arbeitsplatz keine Aufmerksamkeit geschenkt hatte, hatte sie ihm ihr Vertrauen vollends entzogen. Es hatte kein Grund bestanden, ihre Krebsdiagnose preiszugeben.

Der Kinderschutzbund lag in der Straße Am Alten Siel. Das Gebäude hatte sein Leben als Schule begonnen, so schien es nur recht, dass es jetzt dem Wohle von Kindern diente. Die Sonne strahlte auf die roten Ziegelsteine und weißen Sprossenfenster des Hauses.

Die braune Doppeltür war nicht abgeschlossen. Gordis Eintreten löste eine melodische Klangfolge aus.

Aus dem links gelegenen Zimmer rief eine Frauenstimme durch die offene Tür. »Ich bin gleich bei Ihnen!«

Daraufhin erschien eine große Frau, die sogar Gordi überragte. Ihre Wangen glühten rot und konkurrierten mit dem bonbonfarbenen Blümchenkleid, das sie trug. Gordi schaffte es nicht, ihr Alter einzuschätzen, aber ihre Stimme klang lustig und jung, als sie sich vorstellte.

»Ich bin Margarethe Schiller.« Sie streckte Gordi lächelnd die Hand entgegen. »Sie müssen Herr Gerdes sein, wir haben telefoniert.« Ein Schatten fiel über ihr Gesicht, als sei sie um Jahre gealtert. »Der Anlass Ihres Besuchs hat unser ganzes Team erschüttert. Ella Martens war eine herzensgute Frau, müssen Sie wissen. Als wir von ihrem Tod erfahren haben, war die ganze Mannschaft hier bestürzt, besonders nachdem wir gelesen haben, dass sie getötet wurde.«

»Ihr Todesfall ist noch nicht geklärt.«

»Wie kann ich Ihnen helfen?«, fragte Margarethe Schiller ruhig.

»Beschreiben Sie mir Frau Martens. Was wissen Sie von ihr?«

Margarethe Schiller lächelte wieder und begann, fröhlich zu erzählen. »Ich sehe sie noch vor mir, wie sie hier mit festem Schritt durch die Tür kam.« Sie deutete mit der rechten Hand auf den Eingang. »Es war der Tag, an dem unserem Kleiderlädchen-Team für seine herausragende Arbeit der Ehrenamtspreis der Bürgerstiftung überreicht wurde. Ella hatte davon in der Zeitung gelesen und war gekommen, um uns kennenzulernen. Ich machte sie mit dem Team bekannt. Danach hat sie uns öfter besucht. Sie hat schon bald zu unserer kleinen Familie gehört. Oft kam sie nach Feierabend direkt von ihrer Arbeit zu uns, wir waren ihr zweites Zuhause. Das Kleiderlädchen, das wir seit der Gründung des Vereins 1976 führen, hatte es ihr besonders angetan. Sie hat nie locker gelassen beim Einsammeln, bis jedes der bedürftigen Kinder einen warmen Mantel und eine Jacke für den Winter hatte. Wenn etwas fehlte, hat sie es aus eigener Tasche eingekauft.« Die am Anfang so unbekümmert wirkende Frau hatte inzwischen Tränen in den Augen. »Ella hat hier viele Kinderschicksale beeinflusst. Sie wird uns fehlen.«

Margarethe Schiller bestand darauf, Gordi durch das ganze Gebäude zu führen. Sie war sichtlich stolz auf die Leistung des Vereins und stellte ihm jede der sechs Mitarbeiterinnen des

Kleiderlädchens im oberen Stockwerk vor. Er wurde umringt von den Damen zwischen vierzig und sechzig Jahren, die sich einig waren: Ella sei immer enthusiastisch und voller Elan gewesen. Sie sei für die Tätigkeit im Kinderschutzbund geboren gewesen und habe jeden motiviert und mitgerissen.

»Haben Sie Ella Martens einmal niedergeschlagen oder deprimiert erlebt?«, fragte Gordi.

»Nie«, sagte Margarethe Schiller. »Wir sind eine eingeschworene Gemeinschaft, und Ella gehörte dazu.«

Es sei ihre Idee gewesen, im Kleiderlädchen ein Café einzurichten, wo selbst gebackener Kuchen verkauft wurde. So sei nicht nur eine zusätzliche Geldquelle erschlossen worden, auch der Verkauf der Kleidungsstücke sei in die Höhe geschnellt.

»Sie müssen unseren Zitronenkuchen probieren«, sagte Margarethe Schiller.

Gordi setzte sich an den runden Tisch im Kaffeeraum des oberen Stockwerks und kostete unter neugierigen Blicken der Damen das Backwerk. Aber dabei blieb es nicht. Die Frauen trugen auch Käse-, Apfel- und Kirschkuchen auf. Er lobte jeden Bissen, den er zu sich nahm, und glaubte nach dem Frühstück mit Anne Beekmann und vier Stück Kuchen platzen zu müssen. Trotzdem hielt er tapfer durch und ließ sich nichts anmerken, um die begeisterten Frauen nicht zu kränken. Sie schienen das für Ella Martens zu tun.

Mit vollem Bauch und dem Versprechen, wiederzukommen, verabschiedete er sich schließlich und verließ die herzliche Runde mit grüblerischen Gedanken. Ella war anscheinend eine facettenreiche Frau gewesen – und sie war nicht allein gewesen. Sie hatte Menschen gehabt, die ihr nahestanden.

21

Die riesige Baustelle im Randgebiet von Plaggenburg, einem Ortsteil von Aurich, lag mitten in einem Wald. Mehrere Bagger schaufelten Erde zur Ausschachtung zur Seite. Nicht weit vom Bauplatz entfernt stand unter schattigen Eichenbäumen ein Baucontainer, über dessen Eingang in weit sichtbaren Lettern »Bauleitung« zu lesen war.

Onno parkte seinen Wagen etwas abseits und lief über den Bauplatz. Die schwere Eisentür öffnete sich, und eine Gruppe Arbeiter kam heraus. Der letzte Mann hielt Onno die Tür auf.

»Danke«, sagte er und ging hinein. Rauchschwaden hingen in der Luft, und es roch nach Zigarren. Er brauchte eine Weile, um sich zu orientieren.

Der Container war zu einem komfortablen Büroraum umgewandelt worden. An den Wänden hingen Pläne und Plakate diverser Bauprojekte. Auf langen Arbeitsplatten reihten sich Baumodelle aneinander.

»Tür zu, Trottel!« Hinter einem Schreibtisch am äußeren Ende des Raumes saß ein Mann in den Vierzigern. Sein Körperbau war so grobschlächtig wie sein Ton. Die Zigarre in der Hand, das tadellos weiße Hemd und die Krawatte täuschten nicht darüber hinweg, dass er körperliche Arbeit gewohnt war. Deutlich erkannte Onno die harten Schwielen an seinen Händen.

Der Mann sah von den Unterlagen, die er studierte, auf. »Sagen Sie Niels, dass ich die versprochenen Termine einhalten werde. Wir sind voll im Zeitplan, er soll sich nicht ins Hemd machen.«

»Das hört sich perfekt an, Herr Schanhorst, Niels wird sich freuen, aber deshalb bin ich nicht gekommen.«

»Wer sind Sie?«

»Onno Schoolmann, Hauptkommissar Aurich.«

»Polizei?« Schanhorst nahm einen letzten Zug von seiner

Zigarre und drückte sie in einem Aschenbecher an der rechten Schreibtischkante aus. Eine dicke goldene Halskette kam unter seiner locker sitzenden Krawatte zum Vorschein. »Können Sie sich ausweisen?«

Onno holte seinen Dienstausweis aus der Jackentasche und hielt sie dem Bauunternehmer vor die Nase.

»Was habe ich mit der Polizei zu tun?«

»Sie sind der größte Bauunternehmer in Ostfriesland und, wie ich sehe, auch außerhalb unserer ländlichen Grenzen tätig.« Onno wies auf die Plakate, steckte den Dienstausweis wieder ein, trat an die Wand und betrachtete eine Zeichnung genauer. Etwas daran kam ihm bekannt vor. Er war sich sicher, dass er das Bild schon einmal gesehen hatte.

Schanhorst lehnte sich selbstgefällig in seinem Ledersessel zurück, wobei sein riesiger Brustkorb noch größer erschien. »Sie haben recht. Ich bin ein bekannter Mann in der Baubranche.« Er stand auf, kam um den Schreibtisch herum und stellte sich zu Onno. »Das sind nur einige meiner Projekte der letzten Jahre.« Er deutete auf das Plakat, das Onno betrachtete. »Dabei habe ich ganz klein angefangen und von der Pike auf gelernt. Keiner meiner Bauarbeiter macht einen Handschlag, den ich nicht selbst tausendfach ausgeführt habe.«

»Wo waren Sie tätig?«, fragte Onno.

»Im ganzen Bundesgebiet.«

»Und was hat Sie nach Ostfriesland verschlagen?«

»Das hatte persönliche Gründe.« Schanhorst wandte sich von der Wand ab. »Was wollen Sie von mir?«

»Dann komme ich zur Sache. Sie haben in kürzester Zeit enorm viele Aufträge vom Landkreis bekommen. Die Häufung ist ungewöhnlich.«

»Was geht Sie das an?« Schanhorst ging zu seinem Schreibtisch zurück und öffnete eine Holzkiste mit der Aufschrift »Havanna, Cuba«. Er nahm eine Zigarre heraus, steckte sie in den Mund und kaute darauf herum, ohne sie anzuzünden.

»Wir haben Hinweise auf Korruption bei der Vergabe öffentlicher Bauten bekommen, denen wir nachgehen.«

Schanhorst verzog keine Miene, aber Onno bemerkte ein Zucken um seinen Mundwinkel.

»Und da kommen Sie zu mir? Ich bin ein angesehener Unternehmer mit tadellosem Ruf. Es ist nicht ungewöhnlich, dass der Erfolg Neider auf den Plan ruft. Selbst ich bin nicht gegen üble Nachrede gefeit. Egal, was Sie gehört haben, Herr Kommissar, es entbehrt jeglicher Grundlage.«

»Das mag sein, aber es gibt ernst zu nehmende Anschuldigungen.«

»Ich werde mich dagegen zu wehren wissen. Ich habe mächtige Freunde. Von wem kommen diese Verdächtigungen?«

»Von einer Ermordeten.«

Schanhorst öffnete den Mund, aber kein Wort kam heraus.

»Eine Frau ist Ihnen auf die Schliche gekommen, und auf einmal ist sie tot. Wie günstig für Sie und Ihre mächtigen Freunde.«

»Das beweisen Sie mal!«

»Warten Sie es ab.«

»Die Hirngespinste einer Angestellten im Bauamt beweisen nichts.«

Onno ließ den Moment verstreichen. Er hatte den Bauunternehmer aus der Ruhe gebracht. »Woher wissen Sie, um wen es sich handelt? Ich habe mit keinem Wort erwähnt, wo die Frau gearbeitet hat.«

Schanhorsts Gesicht lief rot an.

Onno ließ ihn nicht aus den Augen. »Wo waren Sie am Morgen des 3. Mai?«

Schanhorsts Brustkorb hob und senkte sich. Er ballte die rechte Hand zur Faust. »Ich werde mich über Sie beschweren!«

»Bei wem? Beim Bauamtsleiter? Oder beim Landrat?«

»Raus hier!«, presste Schanhorst zwischen den Zähnen hervor. »Verschwinden Sie!«

»Wir werden uns wiedersehen«, sagte Onno und verließ den Container. Er hatte Schanhorst wie beabsichtigt gereizt und war zufrieden.

Auf dem Weg zurück zu seinem BMW nahm er aus dem Augenwinkel am Rand der Baustelle vier kleine Transporter wahr.

Es waren typische Kastenwagen, wie sie von Handwerkern benutzt wurden. Ehe er diese näher begutachten konnte, klingelte sein Handy.

»Wo bist du?«, hörte er Gordi fragen.

»Auf dem Weg zum Revier.«

»Das kannst du vergessen.«

»Was gibt es?«

»Ich bin in Wallinghausen, vor ›Köhlers Forsthaus‹. Komm auf der Stelle her, wir haben eine Leiche.«

Onno beendete das Gespräch, stieg in seinen Wagen und startete den Motor. Er fuhr über die Bundesstraße am ›Sandhorster Krug‹ vorbei nach Süden. ›Köhlers Forsthaus‹ lag ganz in der Nähe im Wallinghausener Wald. Es beherbergte ein Vier-Sterne-Hotel, umringt von uralten Bäumen. Das Restaurant war bekannt für seine exotischen Gerichte. Ein kleiner See grenzte an die großzügige Terrasse.

Onno lenkte den Wagen auf den Parkplatz hinter dem Haus und stellte ihn neben Gordis Citroën ab. Die Streifenpolizisten waren bereits dabei, den Tatort mit rotem Band weitläufig abzusperren. Berni war mit seinem Team vor Ort und unterhielt sich mit Gordi. Onno ging zu ihnen.

»Was ist los?«, fragte er.

»Eine Frau wurde erschlagen. Muss nach fünfzehn Uhr passiert sein«, erklärte Gordi.

»Am helllichten Tag?«

»Der Betrieb ist für einige Zeit geschlossen. Es werden Renovierungsarbeiten durchgeführt. Pünktlich zum Saisonbeginn nächste Woche soll er eröffnet werden. Die Handwerker haben um fünfzehn Uhr das Gelände verlassen.«

Onno sah neben dem Hauptgebäude einen Volkswagen-Transporter stehen. »Gehört der den Arbeitern?«

»Ja.«

Sie liefen um die Absperrung herum. Die Tote lag auf der Seite und starrte mit aufgerissenen Augen ins Leere. Ihnen war der Schrecken anzusehen. Offensichtlich hatte die Frau den Angriff nicht erwartet. Ihr am Hinterhaupt zerschmetterter Kopf lag in einer Lache von Blut, Knochensplittern und Hirnmasse. Sie war schlank, Mitte zwanzig mit kurzen blondierten Haaren. Auffällig waren ihre High Heels. Neben der Leiche lag ein großer Maurerhammer, an dem Mörtelreste klebten. Außer der Läsion am Kopf waren bisher keine Wunden erkennbar. Der Angreifer musste sie mit einem Schlag hingestreckt haben.

»Sie hat keine Abwehrverletzungen«, berichtete Berni. »Wir haben Radspuren eines Pkws, die nicht zugeordnet werden können. Das Opfer ist mit dem eigenen Auto gekommen. Sie hat ihren Kleinwagen auf der anderen Straßenseite am Waldrand abgestellt. Warum sie nicht direkt auf den Parkplatz gefahren ist, kann ich mir nicht erklären.«

»Die Frau kommt mir bekannt vor«, sagte Onno.

»Mir auch«, erwiderte Gordi. »Sie hat im Vorzimmer von Dr. Sauer gesessen.«

***

Im Dunkeln waren sie nacheinander auf die Auffahrt der alten Villa gefahren. Sie standen vor der Haustür, und Schanhorst klingelte dreimal hintereinander kräftig, bis Niels Rademacher ihnen öffnete.

»Kommt herein.« Er führte sie direkt in sein Arbeitszimmer.

Nachdem sie sich gesetzt hatten, fragte Schanhorst: »Willst du uns nicht wenigstens einen Cognac anbieten, wenn du uns schon am späten Abend zu deinem verlassenen Haus einbestellst?«

»Ich habe Charlotte mit den Kindern zu ihrer Freundin geschickt.« Rademacher holte drei Cognacschwenker und eine Flasche Hennessy aus dem Barschrank, goss ein und reichte die Gläser seinen Besuchern.

Schanhorst nahm einen kräftigen Schluck, während Landrat Memmenga erst genießerisch daran roch und dann nippte.

»Was machen wir bloß?«, fragte Rademacher.

»Mach dir nicht in die Hosen, Niels«, entgegnete Schanhorst.

»Sie werden keine Ruhe geben, bis sie etwas ausgegraben haben, und dann sind wir erledigt.«

Schanhorst holte eine Zigarre aus seiner Jackentasche, steckte sie an und zog den Rauch langsam ein, um ihn nach einer Weile durch die Nase auszublasen. Dicke Rauchwolken verteilten sich im Zimmer.

Memmenga sah ihn angewidert an und wedelte den Qualm vor seiner Nase weg. »Muss das sein, Manfred?«

»Ein guter Cognac und eine Zigarre. Es gibt nichts Besseres.«

»Wie könnt ihr nur so ruhig bleiben?«, jammerte Rademacher. »Manfred, du hast gesagt, dass du dich um die Sache kümmerst, und dieser Schlamassel ist dabei rausgekommen.«

»Genug! Die undichte Stelle ist in deinem Amt gewesen, nicht bei mir und nicht bei Peter. Es ist *dein* Schlamassel. Die Person, die überall um dich herumgeschlichen ist und ihre Nase in deine Angelegenheiten gesteckt hat, ist deine Sekretärin gewesen. Vergiss nicht, dass ihr damit zu mir gekommen seid.«

»Streitet euch nicht. Das bringt uns nicht weiter«, beruhigte Memmenga die beiden.

»Was sollen wir deiner Meinung nach tun?«, fragte Rademacher.

»Ich werde morgen den Staatsanwalt kontaktieren und ihm unsere Mitarbeit und Kooperation zusichern. Niels und ich werden Konteneinsicht gewähren. Sie werden nichts finden, und dann sind die Verdächtigungen nur die Hirngespinste einer Angestellten – allerdings nur wenn wir uns entsprechend unauffällig benehmen und nicht in Panik geraten.«

Sie hörten, wie die Außentür aufgeschlossen wurde.

»Meine Frau ist mit den Kindern zurück. Wir beenden jetzt besser das Gespräch«, sagte Rademacher nervös.

Memmenga und Schanhorst brachen auf. Auf dem Flur verabschiedeten sie sich von Frau Rademacher und verließen das Haus.

»Niels ist ein Weichei. Der wird uns Probleme machen, befürchte ich«, sagte Schanhorst vor der Haustür.

»Den habe ich im Griff«, erwiderte Memmenga.

So gingen sie auseinander.

22

Walter Berger betrat das Kommissariat am frühen Morgen und lief schnellen Schrittes an den Fahrstühlen vorbei ins Treppenhaus. Heute brachte er nicht die Geduld auf, zu warten. Er nahm je zwei Stufen auf einmal und gelangte ohne Anstrengung in die erste Etage.

Fast jeder auf dem Revier kannte den schlaksigen Mittfünfziger, den man immer mit Sakko und Fliege antraf, aber heute überhörte er die Grüße, die ihm zugeworfen wurden. Mit seinen fast zwei Metern Höhe hatte er den Raum zwischen den vielen Schreibtischen im Nu durchquert, hielt vor der Tür des Polizeihauptkommissars Matthias Hansen und klopfte an. Er wartete nicht auf eine Antwort, sondern öffnete zeitgleich die Tür und ging hinein.

Hansen saß hinter seinem Schreibtisch. Nicht das kleinste Lächeln huschte über sein Gesicht. Förmlich sagte er: »Guten Morgen, Herr Staatsanwalt. Was verschafft mir die Ehre Ihres Besuchs?«

Hansens bewegungslose Mimik nahm Walter Berger für einen Moment den Wind aus den Segeln. Der Leiter des Reviers war ein Minimalist in Wort und jeglicher Art von Kommunikation. Seine Mitarbeiter hatten in den vielen Jahren nur wenige Gefühlsäußerungen seinerseits erlebt. Er lächelte nie, und wenn er es tat, wirkte es aufgesetzt. Fast schien es, als wollte er sein Gegenüber verspotten. Berger kannte ihn seit seinem Dienstantritt als Leiter der Staatsanwaltschaft Aurich, aber zu einem vertraulichen Du war es nie zwischen ihnen gekommen. Dazu waren die Männer zu verschieden.

Heute werde ich mich nicht abhalten lassen, dachte Walter Berger. Es ging schließlich um mehr als um Diebstahl, Schlägereien oder Körperverletzung. Es ging um eine brisante politische Affäre, die seiner Karriere und dem Ruf der gesamten Staatsanwaltschaft des Landkreises schaden konnte.

Ohne Aufforderung setzte er sich auf den Ledersessel vor dem Schreibtisch und sah Hansen in die Augen. »Ich hatte heute Morgen kaum mein Büro betreten, als mich der Landrat kontaktierte. Er hat nicht etwa angerufen, nein, er ist höchstpersönlich aufgetaucht. Raten Sie mal, in welcher Angelegenheit.«

»Ich rate nie.« Hansen trippelte unter dem Tisch hörbar mit dem Fuß.

Unbeeindruckt sprach Berger weiter. »Ich werde es Ihnen gern erzählen. Einer Ihrer Ermittler, Onno Schoolmann, hat gestern den Bauunternehmer Manfred Schanhorst auf einem seiner Bauplätze aufgesucht.«

»Aus diesem Grund sind Sie hier?«

»Er hat dem bekanntesten Geschäftsmann des Landkreises, einem für seine Bauten mehrfach ausgezeichneten Fachmann, Bestechung vorgeworfen – und das bar jeden Beweises. Wussten Sie davon?«

»In meinem Revier geschieht nichts ohne mein Wissen. Wir haben einen begründeten Verdacht«, sagte Hansen.

»Was für einen Verdacht?«

»Die Anschuldigungen eines Mordopfers.«

»Klären Sie mich auf.«

Berger ließ sich den Stand der Ermittlungen darlegen. Dann sah er die Unterlagen, die Hansen bringen ließ, akribisch durch.

»Einen Mord und eine Anschuldigung, mehr haben Sie nicht«, murmelte er schließlich.

»Wir sind dabei, die Vorwürfe zu überprüfen. Immerhin ist die Person, die sie geäußert hat, getötet worden.«

»Wenn führende Amtsträger beschuldigt und diffamiert werden, noch bevor nachweisbare Fakten auf den Tisch kommen, wird das Konsequenzen für ihre gesamten Abteilungen und auch für die Staatsanwaltschaft haben.«

»Bedeutet das, diese Männer sind unantastbar? Fordern Sie uns auf, in der Sache nicht zu ermitteln?«, fragte Hansen tonlos.

»Das habe ich nicht gesagt, aber seien Sie etwas diskreter,

zumindest bis Sie Beweise in der Hand haben. Und Sie wissen verdammt gut, was für einen Problemfall Onno Schoolmann darstellt.«

»Ja, das ist mir besser bekannt als jedem anderen hier. Aber er ist ein ausgezeichneter Ermittler. Er und Martin Gerdes haben die beste Aufklärungsrate im Landkreis.«

»Er stellt ein Risiko dar, und bei seiner Vorgeschichte könnte er den Fall gefährden. Auch damals hat er haltlose Anschuldigungen ausgestoßen. Er hätte damit seine Karriere fast ruiniert, was immer noch passieren könnte, wenn er sich wieder gehen lässt.«

Matthias Hansen setzte sein künstliches Lächeln auf. »Ich werde mit meinen Beamten ein ernstes Wort sprechen und Sie über die weiteren Ermittlungen auf dem Laufenden halten.«

Berger holte eine kleine Mappe aus seiner Aktentasche und legte sie auf den Schreibtisch. »Landrat Memmenga und Niels Rademacher aus dem Bauamt haben etliche Zeugen für ihre Alibis benannt und als Zeichen ihrer Unbescholtenheit die Einwilligung zur Überprüfung ihrer Konten erteilt. Herr Schanhorst hat eine eidesstattliche Erklärung seiner Sekretärin Brigitte Wunsch beigelegt. Die Dame hat ausgesagt, dass sie die ganze Nacht und den Vormittag des 3. Mai mit ihm im Bett verbracht habe. Damit haben alle drei Herren meines Wissens ein Alibi.« Berger stand auf und ging zur Tür, drehte sich jedoch noch einmal zu Hansen um. »Bestellen Sie Ihren Männern einen Gruß von mir. Wenn sie Beweise liefern, werde ich Anklage erheben. Dabei werde ich keine Rücksicht auf Rang und Einfluss nehmen.« Ohne sich zu verabschieden, verließ er das Revier.

Matthias Hansen wusste im Grunde, was er an diesem Staatsanwalt hatte, und manchmal bedauerte er, dass ihm nicht gegeben war, freundlicher zu ihm zu sein.

Walter Berger hatte recht: Es könnte Probleme mit Onno Schoolmann geben. Nach langer Überlegung und mit Bedenken hatte er vor einem Jahr aus Mitleid den hitzköpfigen jungen

Kommissar aus Hamburg in seiner Abteilung willkommen geheißen und ihn Martin Gerdes als ruhigem Pendant zugeteilt. Bisher war seine Strategie aufgegangen. Aber das konnte sich ändern. Onno Schoolmann war laut, aufmüpfig und stets latent aggressiv.

23

Es war später Vormittag, als Onno das Revier betrat. Er lief an der offen stehenden Tür seines Büros vorbei und steuerte den Aufenthaltsraum am Ende des Ganges an. Der Raum war recht beengt für die große Anzahl an Kollegen, die hier ihre Pause verbrachten. Zwei kleine Fenster gaben die Sicht auf den Hinterhof frei, wo die Streifenwagen parkten.

Onno nahm sich einen großen Becher aus dem Hängeschrank über der Küchenzeile und schenkte sich Kaffee ein. Seine Gedanken kreisten um die Bauzeichnung, die er bei Schanhorst gesehen hatte. Er war sich sicher, dass er sie kannte.

Der Kaffee schmeckte abgestanden und bitter, füllte aber seinen leeren Magen.

»Wie ist das Gespräch mit Schanhorst gelaufen?«, fragte Gordi, der hereingekommen war. »Durch den Mord an Elke Wellers bin ich darüber hinweggekommen. Konntest du etwas erfahren?«

Onno holte eine zweite Tasse hervor, schenkte Kaffee ein und reichte sie seinem Kollegen. »Nicht viel. Schanhorst spielt den Empörten. Er ist ein angriffslustiger Typ. Bleibt abzuwarten, welche Folgen mein Besuch haben wird.«

»Dann hast du ihn sicher provoziert.« Gordi nippte an dem Kaffee. »Igitt! Du müsstest langsam wissen, wie ich meinen Kaffee trinke.« Er nahm sich reichlich Milch und Zucker und rührte um, während Onno berichtete.

»Bevor ich gestern nach Plaggenburg gefahren bin, habe ich einige Bauunternehmer aufgesucht. Sie waren Konkurrenten und Mitbewerber von Schanhorst bei öffentlichen Ausschreibungen des Landkreises, und jeder von ihnen hat eine ähnliche Geschichte erzählt. Egal, wie günstig ihre Kostenvoranschläge für diverse Aufträge gewesen sind, gegen Schanhorst hatten sie keine Chance. Sie haben immer den Kürzeren gezogen. Er hat sie immer unterboten.«

»Bei einem Mal würde ich denken, dass sein Preis-Leistungs-Verhältnis einfach besser war als das der Konkurrenz. Das zweite Mal könnte Zufall sein, aber ab dem dritten Mal ergibt sich ein Muster«, überlegte Gordi laut.

»Zehn Mal!«

»Wow, das riecht nach Mauschelei.«

»Genau. Sein größter Mitbewerber vermutet, dass Schanhorst Insiderwissen über die Angebote der anderen bekommen hat und seine eigenen Zahlen anpassen konnte. Beweisen kann er es nicht, und er möchte es sich nicht mit dem Landkreis verderben, indem er es herausposaunt. Ich habe Schanhorst Korruption und Mord unterstellt und ihn so aus der Reserve gelockt. Warten wir ab, wie er reagiert.« Onno stellte seine Tasse in die Spüle. »Dieser Kaffee schmeckt grässlich. Ich habe Hunger. Lass uns was essen gehen. Ich habe dich gestern den ganzen Tag nicht gesehen, erst als du mich zu ›Köhlers Forsthaus‹ gerufen hast. Wo hast du gesteckt?«

»Ich hatte am Morgen ein ausgedehntes Frühstück in Gesellschaft. Danach wurde ich von den Damen des Kinderschutzbunds in Norden vollgestopft. Sie waren erbarmungslos. Höflichkeitshalber habe ich mindestens vier hausgemachte Kuchen probiert.«

»Halt, nicht so schnell. Mit wem hast du gefrühstückt?«, fragte Onno.

Gordi berichtete ausführlich, was er im Gespräch mit Dr. Anne Beekmann und bei seinem Besuch Am Alten Siel 1 erfahren hatte. »Ihre Arbeit für den Kinderschutzbund war Ella Martens wichtig.«

»Und du hast diese Ärztin rein zufällig getroffen?«

»Du brauchst gar nicht zu grinsen. Ich habe Ella Martens' Frauenarzt in der Klinik aufgesucht, und dabei ist mir Anne Beekmann über den Weg gelaufen. Ich habe sie über Dr. Sauer ausgefragt. Sie hat keine hohe Meinung von ihm.«

»Ich hoffe, dass du endlich mal mit einer Frau im Bett landest. Nur so wirst du den Alptraum mit dem Audi-Fahrer los.«

»Red keinen Unsinn. Ich wollte nur an Informationen herankommen.«

Onno öffnete den Mund, kam aber nicht dazu, etwas zu sagen.

Jan steckte den Kopf zur Tür herein. »Der Chef sucht euch. Ihr solltet besser antanzen, sonst explodiert er gleich.«

»Na, spitze. Heute werde ich gar nicht mehr zum Essen kommen. Gestern habe ich schon nichts Anständiges zwischen die Zähne gekriegt. In diesem Job werde ich noch verhungern. Beim nächsten Fall übernimmst du den Schmierlappen mit der Goldkette, und ich stopf mich mit Frühstück und Kuchen voll.«

Beide folgten Jan in das Großraumbüro, in dem Mitarbeiter hinter ihren Schreibtischen saßen.

Matthias Hansen baute sich in der Mitte auf. »Wo sind Onno und Gordi?«

Niemand antwortete.

Als er die beiden hinter Jan erblickte, rief er so laut, dass es durch den ganzen Raum dröhnte. »Ihr Vollpfosten, in mein Büro!«

Wortlos folgten sie ihm.

»Schließen Sie die Tür, Gordi. Setzen Sie sich.«

Hansen blieb mit verschränkten Armen vor den beiden stehen. In der Regel machte er sich als Vorgesetzter des Reviers kaum bemerkbar und ließ den Mitarbeitern ihre Freiräume. Sie respektierten ihn, fürchteten aber auch seine seltenen Wutausbrüche. Das Markanteste an dem sonst so durchschnittlichen Mann war sein hervorstehender Adamsapfel, der bei Gefühlsausbrüchen vibrierte. Heute war einer dieser Tage.

»Was mache ich nur mit Ihnen?«

»Chef, wir –«

»Ruhe, Gerdes! Jetzt rede ich. Sie sind meine besten Ermittler. Ihre Aufklärungsquote ist überragend. Aus diesem Grund habe ich Sie beide immer an der langen Leine gelassen. Aber jetzt haben Sie den Bogen überspannt. Der Landrat hat sich bei der Staatsanwaltschaft offiziell über unsere Abteilung beschwert. Insbesondere Sie, Herr Schoolmann, haben einen unbescholtenen Mann bedrängt.«

»Wir mussten nicht lange warten. Die Reaktion kam prompt. Die Kakerlaken sind aufgescheucht.«

»Was fällt Ihnen ein, unseren Landrat als Kakerlake zu bezeichnen, Schoolmann? Wegen Ihnen musste ich heute den Staatsanwalt belügen. Das Maß ist voll.«

»Können wir auch etwas dazu sagen?«

»Nur zu, Gerdes. Ich möchte den Tag erleben, an dem Sie nichts zu sagen haben.«

»Wir tun nur unsere Pflicht, Herr Hansen«, erwiderte Gordi förmlich. »Die Spurensuche nach dem Mord an Ella Martens führt uns zu Männern in führenden Positionen. Das mag vielleicht unangenehm sein, aber ich denke nicht, dass sie außerhalb des Gesetzes stehen.«

Sie informierten Matthias Hansen über den Stand der Ermittlungen.

»*Cui bono?* Memmenga, Rademacher und Schanhorst haben ein eindeutiges Motiv. Ella Martens hat mit Hilfe ihrer Freundin im Landkreis recherchiert, um die kriminellen Aktivitäten der Herren aufzudecken. Die drei wären erledigt gewesen, wenn sie weitere Beweise vorgebracht und ihre Erkenntnisse publik gemacht hätte«, berichtete Gordi.

»*Wenn!* Hatte Ella Martens denn schon Beweise oder nur Vermutungen? Ohne die gäbe es kein Motiv. Dann handelt es sich um bloße Verleumdung ehrenwerter Bürger.«

»Wir werden die Beweise finden«, sagte Onno.

»Was ist mit Gelegenheit? Ich habe die Akten studiert, und danach haben die drei Verdächtigen ein Alibi.«

»Bei meinem Besuch hat sich Schanhorst geweigert, mir mitzuteilen, wo er am Morgen des Tattages gewesen ist.«

»Kein Wunder, Sie Charmebolzen! Die entlastenden Fakten haben Rademacher, Memmenga und Schanhorst dem Staatsanwalt mitgeteilt. Manfred Schanhorst war am Morgen des Mordes mit seiner Freundin im Bett, bis in den Nachmittag hinein. Die Frau hat es eidesstattlich bestätigt.« Hansen nahm eine Mappe von seinem Schreibtisch und reichte sie Gordi. »Das sind sämtliche Informationen, die mir der Staatsanwalt übergeben hat.«

»Solche Figuren machen sich nicht selbst die Finger schmutzig«, sagte Onno. »Einen Tag nachdem ich Schanhorst auf seiner Baustelle aufgesucht habe, sitzt der Staatsanwalt bei Ihnen und beschwert sich. Die haben Angst, weil sie befürchten, dass wir etwas in der Hand haben.«

»Oder sie sind lediglich ehrenwerte Bürger, die sich empören, weil sie sehr wohl wissen, was für einen großen Schaden ein Rufmord bei ihrer Stellung anrichten kann. Sowohl Memmenga als auch Rademacher haben ihre Einwilligung zur Überprüfung ihrer Girokonten und Sparbücher erteilt. Sie wollen jeden Zweifel an ihrer Integrität ausräumen.«

»Da finden wir sicher nichts. Die Kerle werden kaum Bestechungsgelder per Überweisung annehmen.«

Sie schwiegen, bis Gordi sich räusperte.

»Was gibt es?«, fragte Onno.

»Nichts Besonderes. Ich habe nur ein merkwürdiges Gefühl.«

»Deine merkwürdigen Gefühle enden immer in einer Katastrophe, mein Freund. Raus mit der Sprache.«

»Ella Martens wurde mit Blausäure vergiftet.«

Onno sah ihn verständnislos an.

»Komm schon, das ist für dich genauso ein Stein im Schuh wie für mich. Schanhorst ist ein aggressiver Schlägertyp. Wen würde er schicken, um eine sechzigjährige Frau töten zu lassen? Giftmorde sind fast immer etwas Persönliches«, sagte Gordi.

»Und was sagst du zum Einbruch in Ella Martens' Haus? Die Nachbarin hat zwei Männer in einem Handwerkertransporter davonfahren sehen. Wie persönlich ist das, bitte schön? Dann wird Elke Wellers nicht weit von Schanhorsts Baustelle mit einem Hammer erschlagen.«

»Sie gehen immer von einem Zusammenhang zwischen den Mordfällen aus. Gibt es den?«, fragte Hansen.

Niemand wusste eine Antwort darauf.

»Dürfen wir in diese Richtung recherchieren oder nicht?« In Onnos Worten klang Zorn mit.

Matthias Hansen ging einige Schritte auf und ab. »Position hin, Position her. Verbrecher werden nicht geschont. Aber eine Anordnung gibt es doch: Sie arbeiten professionell, suchen nach Beweisen, aber ohne Druck und ohne Tricks. Damit sind hauptsächlich Sie gemeint.« Er richtete seine Augen auf Onno. »Haben wir uns verstanden?«

»Ja, Chef.«

»Und jetzt raus aus meinem Büro.« Hansen sah den beiden mit wütender Miene, aber auch nachdenklich hinterher. Er seufzte. Die Arbeit dieser zwei so gegensätzlichen Naturen hatte in der Zeit ihrer Partnerschaft immer zum Erfolg geführt. Martin Gerdes hatte mit seiner zurückhaltenden Art stets den aufbrausenden Onno Schoolmann bremsen können. Ob diese Kombination auch im aktuellen Fall von Erfolg gekrönt sein würde? Zum ersten Mal kamen ihm Zweifel. Er hoffte, dass seine Entscheidung, Schoolmann in die Abteilung aufzunehmen, kein Fehler gewesen war.

Im Flur vor ihrem Dienstzimmer lehnte ein dunkel gekleideter junger Mann an der Wand. In gebeugter Haltung starrte er ins Leere. Als er Onno und Gordi kommen sah, richtete er sich auf. Seinen Augen war deutlich anzusehen, dass er geweint hatte.

»Wollen Sie zu uns?«, fragte Gordi.

Der Mann bejahte. »Robert Wegener. Ich bin der Verlobte von Elke Wellers. Sie haben bei meiner Mutter angerufen, um mich zu sprechen?«

Sie gingen ins Dienstzimmer, aber Wegener wollte sich nicht setzen.

Gordi legte seine Akten ab. »Mein Name ist Martin Gerdes. Ich habe Ihrer Mutter die Nachricht vom Tod Ihrer Verlobten überbracht. Sie ist gestern Nachmittag getötet worden. Haben Sie sie über Nacht nicht vermisst?«

»Ich studiere Informatik in Oldenburg und wohne unter der

Woche dort im Studentenwohnheim. An den Wochenenden fahre ich immer nach Hause. Meine Mutter rief mich während der Vorlesung an, um mir mitzuteilen, dass Elke tot ist. Ich bin gleich losgefahren. Was ist passiert?«

»Sie wurde erschlagen«, erwiderte Onno.

Kurz schwankte Robert Wegener und hielt sich an der Schreibtischkante fest, um nicht zu fallen.

»Wollen Sie sich nicht doch setzen?« Gordi bot ihm einen Stuhl an, und Wegener setzte sich. »Haben Sie eine Idee, warum jemand Ihrer Freundin nach dem Leben trachten sollte? Sie ist nach der Arbeit zu ›Köhlers Forsthaus‹ gefahren und wurde dort erschlagen. Was wollte sie da? War sie mit jemandem verabredet?«

»Das weiß ich nicht. Gestern Abend konnte ich sie nicht erreichen. Ich habe mir nichts dabei gedacht. Sie war ein lebenslustiger Mensch und häufig mit Freundinnen unterwegs.« Wegener wischte sich über die Augen. »Ich wusste es …«, sagte er tränenerstickt.

»Was wussten Sie?«

Wegener atmete tief durch. »Elke hat in der Innenstadt von Norden gewohnt. Vor zwei Monaten haben wir uns verlobt. Sie ist … war eine begehrenswerte Frau. Sie hätte jeden Mann haben können. Als sie meinen Antrag annahm, war mein Leben perfekt. Genau genommen war es ihre Idee mit der Heirat. Ich habe mich nicht getraut. Und seither habe ich die Wochenenden bei ihr verbracht. Ich wollte mit der Hochzeit warten, bis ich das Studium in zwei Jahren abgeschlossen habe. Dann hätte ich ihr etwas bieten können. Aber Elke wurde ungeduldig. Sonntagvormittag, als wir beim Frühstück saßen, hat eine Freundin sie angerufen. Ich war verärgert, weil sie sich mit dem Telefon ins Wohnzimmer verzogen hat und nicht mehr wiedergekommen ist, Frauengespräche eben. Danach war sie den ganzen Tag aufgekratzt. So flippig habe ich sie noch nie erlebt. Sie sagte, dass wir keine Zeit verlieren und heiraten sollten und dass sie bald zu Geld kommen würde. Ich habe sie ausgelacht und gefragt, ob sie den Jackpot geknackt hätte. ›Noch nicht, aber bald‹, hat sie geantwortet. Am Abend bin ich dann nach Oldenburg gefahren. Ein paar Tage danach war sie tot.«

»Wissen Sie, mit welcher Freundin sie an dem Morgen telefoniert hat?«, fragte Gordi.

»Keine Ahnung. Elke ging gern aus, sie hatte einen großen Bekanntenkreis. Ich kannte die wenigsten von ihnen. Glauben Sie, ihr Tod hat etwas mit dem erwarteten Jackpot zu tun?«

»Durchaus möglich.«

»Finden Sie den, der das getan hat«, sagte Wegener. Er stand auf, verabschiedete sich und verließ das Revier mit hängenden Schultern.

24

»Lass uns endlich was essen gehen.« Onno fasste sich an die Magengrube und schnappte sich seine Jacke von der Stuhllehne.

Im selben Moment tauchte ein Uniformierter aus der Polizeiwache im Erdgeschoss im Türrahmen auf. Er trug ein Paket unter dem Arm. »Das wurde für Schoolmann und Gerdes abgegeben«, sagte er kurz angebunden und legte die Sendung auf Gordis Schreibtisch ab.

»Von wem?«, fragte Onno.

»Ein Bote des Landkreises aus dem Bauamt hat es gebracht. Ich sollte es zu euren Händen abliefern.« Der Beamte wandte sich ab. »Ständig spielt man den Laufburschen für euch Zivilbullen. Als ob ich den lieben langen Tag nichts anderes zu tun hätte, als hier hochzukraxeln.«

Nachdem der Polizist das Kommissariat verlassen hatte, nahmen sich Onno und Gordi das Päckchen vor. Obenauf war ein DIN-A4-Blatt mit Klebeband befestigt. Handschriftlich war zu lesen:

Sehr geehrter Herr Schoolmann, sehr geehrter Herr Gerdes,
ich übersende Ihnen die persönlichen Utensilien aus Ella Martens' Schreibtisch. Wie Sie wissen, hatte sie keine Familie, sodass wir hier im Amt nicht wussten, was damit geschehen soll.

Gordi öffnete das Paket. »Das bleibt nach jahrelanger Arbeit übrig – ein Schuhkarton mit wenigen Erinnerungsstücken.«

»Wenn du etwas anderes erwartest, bist du naiv«, entgegnete Onno trocken.

»Ich möchte hoffen, dass am Ende eines Lebens etwas Wertvolles weiterlebt.« Gordi leerte den Inhalt des Kartons auf den Tisch und sortierte ihn. Eine kleine Bürste, ein Taschenspiegel, ein Päckchen Aspirin, Pfefferminzbonbons und ein eingerahmtes vergilbtes Foto von Ellas Eltern. Ein ähnliches Bild hatte Gordi in ihrem Haus an der Wand gesehen. Zum Schluss nahm er ein Bündel Briefe in die Hand, die mit einem Bändchen zusammengeschnürt waren.

Onno, der kein großes Interesse an Ella Martens' persönlichen Dingen gezeigt hatte, kam um den Schreibtisch herum. Die Schriftstücke hatten seine Neugier geweckt. »Persönliche Briefe im Büro?«, fragte er.

»Wir werden es gleich wissen.« Gordi holte ein Paar Gummihandschuhe aus der Schreibtischschublade, zog sie über, löste das Bändchen und legte fünf Briefe nebeneinander ab. Sie waren an Ella Martens im Bauamt adressiert. Es gab keinen Absender auf den Kuverts. Sie alle trugen denselben Poststempel.

»Sie wurden in Moordorf aufgegeben«, sagte Onno.

Der erste Brief war vor fünf Monaten abgeschickt worden, dann folgte nach vierwöchigem Abstand ein weiterer. Das letzte Schreiben war auf sechs Tage vor Ella Martens' Tod datiert.

Gordi ergriff das erste Kuvert, nahm den Brief heraus und überflog ihn leise. Als er fertig war, legte er das Schriftstück hin. Wortlos holte er die restlichen Briefe aus ihren Umschlägen und fügte sie chronologisch bei.

»Lies«, forderte Onno ihn auf.

Ohne die Blätter erneut zu berühren, las Gordi nun laut vor. Jedes Schriftstück war auf dem Computer getippt worden und begann mit einer beleidigenden Anrede, gefolgt von unzähligen Beschimpfungen und Drohungen. Die Texte waren in ähnlichem Tenor gehalten, wobei sich der Verfasser in den Kränkungen gesteigert hatte.

»Da hat jemand eine Riesenwut auf Ella Martens gehabt«, sagte Gordi, nachdem er mit dem letzten Schreiben geendet hatte.

»Groß genug, um sie zu ermorden?«

»Durchaus möglich. Wir übergeben die Briefe an Berni, damit er sie auf Fingerabdrücke untersuchen kann. Es ist aber unwahrscheinlich, dass er etwas Relevantes findet.«

»Vielleicht ist es jemand aus Ella Martens' Arbeitsumfeld, der ihr den Chefsekretärinnenposten und ihre Sonderstellung bei Rademacher übel genommen hat. Moordorf ist ein Vorort von Aurich, aber ich glaube nicht, dass der Absender dort wohnt.«

»Jeder aus dem Bauamt kommt in Frage. Ich hole die Liste der Mitarbeiter samt Wohnsitz ein«, sagte Gordi und griff zum Telefon.

25

Sie fuhren über die Bundesstraße westwärts aus Aurich raus. Eine Reihe von Autos kam ihnen im Feierabendverkehr entgegen. Es waren Pendler, die für das VW-Werk in Emden arbeiteten und jetzt nach Hause fuhren. Parallel zur B 72 verliefen die eingleisigen Bahnschienen, die von Enercon, dem Hersteller von Windkraftanlagen, genutzt wurden. Die Stadt Aurich besaß keine Anbindung an das Schienennetz, daher hatte das Unternehmen die in den sechziger Jahren für den Personenverkehr eingestellte dreizehn Kilometer lange Bahnstrecke reaktiviert, modernisiert und für seinen Gütertransport zugänglich gemacht. Viele Arbeitsplätze hingen von diesem Investor ab und brachten dem Landkreis willkommene Steuereinnahmen.

Onno und Gordi durchfuhren Moordorf und kamen nach Georgsheil. Kurz hinter dem Ortsschild führte sie das Navi rechts ab über den Bahndamm in den Ligusterweg. Die wenigen Highlights der Ortschaft bestanden aus einer Grillstation, einer Bäckerei und einer Tankstelle an der Bundesstraße.

Gordi parkte den Citroën vor einem schmucken Einfamilienhaus.

Als Onno klingelte, sprang sofort die Haustür auf. Eine Mittvierzigerin mit rosigen Wangen stand ihnen gegenüber. Glatte blonde Haare schauten unter ihrer knallroten Mütze hervor.

»Sind Sie Ute Rehmann?«, fragte Gordi.

»Ja, die bin ich.« Lächelnd zog sie ihren Mantel aus.

Gordi stellte sich und Onno als Hauptkommissare Gerdes und Schoolmann vor und zeigte Ute Rehmann seine Marke.

»Ich bin gerade erst von der Arbeit gekommen. Was wollen Sie von mir?« Sie nahm die Mütze vom Kopf und ließ ihren Blick flatterhaft von einem zum anderen wandern.

»Wir ermitteln im Fall Ella Martens.«

Das Lächeln auf Ute Rehmanns Gesicht verschwand gänzlich. »Sie hat ein trauriges Ende genommen. Die Mitarbeiter waren entsetzt, aber ich kann Ihnen nicht helfen. Ich weiß so gut wie nichts über sie.« Sie legte ihren Mantel achtlos in die Garderobe und atmete heftig ein und aus, dabei breitete sich das Rot ihrer Wangen auf die schmale Nase aus. »Ich muss Abendessen für meine Familie vorbereiten und habe keine Zeit.«

»Es wird nicht lange dauern. Sie werden sicher nicht wollen, dass wir unsere Fragen hier draußen stellen«, sagte Gordi.

Einsilbig bat Ute Rehmann die beiden herein und führte sie in das Wohnzimmer, wo sie Platz nahmen.

»Bitte beeilen wir uns. Die Kinder sind im Reitverein, aber mein Mann wird in Kürze von der Arbeit kommen.«

»Sie sind angestellte Sachbearbeiterin im Bauamt des Landkreises«, sagte Onno.

»Das stimmt. Ich habe dort vor fünfundzwanzig Jahren einen Ausbildungsplatz bekommen und wurde nach meinem Abschluss übernommen. Ich bin geblieben. Warum sollte das im Todesfall von Ella Martens relevant sein?«

Onno ging nicht auf die Frage ein. »Sie haben eben gesagt, dass Sie wenig über Ella Martens wissen. Das kaufe ich Ihnen nicht ab.«

Ute Rehmann öffnete den Mund. Aber bevor sie protestieren konnte, sprach Onno weiter.

»Sie sind seit zehn Jahren als Schreibkraft in einer Unterabteilung von Niels Rademacher eingestellt. Ella Martens war Ihnen gegenüber quasi weisungsbefugt. Lügen Sie uns nicht an.«

»Ich bin nur im Schreibbüro eingesetzt und hatte wenig Kontakt zu ihr.« Immer wieder strich sie sich beim Sprechen eine blonde Strähne aus der Stirn.

»Aber die Schreibtätigkeit reichte Ihnen nicht. Sie haben über die letzten Jahre fünf Anträge auf Versetzung in das Büro des Bauamtsleiters gestellt und wurden jedes Mal abgelehnt. Wir haben uns bei Ihrem Dienstherrn erkundigt.«

»Manchmal ist es eben so. Im Übrigen ist es kein Verbrechen, Versetzungsanträge zu stellen.«

»Mag sein. Aber waren Sie nicht verärgert, dass Frau Martens stets ihr Veto für Ihre Versetzung eingebracht hat? Das hat uns Niels Rademacher persönlich erzählt. Behaupten Sie nicht, Sie hätten nichts davon gewusst. Wir haben auch Ihre engsten Kolleginnen im Schreibbüro befragt, die das bestätigt haben. Sie waren wütend.« Onno stand auf.

»Die Martens hatte keine Entscheidungsbefugnis.«

»Und dennoch hat das Personalbüro ihre Meinung berücksichtigt. Offensichtlich wollte Frau Martens Sie nicht in ihrer Abteilung haben.«

Ute Rehmann presste die schmalen Lippen zusammen. Ihre Züge wurden starr.

Onno holte die Kuverts aus seiner Jackentasche und legte sie auf den Couchtisch. »Kommen Ihnen die bekannt vor? Sie haben diese Briefe verfasst und an Ella Martens geschickt.«

Ute Rehmann legte die Hände ineinander und betrachtete die Briefumschläge. »Wie kommen Sie darauf? Warum sollte ich an die Sekretärin des Bauamtsleiters schreiben?«

Gordi hatte sich schweigend auf jede Regung in ihrem zarten, aber verbittert wirkenden Gesicht konzentriert. »Ich werde Ihnen die Fakten gern darlegen«, sagte er nun kühl. »Das sind Schmähbriefe an Ella Martens.« Er nahm einen Umschlag, holte den Brief hervor und las. »›Du alte Hexe! Mit Schmeicheleien hast du dich beim Chef beliebt gemacht und glaubst, was Besseres zu sein. Du bist nichts weiter als sein Fußabtreter.‹« Er brach ab. »Wollen Sie noch mehr hören?«

Ute Rehmann schwieg.

»Die Briefe wurden auf einer kleinen Postfiliale in Moordorf aufgegeben«, erklärte er. »Wir vermuten, dass der Absender sie auf dem Weg zur Arbeit dort eingeworfen hat. Wir haben sämtliche Mitarbeiter aus dem Bauamt ausfindig gemacht, die in einem Umkreis von dreißig Kilometern von Aurich in Richtung Moordorf wohnen, insgesamt fünf Personen. Zwei davon sind Auszubildende, die vor Ort bei ihren Eltern leben. Eine Sachbearbeiterin kommt aus Marienhafe und wird in einer Woche berentet. Es bleiben nur zwei Personen übrig: ein fünfunddreißigjähriger Mann und Sie. Der Mann hat vor Kurzem ein berufsbegleitendes Wirtschaftsstudium erfolgreich abgeschlossen.«

»Und?«, fragte Ute Rehmann.

»Wir haben Fingerabdrücke auf den Briefen und Kuverts gefunden.« Onno nahm ein Tuschekissen und ein Blatt Papier aus der Tasche und legte beides neben den Briefen auf den Tisch. »Wir werden Ihre Abdrücke nehmen. Sie und wir wissen, was dabei herauskommen wird.«

Gordi war verblüfft. Sie hatten abgesprochen, wie sie im Verhör vorgehen würden, aber eine Lüge war dabei nicht vorgesehen gewesen. Auf den Schreiben waren zwar Teilabdrücke nachgewiesen worden, aber diese hätten nicht gereicht, um sie einer Person zuzuordnen. Die einzigen vollständigen Abdrücke waren Ella Martens' gewesen. Gleichwohl ließ er Onnos Lüge unkommentiert wirken.

Ute Rehmann schluchzte heftig auf. Dann hatte sie sich wieder gefasst.

»Möchten Sie nicht Ihr Gewissen erleichtern, Frau Rehmann?«, fragte Gordi ruhig.

»Es war nicht gerecht«, brach es heiser aus ihr hervor, während ihre Nasenflügel vibrierten. »Nicht gerecht. Nach meiner Ausbildung im Landkreis habe ich geheiratet und eine Familie gegründet. Ich habe trotzdem nie aufgehört zu arbeiten. Nach der Geburt meiner Töchter bin ich nicht einmal in Mutterschutz gegangen. Dennoch sitze ich heute Tag für Tag auf demselben Posten wie nach der Ausbildung. Jahr um Jahr wurde ich bei jeder Beförderung übergangen, als ob ich gar nicht vorhanden wäre. Ich war fleißig, ich habe mich bemüht, habe Überstunden abgeleistet, aber nichts hat sich geändert. Ella Martens hatte zwar nicht die Macht, darüber zu entscheiden, aber der Chef hat keine Personalauswahl getroffen, ohne ihren Standpunkt einzuholen. Er hat ihre Meinung geschätzt und berücksichtigt. Das wusste jeder in dem Laden. Als sie sich immer wieder gegen meine Versetzung gestellt hat, war das Maß übervoll. Alle wussten es, und es wurde darüber getratscht. Sie hat mich gedemütigt. Und ich habe es ihr heimgezahlt. Ich habe ihr in Briefen mitgeteilt, was ich von ihr hielt. Was hatte sie nur gegen mich? Sie hatte keinen Grund, mich abzulehnen. Sie kannte mich ja kaum. Ich war wütend. Zwei, drei Zeilen und ich fühlte mich besser. Ich habe mir meinen Zorn von der Seele getippt. Als ich den ersten Brief überlas, habe ich mich noch gefragt, ob ich ihn wirklich absenden soll. Zwei Wochen habe ich ihn in der Schublade verwahrt, und manchmal war ich knapp davor, ihn in den Papierkorb zu werfen, aber ich konnte nicht. Eines Morgens habe ich ihn auf dem Weg zur Arbeit beim Postamt eingeworfen – genau wie Sie gesagt haben. Der Kick, den es mir gab, war überwältigend. Zum ersten Mal habe ich mich für die vielen Jahre der Demütigung gewehrt. Nachdem der Brief im Amt eingetroffen war, habe ich die Martens nicht aus den Augen gelassen. Es war eine Genugtuung, die disziplinierte und immer perfekte Chefsekretärin so aufgelöst zu sehen. Ich habe ihre Angst erkannt. Sie hatte keine Idee, von wem das Schreiben kommen könnte. Auf mich ist sie gar nicht erst gekommen, so unbedeutend bin ich für sie gewesen. Ich wurde immer wütender, deshalb schrieb ich weitere Briefe. Ich konnte nicht mehr aufhören. Es hat mich befriedigt und für viele Demütigungen entschädigt.« Während sie gesprochen hatte, hatte sie auf die Kuverts gestarrt. Doch auf einmal unterbrach sie ihren Redefluss und sah wie ertappt zwischen Onno und Gordi hin und her.

»Und dann?«, fragte Gordi besänftigend.

»Was ›dann‹?«

»Dann haben Sie Ihren Worten Taten folgen lassen und Ella Martens vergiftet.« Onnos Stimme war nicht so behutsam wie Gordis.

»Nein!«, rief Ute Rehmann schrill. »Das habe ich nicht getan! Viele Kolleginnen mochten die Martens nicht. Sie war eine schwierige Person. Sie hat immer das Äußerste von den Mitarbeitern verlangt, aber die meisten von uns haben eine Familie, haben ein Leben, das sich nicht ausschließlich um den Arbeitsplatz dreht. Wir sind keine alten Jungfern ohne Anhang, wie sie eine war. Das hat sie nie verstanden. Ständig hat sie Notizen über uns in ihrem kleinen Buch gemacht. Ja, ich gebe es zu: Ich habe sie verabscheut. Aber getötet habe ich Ella Martens nicht.«

Gordi horchte auf. »Was für ein Buch?«, fragte er alarmiert.

»Eine Art Tagebuch. Sie trug es immer bei sich. War es nicht zwischen ihren Unterlagen?«

»Nein«, entgegnete Gordi.

»Ich habe Ihnen die Wahrheit erzählt. Mehr werde ich nicht sagen.« Ute Rehmanns Atem beschleunigte sich. Ihr schien etwas eingefallen zu sein. Abrupt stand sie auf und lief rasch zum Schrank, wo sie aus einer Schublade eine Mappe hervorholte. »In der Zeitung wurde berichtet, dass Frau Martens am 3. Mai umgekommen ist. Das war ein Samstag.« Sie legte die Papiere auf den Tisch. »Schauen Sie hinein. Das Wochenende um den 3. Mai habe ich mit meinem Mann und den Kindern im Center Parc in der Nähe von Amsterdam verbracht. Die Reise war ein Geburtstagsgeschenk. Wir sind erst am Sonntagabend zurückgekehrt.«

»Wir werden Ihr Alibi überprüfen«, sagte Gordi.

Ute Rehmann wischte sich mit dem Handrücken über die Stirn und atmete tief durch. »Mein Mann wird bald kommen. Bitte gehen Sie jetzt«, sagte sie sachlich. Mitleid mit Ella Martens schien sie nicht zu haben. Ihre Gedanken drehten sich nur um sie selbst.

***

»Lass uns schnell den Bericht schreiben, und dann verschwinden wir«, sagte Onno, nachdem sie gegen achtzehn Uhr zum Revier zurückgekehrt waren.

»Hast du was vor?«, fragte Gordi.

»Mann, es ist Freitag. Muss ich dich wirklich darüber aufklären, was ledige Männer am Wochenende machen?« Onno brach ab, als er auf seinem Schreibtisch einen Umschlag liegen sah. Er griff danach, öffnete ihn und überflog die Zeilen. »Angelika hat den Obduktionsbericht geschickt.«

»Etwas Interessantes?«

»Und ob. Elke Wellers war im vierten Monat schwanger.«

»Davon hat uns ihr Verlobter nichts erzählt.«

»Vielleicht wusste er es nicht. Er hat ja selbst gesagt, sie sei ein heißer Feger gewesen. Was soll so eine flippige Frau mit einem spröden IT-Studenten anfangen?«

Gordi griff zum Telefon. »Ich bestelle Wegener noch heute zur Blutprobe, und du bereitest Dr. Schneider auf Überstunden vor.«

Onno seufzte. »Damit hat sich der Freitagabend für ledige Kerle erledigt.«

***

Fassungslos saß Robert Wegener auf demselben Stuhl wie vor wenigen Stunden. »Schwanger, sagen Sie?«

»Ja, im vierten Monat.«

»Wir sind seit einem halben Jahr zusammen. Sie wusste, wie sehr ich sie liebe. Warum hat sie mir das nicht erzählt? Das Kind ist doch von mir, oder?« Tränen liefen ihm über die Wangen. Mit dem Handrücken wischte er sie weg und schniefte. Gordi reichte ihm ein Taschentuch.

»Kann es sein, dass sie deshalb nicht länger auf die Heirat warten wollte?« Fast bittend sah Wegener ihn an.

»Es ist möglich.« Gordi wollte ihm den Rest von Hoffnung nicht nehmen. »Wir brauchen eine Blutprobe von Ihnen für den Vaterschaftstest.«

»Klar.«

26

Es war dunkel, als Onno in Leer ankam. Nachdem er das Auto in der Tiefgarage abgestellt hatte, machte er einen kleinen Spaziergang durch den Inselgarten in der Nähe der Wohnanlage, um einen klaren Kopf zu bekommen. Der feine Nieselregen, der vor Stunden eingesetzt hatte, überzog die frisch sprießenden Blätter an Bäumen und Büschen mit einem Film von Feuchtigkeit.

Onnos Haare waren triefend nass. Regentropfen rannen ihm über die kalten Wangen. Doch er bemerkte es nicht. Zu sehr war er in Gedanken versunken. Die Spur der Drohbriefe war eine Sackgasse gewesen. Ute Rehmann hatte ihren beruflichen Frust auf das Opfer projiziert und ihrem Ärger Luft verschafft. Sie war eine gehässige, neidische Person, aber getötet hatte sie Ella Martens nicht.

Wie passte der Tod von Elke Wellers dazu? Hingen die Fälle Martens und Wellers überhaupt zusammen? Die Morde waren auf unterschiedliche Weise verübt worden, aber Gemeinsamkeiten gab es dennoch. Handwerker waren in Ella Martens' Haus eingebrochen, um es zu durchsuchen, und Elke Wellers war mit einem Hammer ganz in der Nähe von Schanhorsts Baustelle erschlagen worden.

Onno begann zu frösteln. Plötzlich wurde ihm bewusst, dass er bis auf die Haut durchnässt war. Eilig lief er nach Hause, zog sich im Bad aus und stieg unter die heiße Dusche.

Der Arbeitstag war ihm schwergefallen. Seitdem er Schanhorst aufgesucht hatte, musste er noch intensiver daran denken, was vor bald zwei Jahren in Hamburg geschehen war. Es kostete ihn Kraft, täglich die lockere Fassade aufrechtzuerhalten.

Er schloss die Augen und ließ das Wasser auf sich herunterprasseln. Wieder tauchten dieselben Bilder in seinem Kopf auf. Was war es nur, was ihm auf Schanhorsts Plakat so bekannt vorgekommen war?

Auf einmal wurde sein Körper steif. Er stieg aus der Kabine und lief nackt ins Wohnzimmer. Ohne das an ihm herunterrinnende Duschwasser zu beachten, wühlte er in den Tatortfotos, die er in regelmäßigen Abständen aus der Schreibtischschublade holte. Sie zeigten den Busbahnhof von Altona, die rotweißen Absperrbänder der Polizei, die mehrstöckigen Gebäude und den toten Mann auf der Straße, der in seiner Blutlache lag. Niemand kannte die Gesichtszüge des Mannes besser als Onno. Der Tote war sein Vater. Die Lider waren geöffnet. Im Tod sah er überrascht und erschrocken aus. Genauso wie Elke Wellers hatte er den Angriff nicht kommen sehen.

Und da war es. Das hatte Onno gesucht.

Eine riesige Leuchtreklame über dem Bahnhofsgebäude, eine graue Backsteinmauer, darüber ging die gelb leuchtende Sonne auf. Dieses Logo hatte er in Schanhorsts Baucontainer gesehen.

Erst jetzt spürte er, dass sich kleine Pfützen um seine Füße bildeten. Er legte die Fotos wieder auf den Tisch und ging ins Bad zurück. Mechanisch zog er sich an und wischte anschließend den Boden im Wohnzimmer trocken.

In der offenen Küche nahm er eine Pizza aus der Tiefkühltruhe und schob sie in den Backofen. Dann ging er wieder ins Wohnzimmer und setzte sich. Durch das Fenster beobachtete er die Menschen am Binnenhafen.

War das möglich? Konnte er eine erste ernsthafte Spur entdeckt haben? Oder bildete er sich nur etwas ein? Das Firmenschild einer großen Baufirma hing an vielen Plätzen aus. Eine Verbindung war nur ein Hirngespinst. Und dennoch, vielleicht hatte ihn die Vorsehung in diese Richtung geführt.

Den Rest der Nacht verbrachte er auf dem Sofa mit Bildern, Akten, einem Notizblock und den Lichtern der Leeraner Altstadt.

27

An den Wochentagen herrschte im Elbtunnel ein regelrechtes Verkehrschaos, aber in den frühen Morgenstunden des Sonntags waren die drei Röhren frei.

Bei Tagesanbruch war Onno mit dem BMW losgefahren. Sein Vater hatte den Wagen ein halbes Jahr vor seinem Tod gekauft, und Onno hatte es nicht übers Herz gebracht, ihn herzugeben. Mit Maximaltempo hatte er ihn vorangetrieben und Hamburg in knapp anderthalb Stunden erreicht. Von der Tiefgarage aus fuhr er mit dem Fahrstuhl direkt in die Penthouse-Wohnung.

Seitdem er im Auricher Kommissariat arbeitete, war er nur zweimal hier gewesen. Die langjährige Hauswirtschafterin seines Vaters kam regelmäßig, um die Wohnung in Ordnung zu halten, und er überwies der alten Dame weiterhin ihr Gehalt. Sein Vater hatte die Wohnung nach Mutters Tod gekauft, weil er es nicht ertragen konnte, in dem Haus zu bleiben, wo er einst glücklich gewesen war.

Onno durchquerte den Flur und eilte zum Arbeitszimmer. Mitten im Raum stand ein Schreibtisch zur Fensterfront ausgerichtet. Ohne die Sicht auf die Binnenalster zu würdigen, ging er zum Aktenschrank und überflog die Regale. Sein Vater hatte ein eigenes Ordnungssystem gehabt. Die notariellen Aufträge waren zwar im Hauptcomputer gespeichert, aber in den Akten hatte er stets handschriftliche Randnotizen gemacht. Die Projekte waren nach Dringlichkeit farblich gekennzeichnet.

Onno zog die letztdatierte Akte mit einem roten Punkt heraus, legte sie auf den Schreibtisch und blätterte hastig die Seiten um. Er fand knapp gehaltene Anmerkungen wie »wichtig« oder »eilt«, aber auch konkrete Gedanken, die sein Vater kreuz und quer mit Bleistift eingefügt hatte. Unter dem Firmennamen »Ein Heim für jedermann« fand er einige Bauunternehmer aufgelistet. Manfred Schanhorst war einer von ihnen.

Onno machte Kopien der gesamten Papiere, steckte sie ein und fuhr zurück nach Leer.

***

Gordi wälzte sich im Bett hin und her und hoffte vergeblich, wieder einschlafen zu können. Da es zu früh zum Aufstehen war, legte er sich auf die Seite und dachte mit offenen Augen über den Fall nach.

Drei Verdächtige: der Landrat, der Bauamtsleiter und der Bauunternehmer. Sie alle hatten ein Motiv, aber keine Gelegenheiten. Beweise gegen die Männer gab es nicht. Zwei von ihnen hatten sich während der Tatzeit nachweisbar außerhalb Ostfrieslands aufgehalten. Manfred Schanhorsts Alibi basierte auf der eidesstattlichen Erklärung seiner Geliebten. Solche Zeugenaussagen erschienen Gordi immer fragwürdig, aber sie waren nicht so einfach anfechtbar. Es galt, die Glaubwürdigkeit der Zeugin zu prüfen.

Das Grübeln brachte ihn nicht voran. Seine Gedanken wanderten zu Anne Beekmann. Bisher hatte sie sich nicht bei ihm gemeldet, und er erwartete es auch nicht. Aber insgeheim hoffte er darauf. Er konnte sich nicht daran erinnern, wann er sich das letzte Mal so ungezwungen mit einer Frau unterhalten hatte.

Nach einer Weile zwang er sich, seine Tagträume abzubrechen, warf die Decke mit einem Ruck von sich und schwang sich aus dem Bett.

Nachdem er sich angezogen hatte, verließ er ohne Frühstück die Wohnung, um einen Spaziergang zu machen. Er liebte es, wenn die Norddeicher Straße früh am Morgen menschenleer war und nur ihm gehörte.

Seine Schritte führten ihn nach Norden in die Baumstraße. Es war still, nur das Zwitschern der Vögel, die sich ihre Nester in den Baumkronen gebaut hatten, war zu hören. Die Blütenpracht der Bäume begann abzufallen und bedeckte als feiner heller Teppich die Gehwege.

Vor Ella Martens' Haus, dessen Überdachung am Eingang

von schmucken, grazilen Säulen gestützt wurde, blieb Gordi stehen. Eine mattweiße Verklinkerung mit Struktur wirkte elegant, ohne protzig zu erscheinen. In den Bauzeichnungen des Gebäudes, die Berni im Haus gefunden hatte, hatte Gordi handschriftliche Randbemerkungen von Ella Martens entdeckt. Das Haus war nach ihren Ideen geplant und gebaut worden und konnte Begehrlichkeiten wecken.

Gordi hatte seine erste eigene Wohnung mit Sperrmüllmöbeln und Paletten eingerichtet. Er dachte zurück an seine Jugend. Im Elternhaus mit vier Geschwistern war das Geld immer knapp, Markenkleidung zu teuer gewesen, aber das hatte ihn nie gestört. Verletzt hatte ihn einzig das Fehlen von Wärme und Geborgenheit. Oft hatte er Zuflucht bei seiner Tante Edda gesucht. Ihr Tod hatte ihm das Herz gebrochen. Er war nicht überraschend gekommen, sondern hatte sich schleichend angekündigt. Es hatte damit begonnen, dass Edda Freunde und Nachbarn nicht mehr erkannt hatte. Gordi hatte sie regelmäßig an den Wochenenden von Hannover aus besucht. Sobald sie ihn gesehen hatte, hatte es immer den Anschein gehabt, ihre Demenz würde weichen.

»Guten Morgen, Herr Kommissar.«

Aus seinen Gedanken gerissen, wandte er sich um und sah vor dem Haus gegenüber Anneliese Brauer an der Tür stehen. Ihre rundliche Gestalt war in einen dicken rosa Frotteemorgenmantel eingehüllt. Sie lächelte ihn freundlich an.

»Was führt Sie am Sonntag um diese Zeit hierher? Ich dachte, dass die Durchsuchung von Ellas Haus abgeschlossen ist.«

Gordi schlenderte zu ihr hinüber. »Ich genieße den herrlichen Frühlingsmorgen. Mit der frischen Luft kommen neue Einsichten, die man vorher nicht bedacht hat.«

»Ich verstehe. Haben Sie schon gefrühstückt?«

»Nein.«

»Ich auch nicht. Kommen Sie doch herein und leisten Sie mir Gesellschaft. Lassen Sie die Gedanken bei einer Tasse Tee und einem Gespräch sacken.«

»Ich möchte Sie nicht stören.«

»Das tun Sie nicht. Ich will bloß nicht allein sein.« Anneliese Brauer kicherte wie ein Schulmädchen.

»Sie erinnern mich an meine Tante. Sie hatte immer und für jedermann ein Tässchen Ostfriesentee parat, und es war heimelig bei ihr. Man fühlte sich willkommen.« Gordi folgte Anneliese Brauer ins Haus.

Die erste Tür führte nach links in das Wohnzimmer, in dem er mit Onno bei der ersten Befragung von Anneliese Brauer gesessen hatte. Heute ging sie voran durch den langen Flur zur Rückseite des Hauses. Die Wände waren auf beiden Seiten mit Puzzlebildern behängt.

»Mein Mann hat es geliebt, zu puzzeln«, erklärte sie im Vorbeigehen. »Nach seinem Tod habe ich es nicht übers Herz gebracht, die Bilder abzuhängen. Sie geben mir das Gefühl, dass er bei mir ist.« In der Wohnküche angekommen, bot sie Gordi an, auf dem Sofa Platz zu nehmen. »Sie haben Ihre Tante gemocht?«

»Das kann man so sagen. Ich habe mich oft bei ihr aufgehalten. Sie hatte keine eigenen Kinder.«

»Wie ich. Sie sollten sie häufig besuchen.«

»Sie starb vor einigen Jahren.«

»Ich verstehe. Über den Tod geliebter Menschen kommt man nicht hinweg. Ich werde mir Mühe geben, damit Sie sich bei mir wie bei Ihrer Tante fühlen.« Wieder servierte Anneliese Brauer Tee und schmierte Gordi eigenhändig ein Graubrot dazu. Anschließend setzte sie sich ihm gegenüber an den Esstisch. »Gehen die Nachforschungen voran?«, fragte sie neugierig.

»Wir ermitteln in Ella Martens' beruflichem Umfeld.«

»Das versteht sich von selbst, denn Ella hatte keine anderen Kontakte. Seit dem Einbruch in der Nacht schlafe ich kaum.«

»Sie brauchen keine Angst zu haben.«

»Das habe ich nicht. Ich werde das Haus beobachten.« Sie deutete auf eine Kamera, die auf der Fensterbank lag. »Falls die Männer wiederkommen, werde ich sie aufnehmen und das Autokennzeichen festhalten. Sie haben mir gesagt, dass ich sie aufgescheucht habe. Wenn sie sich nochmals herwagen, um zu holen, wonach sie gesucht haben, bin ich bereit. Diesmal ertappe ich sie auf frischer Tat.«

Gordi lachte. »An Ihnen ist eine Miss Marple verloren gegangen. Ich suche nach Ellas Tagebüchern, falls es welche gibt. Ich bin mir nicht sicher.«

»Aber ich«, erwiderte Anneliese. »Ella hat sie mir gegenüber erwähnt.«

»In welchem Zusammenhang?«

»Wir haben uns über die schönen Tage des Lebens unterhalten und darüber, wie wunderbar es ist, diese immer wieder erleben zu können, wenn man sie im Tagebuch festhält und sich so an Geschehnisse erinnert, die man schon längst vergessen glaubte.«

»Erlauben Sie mir eine persönliche Frage?«

»Nur zu.«

»Wann ist Ihr Mann gestorben?«

»Vor fünf Jahren. Ich war erst zwanzig, als wir geheiratet haben. Er war bedeutend älter als ich, hoffte aber auf eine Familie mit Kindern. Diesen Wunsch habe ich meinem Ansgar leider nicht erfüllt. Es ist nicht so, dass ich es nicht gewollt hätte, aber es ging nicht. Trotzdem hat er mich geliebt. Er hat mich immer Anni genannt wie mein Vater. Ich war Papas kleines Mädchen, und Anni war mein Kosename, bis er uns verließ. Da war ich zehn Jahre alt. Mutter hatte schuld. Sie hat ihn aus dem Haus getrieben. Die Ehe mit ihr hat ihn nicht glücklich gemacht. Aber mich hat er nicht verlassen. Er hat immer an mich gedacht. Zu jedem meiner Geburtstage kam er mich besuchen und brachte mir ein Geschenk. Weihnachten schickte er regelmäßig Päckchen.« Ausführlich erzählte Anneliese Brauer von ihrem Ehemann und davon, wie glücklich sie gewesen waren.

»Wie haben Sie Ella Martens kennengelernt? Hat sie etwas über ihre Kindheit verraten? Sie haben jahrelang gegenüber gewohnt.«

»Vor zehn Jahren ist Ellas Haus gebaut worden, und sie ist eingezogen. Das ist eine ganze Weile her, aber ich kann mich noch gut daran erinnern. Wie es in Ostfriesland üblich ist, kam die Nachbarschaft zusammen, um ihr einen Einzugsbogen aus frischem Tannengrün zu basteln. Den haben wir an ihre Haustür gehängt und sie willkommen geheißen.«

»Vor dem Bogen kann sich niemand in Ostfriesland drücken«, sagte Gordi.

»Im Laufe der Jahre habe ich einiges von Ella erfahren. Sie war ein Einzelkind, wenn Sie verstehen, was ich meine. Ich hatte zwei große Brüder, und wir mussten von klein auf teilen lernen. Wie war es bei Ihnen?«

»Drei Brüder und eine Schwester.«

»Dann können Sie es nachempfinden. Ella war das Prinzesschen und bekam, was ihr Herz begehrte. Trotzdem war sie nicht glücklich. Mein Mann fand sie gebildet, und das war sie auch. Für mich war sie etwas spröde, aber nach dem Tod meines lieben Ansgars haben wir oft zusammengesessen. Wir waren beide alleinstehend ohne Familie und haben uns gegenseitig besucht. Die Gute hat sich bemüht, mir Kunst und Musik näherzubringen, und ich habe ihr mein Wissen über Gartenpflanzen weitergegeben. Es war eine schöne Zeit für uns beide. Wer wird nun das Haus und ihr Vermögen erben?«

»Das Testament wird bald eröffnet, dann werden wir es wissen.«

Anneliese Brauer hielt den Blick auf Gordi gerichtet. »Hoffentlich zieht ein netter Nachbar ein«, sagte sie.

Gordi trank den letzten Schluck Tee. »Danke für die Bewirtung und das Gespräch gleichermaßen.«

Anneliese Brauer begleitete ihn bis zum Gartentor. »Ich werde mich für den Rest des Tages um den Garten kümmern. Meine Blumen sind wie Kinder. Wenn man sie liebevoll behandelt und mit ihnen redet, gedeihen sie prächtig.« Ein Lächeln umspielte ihren Mund, als sie sich voneinander verabschiedeten.

Gordi überquerte die Straße, schloss Ella Martens' Haustür auf und ging hinein. Er nahm sich Zeit, um in Ruhe von Zimmer zu Zimmer zu gehen. Die Spurensicherung hatte ganze Arbeit geleistet. Sämtliche Gegenstände waren wieder an ihrem Platz, und nichts deutete mehr auf den Einbruch hin, der hier stattgefunden hatte.

Als Erstes nahm sich Gordi die Küche vor. Er öffnete jede Schublade. Als Nächstes ging er ins Wohnzimmer, um sich einen Einblick in Ella Martens' Leben zu verschaffen. Insgeheim hoffte er, ihre Tagebücher zu finden. Es musste sie geben.

Ella Martens hatte keinen Fernseher besessen, aber einen fast schon antiken Hochglanzplattenspieler. In einem Schrank daneben standen Langspielplatten von Mozart und Brahms sowie andere Klassiker. Die Ordnung war perfekt. Alles hatte seinen Platz. Nichts lag im Weg herum.

Gordi ging nach oben ins Schlafzimmer. Im Kleiderschrank waren Blusen und Pullover nach Farben sortiert, Schuhe standen frisch poliert in Reih und Glied. Trotzdem wirkte es wohnlich und einladend.

Auf dem breiten Bett lag eine Patchwork-Decke mit einem sternartigen Muster. Gordi erkannte das Design. Es war eine der Decken, die die Damen für das Lädchen des Kinderschutzbundes nähten, um sie für wohltätige Zwecke zu verkaufen. Auf dem rechten Nachttisch lag eine Dankeskarte. Gordi nahm sie und begann zu lesen.

Für all dein Bemühen und deinen bedingungslosen Einsatz, zur Erinnerung. Möge dich die Decke in kalten Nächten wärmen.

Dieser Frau waren Liebe und Hass gleichermaßen entgegengebracht worden.

Auf dem Frisiertisch stand eine vergilbte Schwarz-Weiß-Fotografie, die Gordi beim letzten Mal nicht bemerkt hatte. Sie zeigte eine Hochzeitsgesellschaft, im Hintergrund war eine Villa zu erkennen. Das musste Ellas Elternhaus gewesen sein.

Zum Abschluss ging Gordi in das Arbeitszimmer, setzte sich an den antiken Schreibtisch und besah sich erneut das Foto von Ellas Vater im Silberrahmen, das ihm schon am Tattag aufgefallen war. Hatte es da nicht auf der rechten Schreibtischseite gestanden? Heute befand es sich links. Sicher hatte Berni es bei seinem abschließenden Rundgang versetzt.

Enttäuscht blieb er sitzen. Warum fand er nichts? Vielleicht gab es nichts zu finden … Unmöglich.

Er öffnete die Schubladen und schloss sie wieder. Dann fiel ihm etwas an der Regalwand auf. Eine Reihe von Büchern stand deutlich hervor. Er erhob sich und ging um den Schreibtisch herum. Eilig entfernte er im Bücherregal die erste Reihe, sah aber nur die Rückwand dahinter. Er nahm die Bücher aus dem Regalfach darunter heraus. Jetzt war deutlich zu erkennen, dass die obere Rückwand nach vorn versetzt abschloss. Er klopfte dagegen. Es hörte sich hohl an. Ein leichter Druck reichte, und die Rückwand des Regals gab nach. Gordi zog sie heraus und legte sie ab.

Mehrere in braunes Leder gebundene Hefte kamen zum Vorschein. Gordi holte sie mit unverhohlener Freude hervor. Die Schreibblätter besaßen einen Goldrand. Als er eines der Hefte aufschlug, wusste er, dass er die Tagebücher von Ella Martens gefunden hatte.

Er setzte sich wieder an den Schreibtisch, sortierte die Hefte nach Jahrgängen und begann zu lesen. Auf den ersten Seiten fühlte er sich wie ein unerwünschter Stalker, der herumschnüffelte. Doch schon bald schien Ella Martens ihn bei der Hand zu nehmen, um ihm ihre Welt zu zeigen. Er folgte ihr durch ihre Schulzeit und las ihre geheimsten Gedanken über Lehrer, Freundinnen und die Interessen eines heranwachsenden jungen Mädchens. In alldem entdeckte er die pure Freude am Leben. Ella Martens hatte eine ungetrübte Kindheit gehabt. Maike Müller würde es freuen zu erfahren, was Ella von ihr gedacht hatte: Sie beschrieb sie in ihren Einträgen als liebenswert, treu und hilfsbereit.

Der erste Liebeskummer war gekommen und wieder verflogen, als Ella sechzehn Jahre alt gewesen war. Zwischen zwei Löschblättern lag eine trocken gepresste rote Rose. Daneben fand Gordi sorgfältig gefaltete Liebesbriefe eines jungen Mannes an Ella. Er nahm sie heraus und legte sie an die Seite.

Das Leben schritt voran, Schulabschluss und Ausbildung. Je älter Ella wurde, desto ernster wurden ihre Worte. Der Tod der Eltern, der kurz hintereinander eingetreten war, wog schwer und brachte ihr eine Verletzung bei, von der sie sich nie mehr erholen sollte. Ihre Gedanken wurden düsterer.

Dann war vor einem Jahr plötzlich Dr. Sauer aufgetaucht. Gordi markierte jede Seite, auf der er erwähnt wurde.

20. Januar 2019
Ein Mensch, der sich der Heilung verschrieben hat, ein begnadeter Psychiater. Es geht mir besser durch ihn. So gut habe ich mich seit Monaten nicht gefühlt.

30. Januar 2019
Ich erhole mich zunehmend, seitdem ich die Nächte durchschlafe. Die Medikamente helfen. Erst wollte ich sie nicht einnehmen, aber er hat mich überzeugt und hatte recht. Meine Kraft kehrt zurück. Alles geht leichter von der Hand, und ich nehme wieder am Leben teil.

1. April 2019
Die Tätigkeit im Kinderschutzbund erfüllt mich. Die Frauen arbeiten ehrenamtlich, Menschen, die nicht nur ihren eigenen Vorteil sehen. Wir sind eine eingeschworene Gemeinschaft, eine Familie. Seit einigen Wochen arbeite ich in der Nachhilfegruppe mit. Wie viel Freude schenken diese Kinder. Ich zittere mit ihnen vor den Klassenarbeiten, leide mit ihnen und teile die Angst vor dem Versagen. Wir müssen sie auffangen, wenn sie fallen, sie wieder aufrichten, sie stark machen für das Leben. Und mit jeder Hürde, mit jeder bestandenen Prüfung bin ich reicher, denn sie zahlen es tausendfach zurück.
Das habe ich ihm zu verdanken.

Die Eintragungen setzten sich über den Sommer 2019 fort. Es waren glückliche Tage gewesen. Ella schien im Kinderschutzbund aufgegangen zu sein. Sie feierte die Versetzung der Kinder und tröstete die, die es nicht geschafft hatten.

Dann fand Gordi die erste Notiz über ihren Vorgesetzten. Die Fakten und Daten hatte sie in ihrem Computer aufgelistet, aber in ihrem Tagebuch beschrieb sie die Ereignisse, die sie dazu gebracht hatten, im Amt zu recherchieren.

15. August 2019
Die Konfirmationsfeier von Johannes Rademacher soll in der herrschaftlichen Villa der Familie stattfinden. Sie erinnert mich an mein Elternhaus. Ich träume von meinem Zuhause, das ich schon längst verloren habe. Im Schlaf wandle ich durch die Zimmer mit den hohen Decken und Stuckverzierungen. Auf Zehenspitzen schleiche ich in der Nacht den Flur entlang. Das Zimmer am Ende, ja, die Tür steht einen Spaltbreit offen. Ich sehe hinein. Mein Vater sitzt im Schein der Lampe an seinem Schreibtisch. Er liest. Ich hebe die Hand, will rufen, bringe aber nichts hervor. Ich schrecke hoch und sitze in meinem Bett. Nach den vielen Jahren hat mein Heimweh nicht nachgelassen. Ich hätte das Haus nach dem Tod meiner Eltern nicht verkaufen sollen, aber für mich war es zu groß, und ich wäre darin im Kummer über ihren Verlust allein gewesen. Die Gästeliste, die mir Frau Rademacher gegeben hat, ist lang, kein familiäres Fest mit Freunden und Verwandten. Ich habe Herrn Rademachers Schrift, der hinter die Gästenamen den jeweiligen Beruf und die Position geschrieben hat, erkannt. Die Liste ist üppig, und jeder, der Rang und Namen hat, steht darauf.

15. Oktober 2019
Ich kannte jeden Besucher, bis auf einen, der im Vorfeld nicht auf der Gästeliste aufgetaucht war: ein gewisser Schanhorst. Ehrenwerte Männer waren zusammenge-

kommen, um der Familie Ehre zu erweisen. Ein paar Stimmen, einige geflüsterte Sätze haben gereicht, meinen Glauben zu zerstören. Es gibt keine ehrenwerten Männer, nicht in diesem Haus.
Es hat mich Kraft gekostet, den Rest der Feier zu überstehen.
Ich sitze hier, und mein Herz schlägt mir bis zum Hals. Es ist weit über Mitternacht, aber ich kann nicht einschlafen. Ich muss ruhig bleiben und einen klaren Kopf behalten. Ich werde einen Weg finden, das Richtige zu tun. So viele Jahre habe ich für diesen Mann gearbeitet. Ich dachte immer, dass ich ihn kennen würde. Ich bin nicht nur enttäuscht. Ich bin wütend über den Verrat.

Gordi atmete tief ein. Er ging erneut zum Bücherregal, leerte jedes einzelne Fach und klopfte die Hinterwände ab, aber mehr fand er nicht. Wo waren die restlichen Aufzeichnungen?

Er hatte das Gefühl, dass Ella Martens zu ihm gesprochen hatte. Doch jetzt stand er mit noch mehr Fragen da.

Anneliese Brauer hatte sich in ihren Garten zurückgezogen. Sie summte fröhlich vor sich hin. Das Frühstück mit Martin Gerdes hatte ihre Laune gehoben. Mit der Gießkanne in der Hand überquerte sie die Rasenfläche zu den buschigen Pflanzen, die sie umsäumten. Die kräftigen Stiele hatten kleine Blütenkolben gebildet. Säuselnd sprach sie zu ihnen.

28

Es blitzte, gefolgt von lauten Donnerschlägen. Onno erwachte mit dröhnenden Kopfschmerzen. Erst im Morgengrauen war er auf dem Sofa eingeschlafen. Er richtete sich auf und massierte mit beiden Mittelfingern seine Schläfen. Er sah auf die Uhr an der Wand. Zehn vor neun. Er griff nach dem Handy auf dem Tisch und wählte.

»Hallo, ich bin es, habe verschlafen. Jaja, ich bin okay, wir reden später darüber. Ich mache mich auf den Weg.«

Er legte das Handy weg, sammelte die Fotos vom Tisch auf und steckte sie mitsamt der Mappe in eine Aktentasche.

Ich habe verschlafen, das ist nicht gelogen, dachte er, während er sich umzog, aber es fühlte sich nicht anständig an, Gordi hinters Licht zu führen, wenn das überhaupt gelang.

Für einen Moment war er versucht gewesen, seinem Kollegen die Wahrheit zu sagen, aber im Moment war nicht daran zu denken. Es war besser, für eine Weile Katz und Maus zu spielen, bis er Resultate vorweisen konnte, denn auf Vermutungen gab Gordi nichts.

Als er mit dem Wagen auf den Parkplatz des Reviers fuhr, plagten ihn Schuldgefühle. Er schob sie beiseite, betrat das Gebäude und marschierte geradewegs in sein Büro.

Er fand Gordi am Schreibtisch konzentriert hinter dem Monitor sitzend vor.

»Was suchst du?«, fragte er.

»Ich informiere mich über Ella Martens' Familiengeschichte«, erwiderte Gordi. »Die Reederei Martens ist über Generationen hinweg führend im Bootsbau gewesen. Ellas Vater hat Luxusyachten in die ganze Welt verkauft.«

»Warum willst du das wissen?«

»Um …« Gordi sah auf und stockte. »Was ist mit dir passiert? Du siehst aus, als hättest du kein Auge zugetan. Warum hast du nicht auf meine Anrufe reagiert? Sag nicht, dass du nicht da warst.«

»Ich war beschäftigt.«

»Womit?« Als Onno nicht gleich antwortete, sagte Gordi: »Schon gut, halt lieber den Mund, bevor du lügst.«

»Warum recherchierst du die Familiengeschichte des Opfers?«, fragte Onno, um das Thema zu wechseln.

»Interessiert dich das überhaupt?«

»Sicher.«

»Neben ihrer Arbeit galt Ella Martens' Liebe bedürftigen Kindern. Sie hatte in der Welt verteilt fünf Patenschaften bei namhaften Organisationen wie Kinderhilfswerk, Plan International, SOS-Kinderdörfer et cetera übernommen. Das ist verblüffend. Sie hatte hohe ethische Ansprüche.« Mit schärferer Stimme fügte Gordi hinzu: »Das nennt sich routinemäßige Polizeiarbeit. Du solltest es auch versuchen.«

Onno hatte sich an seinen Schreibtisch gegenüber gesetzt. Gordi schob ihm Ella Martens' Tagebücher rüber.

»Wo hast du die gefunden?«

»Ute Rehmann hat von Notizen geredet, und Maike Müller wusste, dass Ella in ihrer Schulzeit regelmäßig Tagebuch geschrieben hat. Sie mussten irgendwo sein. Ich habe den ganzen Sonntag in ihrem Haus verbracht und sie am Ende in ihrem Schreibzimmer entdeckt.«

»Warum hat die Spurensicherung die nicht gefunden?«

»Ella Martens hat sie hinter einer Gipskartonwand versteckt, die an der Rückseite eines Bücherregals angebracht wurde. Sie ist mir zufällig aufgefallen, als ich ein paar Bücher herausgenommen habe. Lange können die Hefte dort nicht hinterlegt worden sein. Die Farbe der Wand war frisch aufgetragen und noch nicht vergilbt. Warum hatte Ella Martens in ihrer eigenen Wohnung ein Geheimfach für ihre Tagebücher? Vor wem musste sie sie verstecken?«

Onno blätterte die Hefte chronologisch durch und las auf einigen Seiten flüchtig ein paar Sätze. »Das sollten wir Ute Rehmann vor die Nase halten. Ella behauptet hier, dass Rehmann zuverlässig und fleißig sei, kein abschätziges Wort über die Kollegin. Sie schreibt: ›Die Versetzung Ute Rehmanns auf ihren Wunschposten geht mit großer Belastung einher. Mit zwei kleinen Kindern glaube ich nicht, dass sie dem gewachsen ist. Hoffentlich nimmt sie mir meine Einschätzung nicht übel. Ich habe lange überlegt, ob ich sie darauf ansprechen soll. Irgendwann lade ich sie zum Kaffee ein und unterhalte mich mit ihr.‹« Er sah Gordi an. »In diesen Aufzeichnungen lassen sich einige Indizien finden. Es sind aber keine Beweise.«

»Nachdem Ella Martens das Gespräch im Hause Rademacher belauscht hatte, brauchte sie vier Monate, um den Kontakt zu ihrer ehemaligen Schulkameradin Maike herzustellen.«

Onno blätterte weiter und las. »›15. Februar 2020. Heute habe ich Maike getroffen. Es war unsere erste Verabredung seit zehn Jahren. Sie hat sich gar nicht verändert. Immer noch ist sie das liebenswerte kleine Mädchen, das in der Klasse neben mir gesessen hat. Aus Angst, verletzt zu werden, verkriecht sie sich vor der Welt da draußen. Dabei hat sie so vieles zu bieten und zu geben. Nachdem ich ihr von meinem Verdacht gegen ihren Chef erzählt habe, hat sie zu zittern begonnen. Sie wollte nicht in die Sache verwickelt werden. Doch ich weiß, dass sie zusagen wird, denn sie hat einen noblen Charakter und ist grundanständig. – 28. Februar 2020. Ich habe recht behalten. Maike hat nach zwei Wochen, die sie zum Überlegen brauchte, zugesagt. Sie hatte immer ein ängstliches Wesen, aber im Grunde ihres Herzens weiß sie, was richtig und was falsch ist. Jetzt habe ich eine Verbündete.‹« Onno pfiff durch die Zähne. »Das ist die letzte Eintragung. Danach bricht es ab. Wo ist der Rest?«

»Nicht da.«

»Glaubst du, dass es weitere gibt?«

»Ja. Warum hört eine Frau, die ihr Leben lang Tagebuch geschrieben hat, von heute auf morgen damit auf? Und das neun Wochen vor ihrer Ermordung?«

»Hat dir Ellas Gynäkologe nicht erzählt, dass zu diesem Zeitpunkt ihre Krebsdiagnose festgestellt wurde?«

Gordi bejahte.

»Da hast du deine Antwort. Den Tod vor Augen, haben die wenigsten Menschen Lust, Ereignisse niederzuschreiben. Für wen auch? Sie hat ihre verbliebene Energie darauf verwendet, die Korruption aufzudecken, ehe ihre Kraft nachließ. Sie wollte nicht sterben, ohne diese Aufgabe zu Ende gebracht zu haben.«

»Nein!«, rief Gordi heftig. »Du täuschst dich. Das letzte Tagebuch sollte unentdeckt bleiben, es ist gefährlich für den Täter. Ich bin sicher, dass es existiert. Das muss es, sonst sind wir aufgeschmissen.«

Bevor Onno widersprechen konnte, klingelte das Telefon. Er griff zum Hörer.

»Gut, dass du dich meldest, Angelika. Wie geht es dir?« Er redete fast eine Viertelstunde, während Gordi an seinem Schreibtisch geduldig ausharrte.

»Was hat sie gesagt?«, fragte der, nachdem Onno endlich aufgelegt hatte.

»Robert Wegener ist nicht der Vater.«

Kaum hatte Onno den Satz ausgesprochen, sprang die Tür auf.

»Entschuldigt meine Manieren, aber ihr wolltet das hier schnell haben.« Jan reichte Gordi eine Notiz. »Ich habe die Telefondaten von Elke Wellers überprüft. Am Vormittag des 4. Mai hat sie fast eine Stunde mit einer Anja Schmidt telefoniert. Die Frau ist Besitzerin einer Boutique am Neuen Weg in Norden.«

»Danke.« Gordi stand auf und nahm seine Jacke von der Stuhllehne. »Lass uns gehen.«

***

Die kleine Boutique »Chez Anja« lag mitten in der Fußgängerzone von Norden. Als sie am späten Vormittag eintraten, spielte die Türglocke die ersten Takte einer französischen Melodie. Eine schlanke Frau stand hinter dem Kassiertisch über einen Schreibblock gebeugt. Sie war von Kopf bis Fuß in Schwarz gekleidet. Das Markanteste an ihr waren die großen goldenen Creolen an ihren Ohren, die bis auf die Schultern hingen.

Die Frau nahm ihre überdimensionierte Hornbrille ab. »Wie kann ich Ihnen helfen?«

»Sind Sie Anja Schmidt?«

»Ja.«

»Wir würden Ihnen gern ein paar Fragen bezüglich Elke Wellers stellen.« Gordi wies sich aus. »Sie haben vier Tage vor ihrer Ermordung mit ihr telefoniert.«

»Das musste ja eines Tages so kommen. Elke war umtriebig, wenn Sie wissen, was ich meine.« Anja Schmidt zeigte sich gesprächig, und sie schien das Opfer gut zu kennen.

»Waren Sie mit ihr befreundet?«, fragte Gordi.

»Ja, ich kannte Elke seit dem Kindergarten. Nachdem wir die Schule abgeschlossen haben, hat jede von uns eine Ausbildung begonnen. Ich wollte schon immer selbstständig sein und habe Einzelhandelskauffrau gelernt. Ich war an Mode interessiert und habe die Boutique eröffnet. Da ich in einem Zwei-Zimmer-Appartement gleich über dem Laden wohne, kann ich mich ganz meinem Geschäft widmen. Elke war anders. Sie hat eine Ausbildung als Arzthelferin gemacht und eine Anstellung im Krankenhaus bekommen, aber ihr Traumberuf war es nicht. Ihre Ambition war es, einen reichen Mann zu heiraten.«

»Wie hat ihr Verlobter da hineingepasst?«, fragte Gordi.

»Gar nicht. Er war vernarrt in sie, aber Elke hat die Beziehung nie so ernst genommen. Sie war keine Person, die zu tieferen Gefühlen fähig war, und hat immer nach dem großen Fang Ausschau gehalten. Sie hatte ihre Geheimnisse – sogar vor mir, obwohl ich ihre beste Freundin war. Aber ich wusste immer, wenn sie was am Laufen hatte. Dieses Mal war es eine richtige Affäre. Nur ihr Verlobter hat es nicht gemerkt. Dabei ist er ein so netter Kerl, gewitzt, hat Humor und ist anhänglich. Eigentlich war er zu schade für sie.«

»Warum hat sie sich überhaupt mit Robert Wegener eingelassen, wenn sie ihn doch betrogen hat?«, wollte Onno wissen.

»Elke brauchte jemanden in der Hinterhand. So war sie eben. Trotzdem war sie sympathisch.«

»Erzählen Sie uns, worüber Sie am Sonntagvormittag gesprochen haben«, sagte Gordi.

»Über nichts Besonderes, Klatsch und Tratsch. Ich habe ihr von der Toten erzählt, die tags zuvor in der Baumstraße aufgefunden wurde. Eine Cousine von mir wohnt dort. Am Samstagmittag ist sie ganz aufgeregt in den Laden gekommen und hat mir lang und breit von dem Polizeiaufmarsch in ihrer Nachbarschaft berichtet, von einer Leiche, die in einer schwarzen Plastikplane weggetragen worden sei, und dass die Anwohner befragt würden. Sie kannte die Frau und nannte mir auch ihren Namen. Es war eine gewisse Ella Martens. Meine Cousine hatte sie noch morgens getroffen, da sei die Frau noch putzmunter gewesen. Sie glaubte nicht an einen natürlichen Tod.«

»Das Telefonat mit Ihnen hat Elke Wellers in Hochstimmung versetzt. Das hat uns ihr Verlobter erzählt. Warum?«, fragte Gordi.

»Das kann ich Ihnen auch nicht sagen, aber wir haben über Belangloses gequatscht. Elke war eigentlich immer gut drauf.«

»Hat sie Ihnen anvertraut, dass sie schwanger war?«, fragte Onno unvermittelt.

Anja legte den Stift aus der Hand. Sie schien fassungslos. »Das habe ich nicht gewusst.«

»Sie hatte eine Affäre, haben Sie gesagt. Mit wem? Gibt es jemanden, dem sich Elke Wellers anvertraut haben könnte? Eltern, Geschwister? Freunde?« Onno kam näher.

»Nicht dass ich wüsste. Ich war ihre engste Vertraute. Zu ihren Eltern hatte sie keinen Kontakt. Ihre Mutter hat sie allein großgezogen. Sie haben nie ein gutes Verhältnis zueinander gehabt. Elke ist mit sechzehn zu Hause ausgezogen. Ihr Vater ist nach der Scheidung weggezogen und hat in Süddeutschland wieder geheiratet. Da war Elke fünf Jahre alt. Er hat nie Interesse an seiner Tochter gezeigt. Vielleicht hat Elke deshalb immer einen Mann gesucht, der ihr Sicherheit bieten konnte.«

Anja Schmidt nahm ein Taschentuch und wischte sich die Tränen von den Wangen.

Onno ließ sich die Personalien der Cousine geben.

»Sie arbeitet in der großen Bank fünfzig Meter entfernt«, erklärte Anja Schmidt. »Wenn Sie mit ihr sprechen wollen, rufe ich sie an und sage ihr, dass Sie kommen.«

»Ja, bitte.«

Anja griff zum Telefonhörer. »Sie erwartet Sie«, sagte sie, nachdem sie das Gespräch beendet hatte.

Onno und Gordi bedankten sich und verließen »Chez Anja«.

***

Die Hauptfiliale der Sparkasse Norden war ein prächtiger Bau mit einer großen Eingangshalle, in der Kassen, Kartenterminals und Kundentresen Platz fanden. Um diese Uhrzeit waren nur wenige Kunden dort.

Eine Frau in weißer Bluse und schwarzem Rock kam aus dem verglasten Kassenhäuschen hervor und ging auf Onno und Gordi zu. »Anja hat Sie bereits angekündigt. Ich heiße Heike Nanninga.«

Onno merkte, dass sie ihn von oben bis unten musterte. »Wie haben Sie uns erkannt?«

Ihr Lachen hallte durch den ganzen Raum. »Der eine groß und schlaksig, der andere athletisch, muskulös. Meine Cousine ist ein Ass im Beobachten und Beschreiben. Sie kann Ihre Konfektionsgrößen mit einem Blick erfassen. Kommen Sie bitte mit.«

Heike Nanninga führte die beiden quer durch die Filiale. Hinter einem Paravent standen Tische und Stühle für Kunden bereit. Heute war der Sitzbereich verwaist.

»Hier können wir uns ungestört unterhalten. Was möchten Sie wissen?«

»Alles, was sich am Morgen des 3. Mai ereignet hat. Die Nachbarn sind bereits befragt worden. Warum Sie nicht?« Während Onno sprach, trat Heike Nanninga nahe an ihn heran.

»Weil ich gegangen bin. Nach einigen Minuten an der Absperrung habe ich mich gelangweilt. Es gab ja auch nichts Wichtiges, was ich hätte aussagen können. Samstags machen die Shops in der Stadt früher zu, und ich wollte noch einkaufen. Deshalb war ich auch bei Anja.«

»Schildern Sie uns doch den ganzen Ablauf des Vormittags. Jedes Detail könnte wichtig sein«, sagte Onno.

Heike Nanninga überlegte. »Samstags gehe ich immer gegen sieben Uhr zu Fuß in das Norder Krankenhaus, weil die Besuchercafeteria die besten Brötchen der Stadt hat. Die Verkäuferinnen sind supernett. Viele aus den Wohnvierteln der Umgebung kaufen sich dort ihre Frühstücksbrötchen wie auch ich an dem Morgen. Ich zog gerade die Haustür hinter mir zu, als ich Ella Martens sah. Wir begrüßten uns und gingen gemeinsam in Richtung Osterstraße. Dort haben wir uns getrennt, weil sie in die Stadt gelaufen ist.«

»Hat Frau Martens erwähnt, wohin sie wollte?«

»Ja. Sie war mit jemandem zum Frühstück in der Innenstadt verabredet. Auf mich hat sie aufgebracht gewirkt.«

»Inwiefern?«, fragte Onno.

»Sie war regelrecht wütend. Ich hatte das Gefühl, sie würde ihrer Verabredung an die Gurgel gehen. Man freut sich doch über ein nettes Frühstückstreffen.«

»Außer wenn die Verabredung nicht nett ist«, sagte Onno.

Mehr wusste Heike Nanninga nicht.

»Danke. Sie werden morgen aufs Revier kommen müssen, um Ihre Aussage zu unterschreiben. Vielleicht fällt Ihnen ja bis dahin noch etwas ein«, sagte Gordi.

»Was ist los?«, fragte Onno, der bemerkt hatte, dass Heike Nanninga ihn von oben bis unten taxierte. Sie hatte ihn während des Gesprächs keinen Moment aus den Augen gelassen.

»Anja hat recht, athletisch, Sixpack und …«

»Und was?«

»Knackarsch«, ergänzte sie grinsend und ging zurück zu ihrem Glaskasten.

Während der Fahrt zum Revier redeten sie kaum ein Wort miteinander.

»Ich habe mich mit Maike Müller verabredet. Es ist besser, dass ich allein gehe. Wir treffen uns um siebzehn Uhr bei mir«, sagte Gordi.

»Ich werde da sein.«

Gordi ließ Onno am Revier aussteigen und fuhr weiter.

29

Mit dem DIN-A4-Umschlag in der Hand ging Onno den Flur entlang und klopfte an Jans Tür. Er öffnete sie einen Spaltbreit und vergewisserte sich, dass sein Kollege allein war. »Darf ich dich stören?«, fragte er.

»Seit wann fragst du? Komm schon rein.«

Onno schloss die Tür hinter sich.

»Wo ist Gordi?«, fragte Jan.

»Unterwegs.«

»In den letzten Tagen geht ihr getrennte Wege.«

»Ich weiß nicht, wovon du sprichst.«

»Ihr habt nicht bloß als Team gearbeitet, ihr wart wie siamesische Zwillinge, immer im Doppel unterwegs. Bei diesem Fall ist es anders. Jeder geht seinen eigenen Spuren nach. Das ganze verdammte Revier hat das längst mitbekommen.«

Onno machte eine abwiegelnde Handbewegung. »Das wird schon wieder.« Er hatte nicht die Absicht, Jan seine Differenzen mit Gordi zu erklären. »Das verdammte Revier soll aufhören, sich das Maul zu zerreißen.«

»Seid ihr bei Elke Wellers' Freundin weitergekommen?«

»Kein Stück. Anscheinend hat das Mordopfer niemandem von der Schwangerschaft erzählt.« Onno kam näher und legte das DIN-A4-Kuvert und die Mappe vor Jan auf den Schreibtisch.

»Was ist das?«

»Ehe du hineinsiehst, bitte ich dich um Diskretion in der Angelegenheit. Niemand darf davon wissen. Falls du das nicht kannst, siehst du es dir besser gar nicht erst an. Ich gehe wieder, und wir vergessen die Angelegenheit.«

Sichtlich überrascht straffte Jan die Schultern und legte die Hand auf das Kuvert. »Setz dich.«

Onno nahm neben dem Schreibtisch Platz.

»Ich will nicht in eine ungesetzliche Sache verwickelt werden«, sagte Jan unumwunden.

»Wirst du nicht.«

Jan öffnete den Umschlag, zog die Fotos heraus, breitete sie auf dem Tisch aus und betrachtete sie aufmerksam. »Das ist der Busbahnhof in Hamburg-Altona, im Hintergrund ist die Linie 3 zu sehen.«

»Du kennst dich aus.«

»Vor einigen Jahren hat mich dort die Kripo für einen Fall angefordert, und meine Unterkunft war in Altona in der Nähe des Bahnhofs. Ist das ein früherer Fall von dir? Soweit ich weiß, bist du nicht lange in Hamburg tätig gewesen.«

»Ich bin dort geboren und aufgewachsen. Bei der Kripo war ich nur ein halbes Jahr. Danach wurde ich nach Aurich versetzt. Das ist jetzt fast ein Jahr her. Ich brauche deine Unterstützung.« Es widerstrebte Onno, jemanden um Hilfe zu bitten, aber Jan war der beste Fachmann für Internetrecherchen.

Der legte die Stirn in Falten und zeigte auf eines der Fotos. »Wer ist der Tote, Onno? Worum geht es hier?«

»Mein Vater.«

Jan wartete geduldig auf weitere Ausführungen. Doch in Onnos Gesicht regte sich kein Muskel, kein noch so geringes Zeichen einer Gefühlsäußerung. Einzig ein leichtes Flattern seiner Wimpern zeugte von Anspannung.

»Er wurde in der Nähe des Busbahnhofs Altona auf offener Straße erschossen. Der Fall wurde nie aufgeklärt.«

Mit ruhiger Stimme fragte Jan: »Was kann ich tun?«

»Ich habe diese Tatortfotos immer wieder studiert und kenne jeden Zentimeter darauf. Auch die Akte kenne ich inzwischen auswendig. Zeugen haben ausgesagt, dass ein Mann auf meinen Vater zugegangen sei, eine Waffe gezogen und ihm in die Brust geschossen habe. Mein Vater war auf der Stelle tot. Der Angreifer ist weggerannt. Es hat sich so schnell abgespielt, dass ihn niemand beschreiben konnte. Er hat meinen Vater nicht ausgeraubt, nichts mitgenommen. Seine Aktentasche lag neben ihm. Trotzdem hat das Ermittlerteam die Tat als Raubmord hingestellt.«

»Das hast du aber nicht geglaubt.«

»Nein. Als persönlich Beteiligter durfte ich nicht recherchieren.«

»Und hast es trotzdem getan.«

»Ja, aber bis vor einigen Tagen ist mir nichts Eigentümliches aufgefallen.«

»Und jetzt?«

Onno nahm eines der Fotos in die Hand und deutete auf eine Stelle am Bildrand.

»Ich sehe es. Eine graue Mauer, hinter der die Sonne aufgeht. Warte mal.« Jan nahm eine Lupe zur Hand. »Darunter steht: ›Ein Heim für jedermann‹. Das ist lediglich das Logo für ein Bauprojekt, nichts Aufregendes. Was hat das mit dem Tod deines Vaters zu tun?«

»Vielleicht nichts, vielleicht alles. Das Firmenzeichen am Tatort ist reiner Zufall, aber genau das gleiche Logo hing bei Schanhorst. Ich habe es gesehen, als ich ihn vor einigen Tagen aufgesucht habe.«

»Wo siehst du den Zusammenhang? Das ist nicht einmal ein Hinweis.«

Onno massierte sich den Nacken. »Wenn man die Umstände nicht kennt, hat es keinerlei Bedeutung. Mein Vater war ein angesehener Notar in Hamburg. Es gab kaum ein Großbauprojekt, dessen Grundbucheintragung oder Verkaufsabwicklung er nicht bearbeitet hat. Er kannte die Baupläne der ganzen Stadt. Ein paar Wochen vor seinem Tod rief er mich an und wollte sich mit mir treffen. Ich war nach dem Abschluss der Polizeischule in Hannover nach Hamburg zurückgekehrt und hatte eine Stelle bei der Kripo angetreten. Wir verabredeten uns zum Essen. Er war auffällig nervös, aß fast nichts und sah sich ständig um. Er erzählte mir von Bauspekulanten, bei denen er illegale Geschäfte vermutete. Namen nannte er nicht. Genau wie Ella Martens ist er dabei gewesen, Beweise zu sammeln, und wollte mir die Informationen weiterleiten. Doch dazu ist er nicht mehr gekommen. Einige Tage darauf wurde er erschossen. Die Spuren verliefen im Sande, und der Fall wurde ad acta gelegt. Aber ich wusste immer, dass mein Vater kein Opfer eines Straßenüberfalls geworden ist. Ich habe Nachforschungen angestellt, aber nichts gefunden, da ich keine konkreten Anhaltspunkte hatte.«

»Und die hast du jetzt?«

»Ich bin Sonntag nach Hamburg in die Wohnung meines Vaters gefahren und habe seine Akten erneut durchsucht.« Onno öffnete die mitgebrachte Mappe. »Ich habe nach ›Ein Heim für jedermann‹ gesucht und bin fündig geworden. Er hat diese Firma gekannt und Informationen über sie gesammelt. Das muss doch etwas bedeuten.«

Jan las die Arbeitsnotizen durch, in denen Onno den Namen Manfred Schanhorst markiert hatte.

»Mag sein, dass dieses Logo nur ein Zufall ist, aber wenn nicht, würde ich es mir nie verzeihen, dem einzigen Hinweis nicht gefolgt zu sein. Mein Vorgesetzter glaubte, dass ich mir in der Trauer um meinen Vater etwas eingebildet habe. Der Fall wurde geschlossen.« Onno legte den Zeigefinger auf das Foto. »Ich muss dem nachgehen. Ich kenne keinen besseren Internetermittler als dich. Wenn wir etwas finden, kann ich das Attentat auf meinen Vater aufklären. Wenn nicht, dann vergessen wir das Ganze. Hilfst du mir?«

Jan nickte. »Ich gebe mein Bestes.«

»Das ist mir genug.« Onno stand auf. »Ich danke dir, Jan. Du bist nicht nur ein Kollege, sondern auch ein Freund.« Ohne ein weiteres Wort verließ er den Raum.

***

Onno hatte das Gespräch mit Robert Wegener immer wieder hinausgezögert. Schließlich hatte er die Gedanken an seinen Vater beiseitegeschoben und Wegener angerufen, um ihm das Ergebnis des Vaterschaftstests mitzuteilen.

Nun stand er vor dem Haus und klingelte. Sogleich wurde die Tür geöffnet, und Robert Wegener trat heraus.

»Entschuldigen Sie, dass ich nicht ins Revier gekommen bin. Können wir uns hier draußen unterhalten? Meiner Mutter geht es gesundheitlich nicht besonders, und ich möchte ihr die Belastung ersparen. Es ist auch so schon viel, was sie verkraften muss. Mein Vater ist vor zwei Jahren gestorben, und sie hat nur noch mich.«

»Ist schon gut«, sagte Onno verständnisvoll.

Die Gardine am Fenster bewegte sich, dahinter war schemenhaft das schmale Gesicht einer Frau mit grauen Haaren zu erkennen.

»Haben Sie das Testergebnis erwartet?«

»Ich habe es vermutet. Sie haben gesagt, dass Elke im vierten Monat war. Zu dieser Zeit bin ich mehrere Wochen nicht nach Norden gefahren. Ich habe mich in Oldenburg auf eine Prüfung vorbereitet. Elke hat mich jeden Abend angerufen. Ich habe keine Veränderung an ihr bemerkt. Sie war so wie immer, obwohl sie sehr beschäftigt war.«

»Womit?«

»Die neue Tagespsychiatrie in Aurich wurde eingeweiht. Ihr Vorgesetzter Dr. Sauer hatte sie mit der Organisation beauftragt. Eine halbe Million Euro sind investiert worden. Das war eine große Sache, und sie konnte sich in Szene setzen. Mehrmals wurde sie interviewt, und ihr Bild erschien in den Zeitungen. Sämtliche einflussreiche Männer des Landkreises haben sich die Ehre gegeben, Politik eben. Elke blühte richtig auf. Ich selbst stehe nicht gern im Rampenlicht. Mit dem, was ich heute weiß …« Wegener brach ab.

Es lag nicht in Onnos Natur, Trost zu spenden. Er hatte gelernt, allein mit seinen Sorgen fertigzuwerden. »Schon gut«, sagte er nur. »Von meiner Seite können Sie zurück nach Oldenburg zu Ihrem Studium fahren. Falls sich noch Fragen ergeben, rufe ich Sie an.«

»Ich fahre, sobald ich die Beerdigung hinter mich gebracht habe.« Robert Wegener drehte sich zum Haus um. »An den Wochenenden werde ich wieder bei meiner Mutter übernachten. Sie braucht mich.«

Onno sah ihm hinterher, wie er mit hängenden Schultern zu seinem Elternhaus zurückging. Wie ein geprügelter Hund wirkte er auf Onno. Aber geprügelte Hunde konnten bissig werden.

***

Die Wegstrecke vom Revier zum »Carolinenhof« war kurz, trotzdem hatte Gordi vorausschauend den Wagen genommen. Er wartete am Fahrstuhl im Erdgeschoss auf Maike Müller.

»Guten Tag, Herr Kommissar. Stehen Sie schon lange hier?« Maike Müllers Stimme war belegt.

»Machen Sie sich keine Gedanken. Ich bin erst vor einigen Minuten eingetroffen.«

»Es ist Mittagspause für die Mitarbeiter des Amtes, und fast jeder geht hier in verschiedene Restaurants zum Essen.« Ihre blassblauen Augen sahen sich wachsam und misstrauisch um, als ob sie ertappt worden wäre.

»Kommen Sie, ich weiß, wo wir nicht gesehen werden.« Gordi führte sie über das Treppenhaus nach unten in die Parkgarage.

Sie setzten sich in seinen Citroën, und er lenkte den Wagen aus der Innenstadt hinaus. Auf der Landstraße parkte er vor einem kleinen Imbiss. Maike Müller wollte nicht aussteigen, und so blieben sie im Auto sitzen.

Trotz ihres kräftigen Körperbaus wirkte Maike Müller zart und zerbrechlich. Das Leben hatte diese kluge Frau gebeugt. Doch da war etwas in ihren Augen, eine Lebendigkeit, die gegen alle Widerstände und trotz der permanenten Angst nicht erloschen war.

»Ich habe nur eine Stunde Zeit«, sagte sie.

»Dann wollen wir diese Zeit nicht vergeuden. Können Sie etwas Neues berichten?«

»Vor vier Tagen bekam der Landrat einen Anruf von Bauunternehmer Manfred Schanhorst. Ich habe das Telefongespräch selbst durchgestellt. Da ich allein im Vorzimmer war, bin ich in der Leitung geblieben und habe mitgehört. Herr Schanhorst war aufgebracht. Er schrie förmlich in den Hörer.

Er sagte, ein Polizeibeamter habe ihn belästigt und Verdächtigungen ausgestoßen.«

»Was hat der Landrat geantwortet?«

»Er ist gelassen geblieben und hat Herrn Schanhorst beruhigt. Er solle nicht überreagieren und etwas Falsches tun. ›Ich werde mich darum kümmern‹, hat er gesagt. Herr Schanhorst ließ sich aber nicht beruhigen. ›Tu das, sonst werde ich eine Lösung finden. Ich habe schon mächtigere Männer ausgeschaltet.‹ Genau das waren seine Worte. Was wird passieren, wenn er von meiner Verbindung zu Ella erfährt?«

»Haben Sie keine Angst, Frau Müller.«

»Sie haben gut reden. Meine Freundin ist tot, oder? Wer hätte dieses Ende vorausgeahnt? Ihr ganzer Mut hat ihr am Ende nichts genützt.« Tränen rollten über Maike Müllers Gesicht.

Gordi legte ihr eine Hand auf die Schulter, holte ein Taschentuch aus seiner Jackentasche und reichte es ihr.

»Bei unserem ersten Treffen im ›Fährhaus‹ haben Sie mir auch so eins gegeben«, sagte sie lächelnd. »Wer benutzt heutzutage noch Stofftaschentücher, und sogar mit Initialen? Zu meiner Jugendzeit ging man nicht ohne ein richtiges Taschentuch aus dem Haus.«

»Gute Dinge sind es wert, erhalten zu werden. Das hat mir meine Tante beigebracht.«

Maike Müller entspannte sich. »Ella war ein besonderer Mensch. Sie hat es nicht verdient, so zu sterben. Ich habe Ihnen ja gesagt, dass sie in der Schule immer die Schwachen verteidigt hat. Das war später nicht anders. Nachdem sie mich kontaktiert hatte, sind wir uns wieder nähergekommen. Unsere Schicksale sind ähnlich verlaufen, aber sie hat nicht aufgegeben so wie ich. Sie hat sich für diverse Kinderorganisationen eingesetzt. Zuletzt hat sie mich zu Hause besucht und einen ganzen Ordner mit Kinderfotos mitgebracht, die sie mir stolz und voller Ehrfurcht zeigte. Sie kannte die Lebensumstände jedes Kindes.«

»Haben Sie sie einmal traurig oder niedergeschlagen erlebt? Hat Ella angedeutet, dass es ihr nicht gut geht oder sie sich nicht wohlfühlt?«

»Sie hätte niemals geklagt. So wie es ihr im Leben ergangen ist, hat sie sich privilegiert und im Angesicht mancher Kinderschicksale schuldig gefühlt.«

»Dafür konnte sie doch nichts. Warum sollte sie sich verantwortlich gefühlt haben?«

»Ich weiß, aber so war sie. Über ihr eigenes Leid zu klagen, wäre ihr schäbig vorgekommen.«

»Ich habe ihre Tagebücher gefunden«, sagte Gordi. »Hat sie irgendwann aufgehört zu schreiben?«

»Das Schreiben war schon in unserer Schulzeit ihre Freude. Sie hat ihre Gedanken und Gefühle täglich festgehalten. Das hätte sie nie aufgegeben.« Maike Müller sah auf ihre Uhr. »Ich muss pünktlich zurück sein, sonst fällt es auf.«

»Ist nach dem Telefonat noch irgendetwas Wichtiges zwischen dem Landrat und Schanhorst vorgefallen?«

»Der Landrat hat Herrn Rademacher angerufen, und kaum dreißig Minuten später ist der Bauamtsleiter hereingestürmt. Die beiden haben sich eingeschlossen und wollten nicht gestört werden. Nach einer Stunde haben sie gemeinsam das Büro verlassen. Heute Morgen ist Niels Rademacher wieder ohne Termin gekommen, und sie haben sich erneut zurückgezogen. Rademacher ist in der Vergangenheit nicht einmal persönlich im Landratsamt gewesen. Ich habe regelmäßig Telefonate durchstellen müssen. Und nun taucht er innerhalb von wenigen Tagen zweimal auf. Ich fand es sonderbar.«

»Schade, dass Sie von den Gesprächen nichts mitbekommen haben.«

»Ganz so ist es nicht. Als Niels Rademacher die Tür zu meinem Vorzimmer geöffnet und sich vom Landrat verabschiedet hat, hörte ich Memmenga sagen: ›Mach dir keine Sorgen. Sie werden nichts Ungewöhnliches auf unseren Konten finden.‹ Ob Ihnen das weiterhilft, weiß ich nicht.«

»Es ist zumindest ein Hinweis«, sagte Gordi. »Und viele Hinweise ergeben ein Bild.«

30

Gordi hatte Maike Müller wieder am »Carolinenhof« abgesetzt. Danach war er zum Krankenhaus in Aurich gefahren und hatte einige Erkundigungen eingeholt. Auf dem Weg nach Hause fragte er sich, warum sich Niels Rademacher bei der Überprüfung seiner Konten Sorgen gemacht hatte.

Normalerweise nahm er die Bundesstraße Richtung Küste ohne Umwege. Heute bog er an der Kreuzung Marienhafe ab und fuhr in den kleinen Ort hinein.

Hier war er aufgewachsen, aber seit seinem letzten Besuch waren Jahre vergangen. Im Schritttempo passierte er das historische Zentrum und fuhr am Störtebeker-Denkmal vorbei. Nach einer ausgiebigen Abiturfeier hatten seine Freunde und er dem Piraten damals eine Pappnase aufgesetzt, die am folgenden Tag von empörten Gemeindemitgliedern entfernt worden war.

Einige Straßen weiter hielt er in der Nähe eines Backsteinhauses mit Butzenfenstern. Der Vorgarten war ähnlich wie bei Anneliese Brauer gepflegt und dekoriert, nur dass es hier Amphoren aus Metall und keine Gartenzwerge gab. Er wollte unentdeckt bleiben, deshalb war er nicht direkt vors Haus gefahren. Er blieb im Wagen sitzen.

Nach einiger Zeit öffnete sich die Tür. Aus der Ferne beobachtete Gordi, wie sie mit einer Einkaufstasche am Arm heraustrat und die Straße in die andere Richtung hochlief. Ihr Gang kam ihm langsamer, ihre Haltung gebückter als sonst vor.

Seine Mutter war keine glückliche Frau gewesen. Er hatte ihr nicht helfen können. Aber war es die Aufgabe eines Kindes, die Eltern glücklich zu machen? Was hätte Dr. Sauer wohl auf diese Frage geantwortet?

Er konnte sich nicht dazu durchringen, auszusteigen und sie anzusprechen. Er brachte es einfach nicht über sich.

Nachdem sie um die Ecke verschwunden war, wendete er den Wagen und fuhr davon.

***

Später zu Hause angekommen, hängte er seine Jacke sorgsam in den großen Eichenschrank, der in der Nische der Diele stand. Er hatte ihn eigenhändig restauriert. Es war die Hinterlassenschaft seiner Tante und das einzige Möbelstück von Wert, das er besaß.

Wie immer lief er als Erstes durch das Wohnzimmer auf den Balkon, um das Meer wie einen alten Bekannten zu begrüßen. Er atmete tief ein. Der Geruch der Nordsee war nie gleich. Manchmal roch sie nach Tang und dann wieder nach Fisch. Heute nahm Gordi Salz auf der Zunge und in der Nase wahr.

Die Türklingel riss ihn aus seinen Gedanken.

Er öffnete und ließ Onno herein. »Wollen wir auf die Dachterrasse gehen?«

»Nein, nicht heute.«

»Wie du willst.« Gordi führte ihn ins Wohnzimmer. »Setz dich.«

»Bist du bei Maike Müller weitergekommen?«, fragte Onno.

»Rademacher ist ins Landratsamt gekommen und hat über eine Stunde mit Memmenga gesprochen. Wir haben in ein Wespennest gestochen. Maike hat Angst, wird aber trotzdem Augen und Ohren offen halten.« Gordi holte zwei Flaschen Bier aus der Küche.

Onno nahm Gordi die Flasche aus der Hand und trank einen kräftigen Schluck.

»Wir haben noch einen zweiten Mord aufzuklären. Elke Wellers' Tod muss mit Ella Martens' zusammenhängen. Immerhin hat sie als Sekretärin für Dr. Sauer gearbeitet, bei dem Ella Martens in Behandlung gewesen ist. Nach dem Treffen mit Maike bin ich ins Krankenhaus gefahren. Dr. Sauer war nicht da, er hatte einen auswärtigen Termin. In der Verwaltung habe ich erfahren, dass die Arbeitszeit der Angestellten durch eine Stempeluhr erfasst wird. Ich konnte Elke Wellers' Daten einsehen. Sie ist pünktlich gegangen. Danach muss sie direkt nach Wallinghausen gefahren sein. Es hat eine Viertelstunde gedauert. Der Todeszeitpunkt beweist, dass sie bei ›Köhlers Forsthaus‹ erschlagen wurde. Sie muss dort ihrem Mörder begegnet sein.«

»Hast du Dr. Sauers Alibi überprüft?«, fragte Onno.

»Klar. Er hat Überstunden gemacht und war bis neunzehn Uhr in der Klinik, um bei mehreren Patienten Therapiestunden abzuhalten. Die Stationsschwester hat es mir bestätigt, nachdem sie in die Akten seiner Patienten geschaut hat.«

»Elke Wellers ist auf den Social-Media-Plattformen besonders aktiv gewesen. Jan hat eine Menge Arbeit gehabt, alle Daten und Kontakte zu überprüfen, aber ein potenzieller Liebhaber war nicht darunter. Auch ihre Handykontakte geben nichts her.«

»Du kommst zurzeit sehr gut mit Jan aus«, stellte Gordi fest.

Onno schwieg.

»Nachdem ich dich Sonntag nicht erreicht habe, bin ich noch einmal in die Baumstraße gelaufen. Ella Martens' Haus ist sehr kostbar, und ihr Vermögen übersteigt den Wert der Immobilie um ein Vielfaches. Übermorgen wird das Testament in Leer eröffnet. Ich werde den Nachlassverwalter anrufen und uns anmelden. Wir müssen dabei sein. Ich bin neugierig, wer von ihrem Vermögen profitiert. Ich hol dich ab.« Als Onno nicht reagierte, murmelte Gordi: »Bisher ist mir so eine Art von Frauen nie aufgefallen.«

»Welche meinst du?«

»Ella Martens, Maike Müller, Anneliese Brauer, unbemerkt leben sie unter uns. Frauen in reifen Jahren, sie haben sich gewiss etwas anderes vom Leben erhofft, als am Ende allein dazustehen. Anneliese Brauer hat mich gestern vor Ellas Haus abgefangen und zum Tee gebeten. Sie hat mir viel über ihren Mann Ansgar erzählt … Was für ein untypischer Name für einen ostfriesischen Ureinwohner. Ich kenne jetzt seine Lieblingsfarbe, seine Hobbys et cetera. Frau Brauer redet von ihm, als ob er noch lebendig wäre. Für sie ist er nicht gestorben. Sie war sogar eifersüchtig auf Ella Martens, weil ihr Mann sie früher sympathisch gefunden hat. Sie wollte ihn mit niemandem teilen. Ich wusste nicht, dass es so viele vereinsamte Frauen gibt.« Gordi sah seinen Kollegen an. »Eines Tages werden wir die männlichen Pendants dazu sein.«

Onno setzte seine fast volle Bierflasche ab. »Okay. Jetzt brauche ich einen Whisky.«

Gordi ging zum Schrank, öffnete ihn und holte zwei Whiskygläser samt Flasche heraus. Er kam zurück, goss ein und reiche Onno ein Glas.

»Ein Glencadam ohne Eis.«

»Solange du meine Whiskymarke vorrätig hast, wirst du nie allein sein.«

Gordi lächelte künstlich und nahm einen Schluck. Er mochte keinen Whisky, aber heute war der geeignete Tag, um ein Glas mit seinem Freund zu trinken. »Wir wissen nicht viel voneinander, obwohl wir den ganzen Tag aufeinanderhocken«, sagte er.

»Mag sein, dass wir so als Kriminalbeamte besser funktionieren. Eine gesunde Portion Abstand ist von Vorteil.« Onno rollte das Whiskyglas zwischen seinen Handinnenflächen und schaute gedankenverloren auf die golden glänzende Flüssigkeit darin.

»Oder auch nicht«, widersprach Gordi. »Wie bist du zu einem Whiskytrinker geworden?«

»Durch meinen Vater, aber das ist eine lange Geschichte, die keinen interessiert.«

»Ich habe nichts weiter vor, komm schon, schieß los.«

Onno nahm einen großen Schluck, schloss die Augen und ließ einen Moment verstreichen. »Mein Vater ist so ganz anders gewesen als ich. Er war groß, schlaksig und ein ruhiger Mann, eher wie du. Ihr hättet euch blendend verstanden. Während des Jurastudiums hat er meine Mutter, seine große Liebe, kennengelernt und sie geheiratet. Sie war quirlig und liebevoll zugleich und hat die Wärme, die er immer vermisst hatte, in sein Leben gebracht. Nach einer steilen Karriere ist er Notar in Hamburg geworden. Die Zulassung in einer Großstadt ist wie die Lizenz zum Gelddrucken, musst du wissen. Alles ist bestens gelaufen, das Wort ›Rückschlag‹ ist ein Fremdwort für ihn gewesen. Er ist wohlhabend geworden. Als ich geboren wurde, war das Glück für meine Eltern vollkommen.«

»Aber so blieb es nicht, vermute ich.«

»Nein, so bleibt es nie.« Onnos Gesicht war ausdruckslos. Mit der rechten Hand griff er sich in den Nacken. Gordi wusste, dass diese Geste ein Zeichen seiner Anspannung war.

»Ich war fünfzehn, als meine Mutter krank wurde. Von einem Tag auf den anderen wurde ihre Haut gelb, Speicheldrüsenkrebs, eine der aggressivsten Arten. Eine Therapie bringt selten Erfolg. Wenn die Diagnose gestellt wird, ist es meist schon zu spät. Ich sah meinen Vater, diesen zurückhaltenden Mann, der selten Emotionen gezeigt hat, nicht von ihrer Seite weichen. In kürzester Zeit ist seine wunderschöne Frau in diesen weißen Krankenhauslaken verfallen. Er saß an ihrem Bett, und nichts anderes war ihm mehr wichtig, als bei der Frau zu sein, die er liebte. Die Welt um ihn herum existierte nicht, und ich sah ihn weinen, als sie starb. Nichts ist von seiner Überlegenheit geblieben als ein Häufchen Elend. Da fühlte ich zum ersten Mal den unbändigen Zorn in mir.« Onno trank einen Schluck Whisky.

»Der Verlust eines geliebten Menschen erzeugt Trauer und verändert einen. Das ist die normale Reaktion eines Jugendlichen«, sagte Gordi.

»Diese Wut war nicht neu entstanden, sie schlummerte von jeher in mir und hatte nur darauf gewartet loszubrechen. Sie hat mich verändert. Ich war nicht sanftmütig wie meine Mutter. Die Aggressionen nahmen zu, und ich prügelte mich ständig. Es brauchte mich nur einer schief anzusehen, und ich schlug zu. Ich flog nicht von einer, sondern von drei Schulen.«

»Das ist der Onno, den ich kenne.«

»Mein Vater liebte mich trotzdem. Einmal hat er mir verraten, dass er beim Blick in meine Augen sie, seine große Liebe, wiedererkenne. Er schlug vor, nach Schottland zu fahren. Wir tourten zwei Wochen durch das Land. Es lief erbärmlich. Ständig lagen wir uns in den Haaren. Er hat getrauert, und ich war ein verbitterter Teenager, der rebellierte. Dabei waren es nur Kleinigkeiten, meistens ein banaler Anlass. Er machte eine Bildungsreise aus der Fahrt. Das war seine Art von Flucht. Jeden Tag eine Schlossbesichtigung, Kirchen, Klöster, ich fand es zum Kotzen, aber dann kamen wir nach Brechin, ein Dorf in Küstennähe. Wir besuchten die Whiskydestillerie und nahmen an der Verköstigung teil. Mein Vater ließ uns immer wieder nachschenken. Wir hatten einen im Kahn, aber keinen Kater am anderen Morgen, denn der Whisky hatte Premiumqualität. So wurde der Glencadam zu unserer Hausmarke. Mein Vater hat seine Prinzipien für mich über Bord geworfen. Er wollte sein einziges Kind nicht verlieren. Gemeinsam haben wir getrunken und um meine Mutter geweint. Dieses Erlebnis hat uns für immer zusammengeschweißt. Danach kehrte ein herzliches Verhältnis zwischen uns ein. Du bist der erste Mensch, dem ich davon erzähle. Als er vor über einem Jahr starb, kam diese Wut zurück.« Tief versunken in den Bildern der Erinnerung, betrachtete Onno das inzwischen leere Glas in seiner linken Hand, während sich die rechte zu einer Faust zusammenballte, bis die Finger unter dem Druck weiß wurden.

»Und?«, fragte Gordi.

»Was ›und‹? Ich bin immer wütend. Das müsstest du doch am besten wissen. Aber verstehen kannst du es nicht mit deiner Rationalität und Klarsicht der Dinge.«

Gordi beobachtete ihn mit starrer Miene. Er öffnete den Mund, um etwas zu sagen, tat es aber nicht.

»Der ist wirklich hervorragend.« Onno stellte das leere Glas auf dem Tisch ab.

»Noch einen?«

»Nein, danke, das kommt nicht gut beim Alkoholtest.« Er stand auf. »Ich fahre mal los. Bei dem Verkehr brauche ich sicher eine Stunde bis nach Hause.«

Gordi blieb zurück mit den unausgesprochenen Dingen. Heute hatte er seinem Kollegen die Meinung sagen wollen. Er wusste von Onnos heimlichen Recherchen in eigener Sache. Aber zwei Morde waren aufzuklären, und sie hatten die Pflicht, den Opfern ihre ganze Aufmerksamkeit zu schenken. Er durfte sich nicht ablenken lassen. Onno hatte ihm von sich selbst erzählt, von dem wahren Onno und nicht von dem, den er der Welt vorspielte.

Und die restlichen Wahrheiten mussten warten. »Alles hat seine rechte Zeit«, hatte Tante Edda immer gesagt.

Gordis Gedanken kehrten zu Ella Martens zurück. Wem würde sie ihr Hab und Gut vermachen, fragte er sich. Nach allem, was er von Maike Müller erfahren hatte, würde sie die Hilfswerke beschenken, die Kinder, die sie nie haben konnte.

»Wir werden sehen«, murmelte er.

31

Landrat Peter Memmenga war stolz darauf, mit vierzig Jahren der jüngste Landrat in der Geschichte des Landkreises zu sein. Schon als Student war er in die Partei eingetreten und nach Abschluss des Studiums Berufspolitiker geworden. Minutiös hatte er seine Karriere geplant und Erfolg bringende Kontakte geknüpft. Die Beharrlichkeit hatte sich ausgezahlt, aber der Landratsposten sollte ihm als Sprungbrett zu Höherem dienen.

Memmenga achtete stets auf eine gesunde Lebensweise. Er rauchte nicht und trank selten Alkohol. Frauen waren ihm in der Öffentlichkeit als Rahmen recht, aber eine ihm ebenbürtige Partnerin fürs Leben hatte er nicht gefunden. Irgendwann einmal hatte er es aufgegeben, nach ihr zu suchen. Es gelüstete ihn nicht nach einem Heimchen am Herd. Seine körperlichen Bedürfnisse stillte er durch Affären, die nie lange hielten. Für ihn war die Politik, die mit Einfluss und Macht einherging, das Einzige, was ihn langfristig erregen konnte.

Sein Laster waren Autos, am liebsten PS-starke Sportwagen. Wenn er nicht den Dienstwagen nutzte, fuhr er seinen Porsche bis zum Höchsttempo aus. Er liebte den Rausch der Geschwindigkeit. Sie gab ihm das Gefühl von Stärke und Freiheit. Regeln waren etwas für schwache Naturen, die in untergeordneten Stellungen ihre Sicherheit suchten. Jedes hilfreiche Mittel auf dem Weg nach oben wollte er nutzen, und prestigeträchtige Bauten im Landkreis würden ihm dienlich sein, um an die Spitze zu gelangen. Dabei war er nicht wählerisch, aber heute fragte er sich, ob er nicht besser die Finger von Schanhorst gelassen hätte.

Memmenga parkte seinen Sportwagen in der Tiefgarage und fuhr mit dem Fahrstuhl in das oberste Stockwerk, wo der Bauunternehmer seine Betriebsräume hatte. Es war Feierabend, und die Angestellten hatten die Büros seit Stunden verlassen.

Nur die Chefsekretärin Brigitte Wunsch saß noch im Vorzimmer.

»Er wartet schon auf Sie. Gehen Sie nur durch«, sagte sie.

Memmenga folgte ihrer Aufforderung und schloss die Tür hinter sich.

Manfred Schanhorst saß an seinem gigantischen Schreibtisch. »Ist schon eine Weile her, dass du hier warst.« Er grinste und zeigte seine durch ständigen Zigarrenrauch gelb gewordenen Zähne.

Wie widerlich dieser stämmige Kerl mit seinem ungepflegten Äußeren und der ungebildeten Art doch war, dachte Memmenga. Er hatte den Kontakt zu Schanhorst auf die notwendigen Treffen beschränkt, aber heute musste es sein.

»Du hättest mich zu Hause besuchen sollen. Bei einem warmen Abendessen und einer Flasche vorzüglichem Wein lässt es sich besser reden.«

Das fehlte noch, dachte Memmenga. Aber er wusste zu gut, dass er mit diesem Mann auskommen musste. Er hatte sich zu tief mit ihm eingelassen. Ein Zurück gab es nicht mehr. Er nahm sich vor, diplomatisch zu sein, aber diesmal fühlte er die Wut in sich aufsteigen. Nichts Geringeres als seine Zukunft stand auf dem Spiel. »Halte deine Aggressionen im Zaun. Du hast schlafende Hunde geweckt.«

»Die waren schon wach, sonst wäre der Bulle nicht zu mir gekommen.«

»Ein enger Parteifreund aus Hamburg hat mich angerufen. Er arbeitet in der Behörde für Stadtentwicklung und Wohnen in Wilhelmsburg. Klingelt es bei dir?«

»Nein.«

»Stell dich nicht dumm, Manfred. Vom hiesigen Kommissariat ist eine Anfrage über die Bautätigkeit eines Großunternehmens in Hamburg gestartet worden. Du hast für die Firma gearbeitet und damit geprahlt. Wenn ich mich recht entsinne, hast du gesagt, dass Aurich nur Peanuts seien. Mir war klar, dass du nicht grundlos hergezogen bist. Irgendetwas ist in Hamburg passiert, und du hast kalte Füße bekommen. Es muss eine große

Sache sein, weil du nicht so leicht Angst kriegst, aber das geht mich nichts an, und ich will es auch gar nicht wissen.«

Schanhorst war aufgestanden und um den Tisch herumgekommen. Er sah Memmenga direkt in die Augen. »Reden wir nicht um den heißen Brei, Peter. Ich weiß genau, was du von mir hältst. Du glaubst, dass ich ungehobelt und dumm bin. Ja, ich komme von ganz unten.« Er zeigte ihm seine schwielige Rechte, die wie eine Pranke wirkte. »Mit diesen Händen habe ich mich nach oben gekämpft und jedes Hindernis beiseitegeschoben, das mir dabei im Weg war. Ich sitze nicht jede Woche bei der Maniküre. Und ja, ich habe den Bullen angebrüllt und rausgeschmissen, aber niemand kommt in meinen Baucontainer und redet in dem Ton mit mir. Ich habe schon bedeutendere Männer als diesen kleinen Dorfpolizisten ausgeschaltet.«

Er ging zum Schrank, öffnete ihn und holte eine Flasche Korn mit zwei Gläsern heraus. Dann kam er zum Tisch zurück und schenkte ein.

»Ich mag das Zeug nicht«, sagte Memmenga.

»Komm schon, das beruhigt die Nerven.«

Widerwillig griff Memmenga zu und trank den Klaren in einem Zug aus, um sich gleich darauf zu schütteln.

Schanhorst lachte. In freundlicherem Ton sagte er: »Im Übrigen ist der Bulle durch dich und Niels erst auf mich aufmerksam geworden.«

»Niels und ich haben handfeste Alibis. Wie ist es mit dir?«

»Mach dir keine Gedanken. Ich sorge immer vor.«

»Umso besser.« Memmenga wollte nicht wissen, was sein Geschäftspartner getan hatte oder nicht.

Schanhorst machte eine wegwerfende Geste. »Du denkst zu viel.« Er ging an einen hohen Tisch, der in der Mitte des großen Raumes stand. Hochhäuser in Miniatur reihten sich an Straßenzüge, gesäumt mit kleinen grünen Bäumchen. Auf einer Ablage daneben verteilten sich Bauzeichnungen mehrerer Architekturbüros. Memmenga folgte ihm.

»Siehst du das hier, Peter?« Schanhorst streckte seinen Arm über den Modellen aus. »Das wird mein größtes Projekt, dagegen sind die öffentlichen Bauten für den Landkreis nur Kleinigkeiten. Wenn das klappt, bin ich ganz oben angekommen – und du mit mir, wenn du willst. Ich beteilige dich daran. Niels braucht nichts davon zu erfahren. Das hier ist eine Nummer zu groß für ihn.«

Memmenga nahm eines der winzigen Plastikgebäude zwischen die Finger. Seine Augen leuchteten. Sosehr er diesen Emporkömmling auch verachtete, sosehr schätzte er doch die Vorteile, die sich ihm durch Schanhorst erschlossen.

32

Dr. Sauer war nicht in seinem Sekretariat anzutreffen. Die neue Vorzimmerdame war deutlich älter und breiter als Elke Wellers. Sie rief ihren Vorgesetzten über dessen mobiles Haustelefon an und schickte Gordi auf die Station.

Dr. Sauer stand im Schwesternzimmer mit einem Wälzer in der Hand. Er lächelte Gordi an und deutete mit einer Kopfbewegung auf das Buch. »Das beste Standardwerk in Sachen Psychosen. Man ist nie zu alt oder zu erfahren, um dazuzulernen.«

Gordi trat näher. »Klären Sie mich auf. Was versteht man unter einer Psychose?«

»Dieser Begriff birgt viele Störungen, die mit Realitätsverlust und veränderter Wahrnehmung von Tatsachen einhergehen.«

Er ist in seinem Element, dachte Gordi. »Wie erkennt man sie?«

»Das ist nicht so einfach, weil das Krankheitsbild vielfältig in Erscheinung tritt. Wann werden aus natürlichen Ängsten krankhafte Veränderungen im Denken und im Fühlen? Ab welchem Grad sind emotionale Empfindlichkeiten, erhöhte Anspannung und Stimmungsschwankungen pathologisch? Deshalb gibt es dicke Bücher über dieses Thema. Ich selbst bin dabei, ein bescheidenes Werk zu verfassen …« Dr. Sauer unterbrach abrupt seinen Redeschwall. »Verzeihen Sie. Ich vergesse oft, dass Laien sich nicht unbedingt für psychiatrische Erkrankungen interessieren.«

»Es war aufschlussreich.«

»Der Anlass Ihres Besuches ist sehr ernst. Wo haben Sie Kommissar Schoolmann gelassen?«

»Er ist beschäftigt«, antwortete Gordi ausweichend.

»Wenn es Ihnen nichts ausmacht, können wir hier reden. Seit Frau Wellers' Tod scheue ich mein eigenes Sekretariat. Es ist befremdlich, hereinzukommen und sie nicht hinter ihrem Tisch sitzen zu sehen. Morgens hat sie immer meinen Kaffee aufgebrüht, so wie ich ihn mag, schwarz und ohne Zucker. Ständig hatte ich Sorge, sie würde beim Servieren stolpern und fallen, aber das tat sie nicht. Ich habe sie nie mit flachen Absätzen gesehen.«

Gordi fragte nach Details, musste aber feststellen, dass Elke Wellers' Vorgesetzter nichts von ihrem Privatleben wusste. Auch wusste er nichts von neuen Bekanntschaften.

Gordi bedankte sich und wurde von Dr. Sauer zum Ausgang geleitet. Erst jetzt fielen ihm die hinter Glas eingerahmten Hochglanzfotos an den Wänden der Station auf. Er blieb stehen, um sie zu betrachten.

Dr. Sauer stand neben ihm und wirkte sichtlich zufrieden. »Mein Baby«, sagte er. »Es hat lange gedauert, bis die Finanzierung für unsere Tagesklinik unter Dach und Fach war. Aber dann hat der Landrat das Geld bewilligt. Elke Wellers hat die Einweihung organisiert, Öffentlichkeitsarbeit gemacht und meine Klinik bei der Presse in Szene gesetzt. Sie war ein Ass in PR-Dingen. Ich hatte schon befürchtet, Landrat Memmenga würde sie mir abwerben.«

Die Fotos zeigten die Einweihung der Tagesklinik. Ein Gruppenbild mit Dr. Sauer, dem Verwaltungsdirektor des Krankenhauses und Memmenga, der ein rotes Band durchtrennte. Auf einem weiteren Foto war der Landrat in einer innigen Umarmung mit Elke Wellers zu sehen. Die Art, wie sich die beiden ansahen, brachte Gordi auf eine Idee. Er ließ sich nichts anmerken, verabschiedete sich und verließ das Krankenhaus.

***

Nach dem Besuch bei Dr. Sauer war Gordi direkt nach Norddeich gefahren, ohne vorher das Kommissariat aufzusuchen. Er griff nach den Haustürschlüsseln in seiner Tasche.

Plötzlich stand sie vor ihm. Sie trug denselben karierten Wollmantel, den sie schon bei ihrer letzten Begegnung getragen hatte. Ihre Haare waren grauer geworden, die Falten um die Augen tiefer.

»Hallo, Martin.« Sie versuchte zu lächeln, was ihr misslang. Als er klein gewesen war, hatte sie oft gelacht, aber im Laufe der Jahre hatte sie damit aufgehört.

»Guten Abend, Mutter.« Er nahm sie flüchtig in die Arme. »Möchtest du hereinkommen?«

»Danke, aber ich habe nur einen Moment. Es ist lange her, dass wir uns gesehen haben.«

»Auf die Woche genau zwei Jahre, bei der Beerdigung von Tante Edda.«

»Ich hatte gehofft, du würdest dich mal bei uns melden, nachdem du deine Stelle in Aurich angetreten hast.«

Gordi sah auf seine Schuhe, um ihrem Blick auszuweichen. »Der Anfang nach der Ausbildung ist nicht einfach. Ich hatte viel zu tun und keine Gelegenheit, mich zu melden.«

»Ich verstehe. Läuft es gut bei der Arbeit? Bist du glücklich?«

»Ja, das bin ich, Mama.«

»Du solltest wissen, dass er sich verändert hat. Er kann nicht aus seiner Haut, aber er meint es nicht böse.«

»Das kann ich kaum glauben.«

»Deine Geschwister rufen mich ab und zu an, aber keiner von ihnen will mit ihm reden. Er ist einsam. Könntest du nicht vorbeikommen? Er würde –«

»Nein, Mama!«

Ihre Augen wurden glasig. »Dann will ich dich nicht länger aufhalten.« Auf einmal schien sie zu frieren. Sie zog ihren Mantel enger.

Als sie sich zum Gehen abwenden wollte, nahm Gordi sie noch einmal in die Arme – und diesmal drückte er sie fest an sich. »Tut mir leid, Mama«, flüsterte er in ihr Ohr. »Ich kann nicht, noch nicht.«

Sie gab ihm einen Kuss auf die Wange, ehe er sich von ihr löste. »Ich werde auf deinen Anruf warten, solange ich kann. Aber lass dir nicht zu viel Zeit, mein Sohn. Ich liebe dich.«

Gordi sah ihr nach, bis sie in die Norddeicher Straße einbog. Genauso wie Onno hatte er seine Geheimnisse.

33

Onno hatte den BMW auf dem Parkplatz des Instituts abgestellt. Jetzt lehnte er mit einem Blumenstrauß in der Hand an seinem Wagen und beobachtete den Eingang.

Die Arbeitszeit war schon lange vorbei, aber vom Pförtner wusste er, dass Angelika Schneider das Institut noch nicht verlassen hatte.

Es dauerte eine Weile, bis die Tür aufgestoßen wurde und sie herauskam. Als sie ihn sah, leuchteten ihre Augen sichtlich überrascht und voller Freude.

»Was machst du denn hier?«, rief sie und ging auf ihn zu.

»Glaubst du wirklich, ich könnte deinen Geburtstag vergessen?« Onno reichte ihr die Blumen.

»Ich liebe Tulpen.«

»An deinem Ehrentag solltest du keine Überstunden machen.«

»Schon gut, der Fall war dringend. Ein Mann hat seine Frau totgeprügelt.«

»Gar nicht gut. Hat dein Sohn angerufen?«, fragte Onno besorgt.

»Nein, er hat bestimmt zu tun. Ich erwarte sein Telefonat heute Abend.«

»Dann wird er dich übers Handy erreichen müssen. Ganz sicher wirst du den Abend nicht zu Hause verbringen. Wir beide machen die Stadt unsicher.« Onno öffnete die Wagentür und ließ Angelika einsteigen.

»Wo gehen wir hin?«

»Lass dich überraschen.«

Er fuhr zu einem der bekanntesten Clubs in der Innenstadt, wo er einen Tisch in vorderster Reihe reserviert hatte. Sie setzten sich in bequeme Loungesessel, vor ihnen ein kleiner Tisch, auf dem schon eine Flasche Champagner im Eiskübel auf sie wartete.

»Woher wusstest du, dass ich Jazz liebe?«, fragte Angelika verwundert.

»Wozu bin ich Polizist? Deine Lieblingsband tritt auf. Wir haben Glück mit dem Termin. Sie sind auf Tournee und spielen nur heute Abend in Oldenburg.«

Der Kellner kam und servierte Fingerfood. Anschließend öffnete er die Champagnerflasche, befüllte die Sektgläser und ging.

Onno hob sein Glas. »Auf dein Wohl.«

Angelika stieß mit ihm an und trank. Ihre Augen wurden feucht vor Glück und Rührung. Das hatte Onno erreichen wollen. Keiner wusste es besser als er: Angelika war von Natur aus weder abweisend noch grob. Sie hatte sich über die Jahre einen Panzer zum Schutz aufgebaut. Ihre barsche Art war das Gegenstück zu seiner eigenen Aggressivität. Darin waren sie sich ähnlich, und sie beide wussten das.

Es war zwanzig Uhr, aber Angelikas Spross hatte sich nicht gemeldet. Sie saß hier mit einem jungen Mann, der ihr Sohn hätte sein können. Ein Fremder, den sie vor knapp einem Jahr kennengelernt hatte und der ihr mehr Wärme und Aufmerksamkeit entgegenbrachte als ihr eigenes Kind, das sie großgezogen hatte.

Sie schob die trüben Gedanken beiseite. Schließlich war sie eine tatkräftige, erfolgreiche Frau, die beste ihres Studienjahrgangs, und kein rührseliger Charakter.

Als die Band zu spielen begann, konnte sie ihre Begeisterung nicht zügeln. Im Rhythmus tippelte sie mit den Füßen und schlug sich mit den Händen auf die Schenkel.

Onno hatte Angelika noch nie so ausgelassen gesehen. Ihr Gesicht glühte rosig.

In einer Spielpause bestellte er eine weitere Flasche Champagner.

»Das muss nicht sein. Da du noch fahren musst und nicht viel trinkst, schaffe ich keine zweite mehr«, sagte Angelika.

»Was du nicht magst, lassen wir stehen.«
»Aber der Laden ist teuer.«
»Egal, heute lassen wir die Korken knallen.«
»Ich kann mich nicht daran erinnern, wann ich zuletzt so viel Spaß hatte.« Angelika lehnte sich zurück. »Vor lauter Toten vergesse ich manchmal, wie schön das Leben sein kann.« Ihr Handy klingelte, und sie nahm es hervor. »Hallo, Finn. Ja, mir geht es bestens. Schön, dass du anrufst, vielen Dank. Bis bald.« So schnell wie sie das Gespräch angenommen hatte, beendete sie es wieder und ließ das Handy in der Tasche verschwinden.
Onno sah sie verwundert an.
»Heute werde ich mich nicht ärgern. Heute ist ein Tag der Ausgelassenheit. Durch dich! An solchen Tagen muss man mit Dingen, die man nicht ändern kann, und mit Erwartungen, die sich nicht erfüllen, abschließen.« Sie hob das Glas und leerte es in einem Zug.
Die Pause war vorbei, und die Spieler gingen wieder auf die kleine Bühne.
»Jazz ist das Beste, was es gibt!«, rief Angelika. Sie stand auf und wiegte sich im Rhythmus der Musik.

Mitternacht war vorbei, als Onno Angelika nach Hause fuhr. Sie hatte einen kleinen Schwips, und beide waren bester Laune. Er wartete vor ihrer Tür, bis sie dahinter verschwand und abschloss. Danach fuhr er nach Leer in sein leeres Appartement zurück.

***

Der Wecker klingelte, aber Gordi war bereits aufgewacht. Nach der Begegnung mit seiner Mutter hatte er stundenlang wach gelegen, bis es ihm endlich gelungen war, die Gedanken zu verdrängen. Es war nicht die Zeit für familiäre Konflikte. Erst in den Morgenstunden war er eingeschlafen. Auch jetzt noch sah er die verzweifelten Gesichtszüge seiner Mutter.
Er drehte sich auf die Seite. Der Wecker zeigte sieben Uhr.

Zu früh zum Aufstehen. Die Testamentseröffnung bei Ella Martens' Anwalt war auf elf Uhr festgesetzt worden.

Draußen kündigte sich ein sonniger Tag an. Die ersten Strahlen fanden ihren Weg in sein Schlafzimmer. Gordi zog die Bettdecke über den Kopf.

Noch nicht, dachte er, schloss die Augen und versuchte, wieder einzuschlafen.

Er wälzte sich einige Male hin und her und sah ein, dass es sinnlos war. Er stand auf und schlurfte ins Badezimmer. Nachdem er sich gewaschen und angezogen hatte, trank er einen Becher Kaffee und machte sich auf den Weg.

Der gelbe Citroën sprang gleich an. Obwohl die Farbe ihren Glanz verloren hatte, matt und unansehnlich wirkte, war das Auto in tadellosem technischen Zustand. Darauf achtete Gordi stets.

Während er über Emden die Landstraße am Deich entlangfuhr, dachte er an Anne Beekmann und daran, was sie über Dr. Sauer gesagt hatte. Und je weiter er Richtung Leer kam, desto neugieriger wurde er auf Ella Martens' Testament. Er war sich sicher, dass sie den Kinderschutzbund bedacht hatte, und erwartete keine Überraschungen. Seine Anwesenheit war reine Routine.

In Leer parkte er innenstadtnah und schlenderte durch den Inselgarten in Richtung der Wohnanlage, in der Onno wohnte. Das Viertel hatte sich in den letzten Jahren verändert. Die einst große Parkanlage hatte dem Neubaukomplex weichen müssen und war enorm geschrumpft.

Gordi atmete tief ein. Die Luft roch nach den ersten Frühlingsblüten.

Vor dem Gebäude angekommen, drückte er auf den obersten Klingelknopf an der Eingangstür. Fast zeitgleich hörte er den Türsummer. Er nahm den Fahrstuhl in die vierte Etage, kam aber nicht mehr dazu, erneut zu klingeln. Onno empfing ihn an der Wohnungstür.

»Komm herein«, sagte er.

Sie gingen in den offenen Wohnbereich.

Onno goss zwei Becher Kaffee ein. »Wir haben noch ein paar Minuten. Die Anwaltskanzlei liegt in der Altstadt, ganz in der Nähe.«

Wortlos nahm Gordi einen Becher entgegen.

»Wie war das Gespräch mit Dr. Sauer gestern?«, fragte Onno.

»Über Elke Wellers' Privatleben wusste er angeblich nichts, aber das glaube ich ihm nicht. Niemand weiß etwas von ihrem unbekannten Liebhaber.«

»Es scheint, du hast einen Verdacht.«

»Elke Wellers hat genau zur Zeit ihres Seitensprungs die Eröffnungsfeierlichkeiten der Tagespsychiatrie in Aurich organisiert und begleitet. Sie wurde hoch gelobt dafür.«

»Worauf willst du hinaus?«

Gordi tippte auf seinem Handy und hielt Onno das Zeitungsfoto von Elke Wellers und Peter Memmenga hin. »Und dann war sie schwanger.«

»Du vermutest, dass Landrat Memmenga der Vater des Kindes ist?«

»Ja.«

»Du bist der rationalste Mensch, den ich kenne. Ich hätte nie gedacht, dass du Vermutungen anstellst und Intuitionen folgst. Der Fall Ella Martens hat dich verändert. Ich hingegen höre immer auf mein Bauchgefühl«, sagte Onno grinsend.

»Und das bringt dich auch in Schwierigkeiten. Ich stelle keine Vermutungen an, sondern folge Anhaltspunkten. Die Boutique-Besitzerin Anja hat es gesagt: Ihre Schulfreundin Elke Wellers war stets auf der Suche nach einem Coup. Wer könnte ein größerer Jackpot sein als ein Landrat?«

»Was für ein Luder, falls das zutrifft.«

»Das hat sich der Täter auch gedacht. Aber wie hängen die Mordfälle Ella Martens und Elke Wellers zusammen? Allmählich frage ich mich, ob sie das überhaupt tun.«

»Das werden wir heute nicht lösen. Lass uns aufbrechen«, sagte Onno.

Sie schlugen den Weg entlang der Promenade des Leeraner Hafens in Richtung »Waage« ein, einem gediegenen Restaurant in einem historischen Gebäude der Altstadt mit ihren engen Gassen und sanierten Häusern. Sie ließen das Rathaus zur Linken hinter sich und betraten ein auffällig schmales Gebäude. Einen Fahrstuhl gab es nicht. Die Holztreppe knarrte bei jeder Stufe, bis sie in den zweiten Stock gelangten.

Gordi sah auf seine Uhr. Sie waren pünktlich.

Eicko Männebeck, der sich als Justiziar der Familie Martens vorstellte, bat sie herein.

In den Geschäftsräumen zeigte sich der ganze Renovierungssaufwand, der betrieben worden war, um das Gebäude in perfektem Zustand zu erhalten. An den hohen Decken waren die geschichtsträchtigen Stuckrosetten und -leisten fachmännisch instand gesetzt worden. Der Fußboden war mit seinen Pitchpine-Dielen im Originalzustand erhalten.

Onno, Gordi und Eicko Männebeck nahmen an einem runden, glänzenden Mahagonitisch mit Lapislazuli-Intarsien Platz.

Sichtlich erfreut über die Anwesenheit der Ermittler, ergriff Männebeck das Wort. »In diesen Räumen haben schon mein Vater und vor ihm mein Großvater Vollmachten, Verträge und Testamente für die Familie Martens aufgesetzt. Heute ist es an mir, die generationsüberspannende Tätigkeit mit der Eröffnung des Testaments für das letzte Familienmitglied zu beenden. Ella Martens hatte keine Blutsverwandten. Daher sitzen wir drei allein hier. Seit meiner Anwaltsbestellung war ich für sie tätig. In dieser langen Zeit ist sie mir mehr als eine Mandantin gewesen. Vor circa einem Jahr hat mich Ella Martens aufgesucht, um ihr Testament aufzusetzen. Heute werde ich ihren letzten Willen verlesen. Es wird der Abschluss einer langjährigen Tätigkeit sein, ich möchte in diesem Fall sogar von Freundschaft sprechen.« Männebeck hielt kurz inne und räusperte sich. »Verzeihen Sie mir. Es ist nicht meine Art, emotional zu werden. Ich möchte vorwegschicken, dass mich Ella Martens vor vier Wochen anrief und um einen Termin bezüglich ihres Testaments bat. Sie hat angedeutet, dass sie den Kinderschutzbund in Norden als Begünstigten einsetzen wolle.«

»Für wann hatte sie sich denn mit Ihnen verabredet?«, fragte Gordi.

»Für die kommende Woche. Aber da es leider nicht mehr dazu kam, werde ich nun das ursprüngliche Testament verlesen.«

Und mit dem, was sie in der nächsten Stunde zu hören bekamen, hätten die Kommissare nie gerechnet.

***

Wortlos waren sie in Onnos Appartement zurückgekehrt. Gordi stand am Fenster und sah hinaus zum wolkenlosen Himmel. »Die Sicht ist grandios«, sagte er.

Onno schwieg.

Nach einer Weile sagte Gordi: »Dir ist klar, dass dieses Testament ein hochgradiges Motiv ist? Fünf Millionen Euro und das Haus on top müssen sogar dir zu denken geben.«

»Ich zitiere dich jetzt mal: ›Ein Motiv allein macht noch lange keinen Mörder.‹ Vergiss nicht, er hat ein Alibi, und wo sind Mittel und Gelegenheit?«, fragte Onno.

»Dr. Sauer ist der Haupterbe des Opfers. Lediglich Maike Müller hat einen kleinen Freundschaftsanteil von hunderttausend Euro bekommen.«

»Wir können nicht davon ausgehen, dass er von dem Testament gewusst hat.«

Gordi sah weiter durch die Fensterfront auf das Leeraner Rathausgebäude. »Für die anderen Ganoven trifft das ebenso zu. Wir können ihnen nicht nachweisen, dass sie von Ella Martens' Verdächtigungen, geschweige denn von ihren Recherchen gegen sie was geahnt haben. Falls nicht, fehlt das Motiv. Außerdem sind wir den Beweis einer Bestechung im Bausektor des Landkreises schuldig geblieben. Über die Konten von Memmenga und Rademacher hat es keine größeren Transaktionen gegeben. Mit dem Motiv fällt der Verdacht in sich zusammen.«

»Auch wenn wir bisher nichts gefunden haben, an der Korruptionsaffäre ist etwas dran, und sie ist die Spitze des Eisbergs.«

»Das sehe ich genauso, aber in einer anderen Richtung.« Gordi drehte sich ruckartig um. »Du klebst an dieser Korruptionsaffäre wie ein Spürhund. Du willst unbedingt, dass Ella Martens' Ermordung damit zusammenhängt. Aber ich sehe das Tatmotiv in ihrem Erbe. Es geht dir nicht um Ella Martens. Du ermittelst in eigener Sache. Es ist an der Zeit, die Karten auf den Tisch zu legen.« Er hatte lange Geduld bewiesen, aber heute war der Tag der Aussprache gekommen.

»Was willst du damit sagen?«

»Verschaukle mich nicht. Ich weiß genau, was du hinter meinem Rücken treibst. Der Umgang zwischen dir und Jan hat sich verändert.«

Onno wollte widersprechen, aber Gordi brachte ihn mit einer Handbewegung zum Schweigen.

»Sag nichts. Es würde nur eine weitere Lüge sein. Ich weiß von deinen heimlichen Recherchen.«

»Es ist eine persönliche Sache.«

Gordi setzte sich in den Sessel. »Eine persönliche Sache teilt man mit Freunden.«

»Du verstehst das nicht.«

»Dann erklär es mir. Als du vor einem Jahr nach Aurich versetzt wurdest, hat mich Matthias Hansen zu sich gerufen, um mich über die Umstände der Strafversetzung des Kollegen Onno Schoolmann in Kenntnis zu setzen. Dein Vorgesetzter wollte den Fall deines Vaters abschließen. Es gab Streit, und du hast dich auf dem Revier mit ihm geprügelt. Du hast ihm die Nase gebrochen und die Narbe an deiner Augenbraue, die du immer so gern als Kneipenschlägerei verkaufst, davongetragen. Nur sein Mitgefühl für deinen Schmerz hat dich vor einem Rausschmiss bewahrt. Aber du wurdest sofort suspendiert und gezwungen, Hamburg zu verlassen, solltest du im Dienst bleiben wollen. Ich bin im Bilde, wie du siehst. Hansen hat mich eingeweiht und mir freigestellt, mit dir zu arbeiten. Außer mir sollte niemand davon erfahren, um es dir einfacher zu machen, aber Hamburg ist nicht weit, und es wurde beständig getuschelt. Du hättest wissen müssen, dass ich nicht fast ein Jahr mit jemandem im Team arbeite, ohne über ihn informiert zu sein. Es wäre fair gewesen, wenn du mit mir darüber geredet hättest. Ich habe gewartet und gehofft, du würdest es tun. Allmählich bezweifle ich, dass wir Freunde sind. Du hast mir nie die Wahrheit über den Tod deines Vaters gesagt.«

Onno lief rastlos auf und ab. »Die Wahrheit ist nicht so spektakulär, wie du denkst.«

Endlich setzte er sich und berichtete zögernd die Umstände zum Mordfall Gerd Schoolmann. Gordi hörte ihm aufmerksam zu.

»All die Frauengeschichten, die du uns präsentiert hast, waren also nur ein Ablenkungsmanöver, damit die Kollegen nicht dahinterkommen, was du an deinen Abenden treibst«, sagte er schließlich, nachdem Onno geendet hatte.

»Wie ich sehe, hast du sie mir nie abgekauft.«

Nein, das hatte Gordi nicht. »Immer wenn du von wilden Partys prahlst, weiß ich, was du in Wahrheit tust. Der Fall deines Vaters ist immer mehr zur Besessenheit geworden und beeinflusst deine Objektivität wie im Fall Ella Martens.«

»Es gibt gewisse Parallelen.«

»Ja, die gibt es. Was für eine Rolle spielt Jan dabei?«, fragte Gordi scharf.

»Er kundschaftet aus, was hinter der Firma ›Ein Heim für jedermann‹ steckt und wo sie überall tätig ist. Vor allem, was Manfred Schanhorst damit zu tun hat.«

»Das kann ich nachvollziehen, aber die Frage ist doch: Steht das mit dem Fall Ella Martens in Zusammenhang? Dein privater Feldzug trübt deine Sinne. Die Korruption im Landkreis muss nicht zwangsläufig mit Ellas Vergiftung in Verbindung stehen. Du siehst Beziehungen, wo keine sind. Und wenn du ehrlich bist, jagst du nicht den Mörder von Ella Martens, sondern den deines Vaters. Das Opfer hat ein Recht darauf, dass wir uns ganz auf seinen Fall konzentrieren.« Gordi stand auf, um zu gehen. Es hatte keinen Sinn, mit seinem Kollegen zu diskutieren, wenn er in diesem Zustand war. Er hatte sich in eine Sache verrannt und war zu stur, um sich davon abbringen zu lassen.

Als er die Tür hinter sich schließen wollte, hörte er Onno sagen: »Mein Vater war auch ein Opfer.«

34

Als Gordi in den Citroën einstieg, hatte sich die Kraft der Mittagssonne deutlich abgeschwächt. Er befuhr die Straße vom Ruderverein in Richtung Hafengewerbegebiet und bog vorher ab, um auf die Landstraße nach Aurich zu gelangen. Dank des geringen Verkehrs brauchte er nur eine Dreiviertelstunde für die Strecke.

Er kurbelte das Fahrerfenster halb herunter. Der Wind hatte aufgefrischt und würde Regen mit sich bringen. Die Luft half ihm, seine Gedanken zu ordnen. Er hatte heute einen neuen Onno kennengelernt, einen verletzten Mann, der ohne Mutter hatte aufwachsen müssen und unter dem Verlust seines Vaters litt. Das war eine ganz neue Seite an ihm. Aber Gordi war auch gekränkt über den Vertrauensbruch seines Kollegen, der ihn nicht eingeweiht hatte. Deshalb hatte er ihm nichts von seinem Vorhaben, Dr. Sauer aufzusuchen, erzählt. Sosehr er sich auch in Onnos Lage versetzte, konnte er doch nicht entschuldigen, dass es diesem im Grunde nicht um Ella Martens ging. Natürlich war Onnos Vater ebenfalls ein Opfer gewesen. Gordi konnte seine Verbitterung verstehen. Aber nicht jetzt. Heute ging es um Ella Martens und Elke Wellers und nur um sie.

Von unterwegs rief er Maike Müller über die Freisprechanlage an. Sie berichtete ihm, dass Elke Wellers im Rahmen der Feierlichkeiten Peter Memmenga öfters im Amt aufgesucht habe. Für den Landrat sei die Einrichtung der neuen psychiatrischen Tagesklinik in Aurich eine willkommene Gelegenheit gewesen, sich als Förderer mit sozialem Engagement in Szene zu setzen.

»Können Sie herausfinden, wo der Landrat am Nachmittag des 8. Mai gewesen ist? Sicher steht etwas in seinem Terminkalender.«

»Da brauche ich nicht nachzusehen. Ich habe sämtliche Termine der letzten und der nächsten Wochen im Kopf. Am 8. Mai hat der Landrat das Amt gegen fünfzehn Uhr verlassen.«

»Hat er gesagt, wohin er wollte?«

»Nichts Konkretes, nur dass er etwas Persönliches zu erledigen habe und nicht erreichbar sei. Ich hoffe, das hilft Ihnen.«

»Mehr als das. Sie sind klasse, Maike. Vielen Dank.«

Gordi fuhr zum Haus von Dr. Sauer, das nicht weit entfernt von dessen Arbeitsplatz im Krankenhaus in einer mittelschichtigen Gegend lag. Er lenkte den Citroën in eine Parklücke und ging die letzten Meter zu Fuß.

Das tiefrote Backsteinhaus reihte sich in die Wohnstraße ein, wo ein Haus dem anderen glich, als ob sie auf dem Reißbrett geplant worden wären. Nach ein paar Schritten war er vor dem Gebäude angelangt und klingelte.

Die Tür wurde von Dr. Sauer geöffnet. Er trug die gleiche braune Cordhose, die er schon die letzten Male angehabt hatte. Unter dem Sakko kam die wohlbekannte Wollweste zum Vorschein.

Er muss etliche davon sauber und ordentlich im Kleiderschrank haben, dachte Gordi und sagte: »Ich bin froh, dass ich Sie heute noch erreichen konnte.«

»Ich war schon im Aufbruch nach Hause, als Sie in der Klinik anriefen.« Dr. Sauer gab ihm zur Begrüßung die Hand, zog ihn sanft hinein und führte ihn in den hinteren Teil des Hauses, wo das Arbeitszimmer lag. »Meine Haushälterin hat heute ihren freien Nachmittag. Daher kann ich Ihnen leider nichts anbieten.«

»Das ist nicht nötig.« Gordi sah sich interessiert um. Ein angenehmer Geruch, der ihm bekannt vorkam, lag in der Luft. An der Wand neben der Tür hingen gerahmte Abschlüsse des Doktors. »Sie haben eine beachtliche Karriere hinter sich«, stellte er fest.

Dr. Sauer deutete auf eine Auszeichnung, auf der sein Name mit goldenen Lettern geschrieben stand. »Nach meinem Staatsexamen bin ich zwei Jahre als Doktorand an der University of California tätig gewesen und habe an einer Studie über Demenz mitgearbeitet. Das ist das Resultat. Es war eine spannende Zeit.«

»Was verschlägt einen Psychiater mit Auslandserfahrung nach Ostfriesland? Nach Berkeley hätten Sie sich jede Stelle aussuchen können.«

»Das habe ich. Bevor ich nach Aurich kam, war ich mehrere Jahre in der Klinik für Psychiatrie und Psychotherapie in Mainz angestellt. Aber das war kräftezehrend. Ich habe ein ruhigeres Leben vorgezogen.« Er deutete auf das Ledersofa vor dem Fenster. »Nehmen Sie Platz.«

Sie setzten sich, und Gordi fragte: »Haben Sie Geschwister?«

»Nein.« Dr. Sauer schien nachzudenken. »Genau genommen doch. Ich hatte einen fünf Jahre jüngeren Bruder. Er starb im Alter von sieben.«

»Erinnern Sie sich an ihn?«

»Sehr genau sogar. Er hatte blonde Locken und war von zarter Statur. Vielleicht hat ihn unsere Mutter gerade deshalb so abgöttisch geliebt.«

»Woran ist er gestorben?«

»Das haben die Ärzte nie herausbekommen. Auf dem Totenschein wurde ein Herzfehler mit plötzlichem Stillstand angegeben. Unsere Mutter hat das nie geglaubt. Sie war Hobbygärtnerin und hat mit Hingabe in ihrem Schrebergarten gearbeitet. Mein Bruder Bruno ist stets bei ihr gewesen und hat immer gern alles in den Mund genommen, um es zu probieren. Sie hat lange Zeit vermutet, dass er sich im Garten mit etwas vergiftet hatte, und machte sich große Vorwürfe, nicht genug auf ihn achtgegeben zu haben. Nach seinem Tod lag der Garten brach und verdorrte. Sie hat ihn nie wieder betreten.«

»Wie alt waren Sie da?«

»Zwölf.«

»Wo war Ihr Vater?«

»Er war keine Hilfe. Nach Brunos Tod hat er uns verlassen. Mutter und ich waren auf uns allein gestellt. Schritt für Schritt habe ich sie ins Leben zurückgeholt. Danach wachte sie mit

Argusaugen über mich. Immer hatte sie Angst, ihr zweites Kind, ihr nun einziges Kind, zu verlieren.«

»Eine schwere Bürde für einen kleinen Jungen.«

»Ja, jetzt verstehen Sie meine Berufung. Wir sind, was wir sind, wegen unserer Vergangenheit.«

»Lebt Ihr Vater noch?«

»Das weiß ich nicht, und es hat mich auch nie gekümmert.«

Gordi sah sich im Raum um. »Ist Ella Martens auch hier bei Ihnen gewesen?«

»Jetzt kommen Sie zum Punkt, Herr Kommissar. Sie sind ein guter Analytiker.«

Gordi setzte eine unschuldige Miene auf. »Ich weiß nicht, was Sie meinen.«

»Erst fragen Sie mich belanglos über meine familiären Verhältnisse aus, dann gehen Sie zu Ella Martens über. Aber nun gut. Sie hat genau an dem Platz gesessen, an dem Sie jetzt sitzen, an dem viele meiner Patienten sitzen, mit denen ich in privater Atmosphäre Gesprächstherapien durchführe. Aber Sie sind nicht gekommen, um über meine Karriere oder Patienten zu reden, Herr Kommissar.«

»Sie haben recht. Heute wurde Ella Martens' Testament eröffnet. In den nächsten Tagen werden Sie Post von ihrem Nachlassverwalter bekommen. Ich nehme an, Sie wissen, worum es geht.«

»Ein Herr Männebeck hat mich angerufen und mich in Kenntnis gesetzt.«

»Haben Sie geahnt, dass Ihre Patientin Sie begünstigen würde?«

»Um Gottes willen, nein! Nie im Leben hätte ich damit gerechnet. Ella hat kein Wort über ihr Erbe verloren, keinerlei Andeutungen gemacht. Geld war zwischen uns kein Thema.«

»Sie sind der Haupterbe eines beträchtlichen Vermögens. Können Sie sich vorstellen, warum Ella Martens es Ihnen vermacht hat?«

Dr. Sauer zögerte, als wüsste er nicht, was er als Nächstes sagen sollte. »Nein. Ich wusste, dass sie finanziell gut versorgt war, aber wir haben nie über Geld gesprochen. Wie geht es nun mit der Mordermittlung weiter?«, fragte er schließlich.

»Wir haben einige Mutmaßungen.«

»Die mich einschließen, nehme ich an.«

Gordi ließ die Bemerkung unkommentiert im Raum stehen.

»Ich bin Realist, Herr Kommissar. Als Begünstigter ihres Erbes erwarte ich es, zu den Verdächtigen gezählt zu werden.«

»Sie sagen das sehr gelassen.«

»Darf ich Ihnen einen Drink anbieten?« Dr. Sauer war abrupt von seinem Sessel aufgestanden.

Gordi lehnte dankend ab.

Leichtfüßig durchquerte Dr. Sauer den Raum zum Eckschrank, öffnete ihn und holte einen Cognacschwenker und eine Flasche heraus. Nachdem er sich eingeschenkt hatte, kam er zurück und setzte sich wieder in den Sessel. »Ich habe ein Alibi, Herr Kommissar, und soweit ich weiß, haben Sie es bereits überprüft.«

»Das haben wir. Es ist nicht zu überbieten.«

Dr. Sauer roch an dem Cognac und nahm einen Schluck.

Mitten am Tag, als ob es etwas zu feiern gäbe, dachte Gordi. »Wir ermitteln immer noch in Ella Martens' beruflichem Umfeld. Ich suche nach ihren letzten Tagebuchseiten.«

»Sind Sie sicher, dass es sie gibt?«

»Absolut.«

»Ich wünsche Ihnen Glück, Herr Kommissar.«

»Ich wollte Sie wissen lassen, dass das Haus erst auf Sie überschrieben wird, wenn wir den Fall abgeschlossen haben. Was werden Sie mit dem Erbe anfangen?«

»Ich werde mich nicht persönlich daran bereichern, falls Sie das meinen, sondern es für den Fachbereich Psychiatrie nutzen. Das hätte sich Ella gewünscht. Sind Sie mit den Ermittlungen bei der armen Frau Wellers weitergekommen?«

»Die Untersuchungen laufen noch, daher möchte ich nicht darüber reden.«

Dr. Sauer stand wieder auf. »Ich will nicht unhöflich sein, aber ich erwarte noch eine Patientin.«

Gordi verabschiedete sich.

Auf dem Weg zu seinem Auto sah er aus dem Augenwinkel, dass Dr. Sauer im Türrahmen stand und ihm hinterherschaute. Er hätte schwören können, ein Grinsen im Gesicht des Psychiaters zu erkennen.

Wer würde sich nicht über ein unverhofft großes Erbe freuen? Gordi hatte gehofft, Dr. Sauer mit der Erwähnung von Ella Martens' Tagebuch aus der Reserve zu locken, aber dieser Mann ließ sich nicht aus der Ruhe bringen. Er war ein Profi.

Habe ich mich verrannt?, dachte er. Aufgrund seines Alibis konnte Dr. Sauer unmöglich der Täter sein. Das musste sich Gordi eingestehen.

***

Eine Frau in den Fünfzigern sah ihm mit ernstem Gesichtsausdruck entgegen. Mit den hochgesteckten grauen Haaren wirkte ihr Gesicht streng. In den blassgrauen Augen fehlte jeglicher Glanz.

Mit sanfter Hand streichelte er die Fotografie und blätterte um. Auf der nächsten Seite dieselbe Frau, jünger, lächelnd mit einem Kind auf dem Arm. Es war das letzte Bild seiner Mutter mit Bruno, seinem Bruder, der kurze Zeit später auf unerklärliche Weise erkrankt war. Danach hatte sie nie wieder gelächelt.

Dr. Sauer klappte das Fotoalbum zu, nahm den Cognacschwenker vom Tisch und leerte ihn mit einem Schluck.

35

Nach dem Besuch bei Dr. Sauer hatte Gordi auf dem Weg nach Norddeich im Supermarkt eingekauft. Zu Hause angekommen, legte er die Lebensmittel in den Kühlschrank. Er hatte vorgehabt zu kochen, aber der Appetit war ihm vergangen.

Durch das Fenster konnte er Kinder, die bunte Drachen steigen ließen, auf dem Deich sehen.

Er nahm sein Handy aus der Tasche. Immer wieder hatte er an Anne Beekmann gedacht. Aber bisher hatte er sich nicht getraut, sie anzurufen. Jetzt tippte er ihre Nummer ein.

»Hallo? Dr. Beekmann? Hier ist Martin Gerdes.« Er lachte auf. »Ja, wir waren bei Anne und Martin. Ich wollte Sie um ein Gespräch bitten. Haben Sie Zeit?«

Er hielt den Atem an. Sicher hatte sie Dienst oder etwas anderes vor. Umso mehr freute es ihn, als Anne vorschlug, essen zu gehen. Er nannte den »Wattlooper« als Treffpunkt, einen Gastronomiebetrieb, der für seine Fischspezialitäten in Norddeich und Umgebung bekannt war.

Nachdem er ihr die Adresse durchgegeben hatte, verabschiedete er sich und ging eilig ins Bad. In anderthalb Stunden wollten sie sich treffen. Er brauchte fünfzehn Minuten zu Fuß dorthin, sodass genug Zeit blieb. Schnell sprang er unter die Dusche, danach rasierte er sich.

Abrupt hielt er inne. »Was machst du da bloß?«, fragte er sein Spiegelbild.

Dr. Anne Beekmann war eine Informantin in einem aktuellen Mordfall, und er benahm sich wie ein verliebter Gockel. Was für ein Narr er doch war. Bisher hatte er sich nichts vorzuwerfen, und dabei sollte es auch bleiben. Es würde lediglich ein Informationsaustausch beim Essen sein, nahm er sich vor.

Trotzdem holte er ein weißes Hemd und eine schwarze Hose aus dem Schrank. Auf ein Sakko verzichtete er.

Fünf Minuten vor ihrem Termin stand er vor dem Restaurant. Er bemühte sich, Anne mit einem ernsten Gesichtsausdruck zu empfangen, aber ihr strahlendes Lächeln, mit dem sie auf ihn zutrat, war entwaffnend. Das schulterlange Haar hatte sie nicht hochgesteckt, die hellbraunen Locken umrahmten ihr Gesicht. Als er ihr die Hand gab, nahm sie ihn in den Arm und hauchte ihm einen Kuss auf die Wange. Sie duftete zart nach Jasmin.

»Es freut mich, Sie wiederzusehen, Martin«, sagte sie.

Im Nu war seine Anspannung verschwunden. Gemeinsam gingen sie die letzten Schritte. Der Abend war kühl, sodass sie sich entschieden, drinnen zu essen. Die Bedienung führte sie an einen kleinen Ecktisch im hinteren Bereich, wo sie sich ungestört unterhalten konnten.

»Das Hemd steht Ihnen«, sagte Anne, nachdem sie sich gesetzt hatten.

Die Kellnerin kam mit der Speisekarte zurück. »Ich kann die Seezunge, mit Hummer und Trüffeln gefüllt, empfehlen. Das ist eine Spezialität des Hauses.«

»Das klingt lecker, ich nehme es«, sagte Anne.

Gordi entschied sich auch für den Fisch. Dazu bestellte er einen Chardonnay.

»Ich hatte gehofft, dass Sie mich anrufen«, meinte Anne.

»Nachdem wir gemeinsam gefrühstückt haben, musste das Abendessen folgen.«

Die Kellnerin brachte die Speisen und wünschte einen guten Appetit. Bevor sie aßen, stießen sie mit dem Wein an. Dann ließen sie sich den Fisch auf der Zunge zergehen.

»Schmeckt köstlich. Sie haben mit dem Restaurant nicht übertrieben«, schwärmte Anne.

»Probieren Sie den Kartoffelsalat. Der wird hier täglich frisch mit hausgemachter Mayonnaise gemacht.«

»Sie wollen mich wegen Ihres Falles sprechen?«, fragte Anne, während sie aß.

Gordi nickte. »Ich werde Sie einweihen, muss aber auf Ihre Diskretion bestehen«, sagte er mit gespieltem Ernst.

Sie machte eine Geste mit der Hand, die ihren Mund verschloss. »Ich kann schweigen wie ein Grab.«

»Gestern ist das Testament des Opfers eröffnet worden. Ella Martens hat ihr Hab und Gut, und das ist nicht wenig, Dr. Sauer vererbt.«

Abrupt setzte Anne ihre Gabel ab. »Wird er es annehmen?«

»Es scheint so. Was halten Sie davon?«

»Dass ein Arzt seine Patientin beerbt, ist unüblich.«

»Und?«

»Meine persönliche Meinung?«

»Ja, die ist mir wichtig.«

Anne nahm einen Schluck Chardonnay und überlegte, dann sprach sie weiter. »Bei unserem Frühstück habe ich Ihnen ja schon anvertraut, was ich von Dr. Sauer halte. Aber ich bin nicht ganz ehrlich zu Ihnen gewesen. Ich bin persönlich betroffen.«

»Inwiefern?«

Sie nippte erneut am Wein. »Nachdem ich in Aurich die Stelle angetreten hatte, fand ich Anschluss und schloss Freundschaften. Ich habe festgestellt, dass die Menschen dieses Landstrichs zu mir passen. Eine meiner neuen Freundinnen hat mir erzählt, dass ihre Tante in Dr. Sauers Behandlung stehe.«

»Und?«

»Sie hat sich darüber gewundert, da ihre Tante nie depressiv oder sonst auffällig gewesen ist. Eine leichte Antriebsarmut hat sie wohl veranlasst, Dr. Sauer aufzusuchen, der ihr wärmstens empfohlen worden war. Am Anfang war es perfekt. Es ging der Tante besser. Aber dann hat sie sich von ihrer Familie komplett zurückgezogen und den Umgang abgebrochen. Frauke, meine Freundin, war ihre Lieblingsnichte. Sie hat die alte Dame regelmäßig besucht, bis sie ihr die Tür nicht mehr geöffnet hat. Auch am Telefon hat sie sie zurückgewiesen, und am Ende hat sie ihr gesagt, dass sie keinen Kontakt mehr zu ihr wünsche. Das hat meine Freundin sehr gekränkt, aber die Familie konnte nichts daran ändern. Ich weiß, das wirkt voreingenommen …«

»Das finde ich gar nicht. Wie ist der Fall weitergegangen?«

»Auf mein Anraten hat Frauke den Hausarzt ihrer Tante, der sie schon dreißig Jahre betreut, gebeten, sie aufzusuchen. Sie hat ihn hereingelassen, und er konnte sie davon überzeugen, dass ihre Familie ihr nichts Böses wollte.«

»Und dann?«

»Daraufhin hat die Tante meiner Freundin die Behandlung bei Dr. Sauer abgebrochen. Sie hatte Wahnvorstellungen, die ihre Angehörigen betrafen, und wurde mehrere Wochen von einem Psychologen betreut. Auf eine Anzeige gegen Dr. Sauer hat meine Freundin zum Wohle ihrer Tante verzichtet. Sie wollte ihr die Befragungen ersparen. Aber der Hausarzt hat eine Beschwerde bei der Ärztekammer eingereicht. Dr. Sauer wurde zu der Sache vernommen, aber eine Einflussnahme auf seine Patientin konnte ihm nicht nachgewiesen werden. Er hat behauptet, dass sie bereits an Wahnvorstellungen gelitten habe, als er mit der Behandlung begonnen habe. Da er angesehen ist, wollte man die Angelegenheit nicht aufbauschen, und der Fall wurde ad acta gelegt. Der Tante geht es gut, aber so wie früher ist sie nie mehr geworden. Das familiäre Verhältnis ist vergiftet.«

»Ist die Tante Ihrer Freundin wohlhabend?«

»Das kann man so sagen. Nach der Behandlung bei Dr. Sauer glaubte sie, dass ihre Erben hinter ihrem Geld her seien.«

»Könnte da etwas dran sein?«

»Nein! Die Tante mag reich sein, aber ihre Kinder sind steinreich. Sie besitzen eine Spirituosenfabrik, eine bekannte Marke, die weltweit exportiert wird. Das Vermögen von Fraukes Tante ist dagegen Taschengeld. Das Erbe hätte keiner von ihnen nötig.«

»Wie erklären Sie sich das Verhalten von Dr. Sauer? Glauben Sie, er hat es auf Geld abgesehen?«

»Nicht unbedingt. Er ist ein Narzisst. Er will seine Umgebung in sein ihm eigenes Muster einordnen. Durch seine sanfte, liebenswürdige Art merkt es bloß niemand. Wir haben immer mal chirurgische Patienten mit psychischen Problemen. In manchen Fällen brauchen wir die Psychiater, um die Geschäftsfähigkeit festzustellen. Bei konsiliarischen Untersuchungen ist mir aufgefallen, dass Dr. Sauer häufig die älteren Frauen persönlich begutachtet. Er bemüht sich rührend um sie. Wenn sie keine Angehörigen hatten, sind dic meisten von ihnen nach der Entlassung in seiner Behandlung geblieben. So etwas nenne ich akquirieren, und ich bin nicht die Einzige, die so denkt. Wenn ich die Psychiatrie benötige, spreche ich immer einen der Oberarztkollegen an und umgehe Sauer.«

»Wie wird so eine Persönlichkeit reagieren, wenn sein Schützling sich von ihm abwendet?«

Anne schüttelte bedächtig den Kopf, sodass ihre hellbraunen Locken auf und ab wippten. »Ich bin kein Psychiater, und diesbezüglich sind meine Kurse an der Uni verjährt. Aber ich vermute, er würde es mit allen Mitteln verhindern. Ich halte ihn unter gewissen Umständen für gefährlich. Hat er ein Alibi?«

»Ein felsenfestes.«

»Das bedeutet, er ist unschuldig. Aber …« Anne blickte nachdenklich in ihr Weinglas und sprach die folgenden Worte mit Bedacht: »Ein Soziopath findet immer einen Weg.«

Die Kellnerin kam zurück und fragte, ob das Essen nach Wunsch sei.

»Es schmeckt köstlich«, antwortete Anne, und Gordi bestellte eine zusätzliche Portion Kartoffelsalat.

»Wenn ich mich häufiger mit Ihnen verabrede, wird meine Linie darunter leiden«, sagte sie schmunzelnd.

»An Ihrer Figur ist nichts auszusetzen.«

»Danke für das Kompliment.«

»Dr. Sauer behauptet, nichts von dem Vermögen gewusst zu haben, das Ella ihm vererbt hat. Er will es für fachliche Zwecke verwenden. Etwas leuchtet mir nicht ein: Was treibt einen Psychiater mit einer Auszeichnung aus Berkeley und nach jahrelanger Tätigkeit in einem Universitätsklinikum nach Aurich?«

Anne trank den letzten Schluck. »Ich gestehe, dass ich mich

nie mit seinem Werdegang beschäftigt habe. Wo hat er gearbeitet?«

»In Mainz.«

»Hm.«

»Was bedeutet ›Hm‹?«

»Ich versuche, eine Antwort zu finden, aber ich habe keine. Ich habe Ihnen doch von meinem Dozenten an der Uni erzählt.«

»Ihrem platonischen Freund.«

»Nach seinem Studium hat er lange in Mainz gearbeitet, bevor er vor einigen Jahren eine Professur in München annahm. Er müsste zu demselben Jahrgang wie Dr. Sauer gehören. Ich werde ihn kontaktieren.«

»Wie wird der Tod seiner Sekretärin im Krankenhaus aufgenommen?«, fragte Gordi.

»Ganz furchtbar. Alle, die Elke kannten, sind entsetzt. Sie war nicht gerade ein tiefsinniger Mensch, aber liebenswert und zu jedermann nett.«

»Hat es in letzter Zeit Männergeschichten gegeben?«

»Die gab es ständig. Elke hat jedem, der Hosen anhatte, schöne Augen gemacht. Aber besonders Landrat Memmenga soll es ihr angetan haben. Sie war vernarrt in ihn und ist bei den Feierlichkeiten ihrer Abteilung ständig um ihn herumscharwenzelt.«

»War etwas dran an dem Getratsche?«

»Kann ich nicht sagen. Was diese Dinge angeht, bin ich nie neugierig gewesen.«

Den Rest des Abends ließen sie den Fall beiseite. Sie erzählten sich persönliche Dinge, und Gordi versuchte den Abschied hinauszuzögern. Als er die Rechnung bezahlte, waren sie die letzten Gäste im Lokal. Er begleitete Anne zu ihrem Wagen. Wann würde er sie wiedersehen?

»Jetzt habe ich wieder Ihre Aussicht aufs Meer verpasst«, sagte sie.

»Das sollten wir nachholen.«

»Abgemacht.« Sie beugte sich zu ihm und gab ihm zum

Abschied einen sanften Kuss auf die Wange. »Damit Sie Ihr Versprechen nicht vergessen«, sagte sie, stieg ein und fuhr davon.

Gordi blieb stehen und sah ihr hinterher, bis das Auto verschwand. Mit einem Lächeln auf den Lippen schlenderte er nach Hause.

Gut, dass ich ein Hemd angezogen habe, dachte er.

36

Vor Matthias Hansens Büro holte Gordi tief Luft. Er hatte sich sehr genau zurechtgelegt, was er seinem Vorgesetzten zu sagen hatte.

Noch bevor er anklopfen konnte, öffnete Hansen schwungvoll die Tür. Überrascht blieb er vor Gordi stehen. »Gerdes! Was gibt's? Ist es wichtig?«

»Ja, ich muss Sie dringend sprechen. Es geht um Landrat Peter Memmenga.«

Hansen trat einen Schritt zur Seite. »Dann kommen Sie rein, machen Sie aber schnell. Ich wollte gerade zu einem Termin aufbrechen.«

Als Gordi wieder herauskam, war auch Onno im Revier eingetroffen. Keiner von ihnen verlor ein Wort über die gestrige Auseinandersetzung, gleichwohl lag eine spürbare Distanz zwischen ihnen.

Gordi informierte Onno über das Gespräch mit Hansen.

Er hatte ihn überzeugt, einen richterlichen Beschluss einzuholen, der ihnen erlaubte, einen Vaterschaftstest mit Peter Memmenga durchzuführen.

»Da hat er sich weit aus dem Fenster gelehnt. Wir bekommen die Verfügung morgen. Dann werden wir Memmenga einem Bluttest unterziehen«, sagte Gordi.

***

Wie jeden Morgen lag die Post an den Landrat auf Maike Müllers Schreibtisch. Sie saß steif auf dem Stuhl und öffnete einen Brief nach dem anderen. Der Tod ihrer Schulfreundin Ella hatte sie verändert, nicht sofort, aber Tag für Tag ein bisschen mehr.

Sie ordnete die Schreiben nach Dringlichkeit und Fachbereich. Ihr Ordnungssystem sorgte dafür, dass die wichtigen

Anliegen ohne Zeitverzögerung abgearbeitet wurden. Zwischendurch nippte sie an ihrem Kaffee.

Sie war schon fast fertig, als sie ein Einschreiben aus dem Ausland, das vom Pförtner abgezeichnet und gleich zu ihr weitergeleitet worden war, in der Hand hielt. Der Absender war eine Polizeibehörde aus Luxemburg. Mit zitternden Fingern öffnete sie den Umschlag, nahm den Brief heraus und las ihn.

»Ach du meine Güte«, murmelte sie, atmete tief durch und überlegte mit zusammengekniffenen Augen, was zu tun war. Schließlich stand sie auf, trank den letzten Schluck aus ihrem Becher und glättete ihre Kostümjacke.

Mit dem Schreiben in der linken Hand klopfte sie an die Tür ihres Chefs, der erst vor einigen Minuten eingetroffen war, und ging hinein.

Peter Memmenga kam nie durch ihr Vorzimmer, sondern benutzte die zum Flur gelegene Tür, aber Maike hörte ihn stets kommen. Sie wusste immer, wenn er zugegen war. Peter Memmenga bekleidete das Amt des Landrats seit vier Jahren, und Maike kannte alle seine Gewohnheiten, jede seiner Macken und Vorlieben.

Die Stellung des Landrats war ein politisches Amt, er wurde unmittelbar von den Kreisbürgern gewählt. Maike hatte über die Jahre einige Männer kommen und gehen sehen. Sie hatte gelernt, ihre Lügen und den Unterschied zwischen dem, was sie den Menschen erzählten, und dem, was sie wirklich taten, zu erkennen. Einige hatte sie gemocht und geschätzt, andere nicht. Peter Memmenga hatte sie nicht gewählt.

»Guten Morgen, Herr Landrat.«

Memmenga hängte seinen Mantel an den Haken neben der Tür und kam ihr entgegen. »Haben Sie meinen Kaffee fertig?«, fragte er.

»Ja, Herr Landrat. Ich bringe ihn gleich.« Maike sprach ihren Vorgesetzten niemals mit Namen an, sondern benutzte immer seinen Titel. Sie hielt ihm das Schreiben hin. »Ein Bußgeldschreiben ist angekommen. Soll ich die Überweisung veranlassen?«

Memmenga antwortete, ohne sie anzusehen. »Wie immer, Frau Müller. Sie kennen meine kleine Schwäche.«

»Ja, Herr Landrat. Ich kümmere mich darum.«

»Ohne Sie wäre ich aufgeschmissen«, sagte er, während er sich hinter seinen Schreibtisch setzte. »Aber vorher meinen Kaffee, bitte.«

Maike ging hinaus, das Bußgeldschreiben fest umklammert. Sie wusste genau, was zu tun war, und dieses Mal zitterte sie nicht.

***

Trotz intensiver Suche konnten wie erwartet keine ungewöhnlichen Ein- oder Ausgaben, die ihre regulären Einkünfte überschritten hätten, bei Memmenga oder Rademacher nachgewiesen werden. Onno saß an seinem Schreibtisch und las Jans Bericht durch.

Auf Gordis Arbeitsplatz waren die Schriftstücke rechts und links ordentlich sortiert. Etliche Kugelschreiber lagen akkurat in einer Holzkiste, während an Onnos Arbeitsplatz das reinste Chaos herrschte.

Gordi war am Morgen nicht ins Revier gekommen und hatte nicht angerufen. Onno machte sich Gedanken, weil dieses Verhalten ungewöhnlich für ihn war, aber kontaktieren wollte er ihn nicht.

Etwas Abstand ist momentan gesund für uns beide, dachte er. Trotzdem gefiel ihm der leere Stuhl gegenüber nicht.

Das Klingeln des Telefons ließ ihn aufschrecken. Gordi konnte es nicht sein, denn es war dessen Apparat. Onno stand aus dem Lehnstuhl auf, griff rüber und nahm den Hörer.

»Polizeirevier Aurich, hier ist Onno Schoolmann. Wie kann ich Ihnen helfen?«

»Ich möchte Kommissar Martin Gerdes sprechen«, sagte Maike Müller am anderen Ende. »Ich habe eine Information für ihn. Es könnte wichtig sein.«

»Er ist nicht im Revier, aber Sie können es mir mitteilen.«

»Ich würde es gern Herrn Gerdes persönlich erzählen.«

»Dann kommen Sie später her, schlage ich vor. Er wird da sein.« Onno verabschiedete sich von Maike Müller. Als er sich wieder auf den Stuhl setzte, stand Gordi in der Tür.

»Erfreulich, dass du zur Arbeit erscheinst«, sagte Onno vorwurfsvoll.

»Tut mir leid, ich war beschäftigt.«

»Womit?«

»Auf dem Weg hierher bin ich zu Ella Martens' Haus gefahren. Ich kann schon nicht mehr zählen, wie oft ich ihre Schränke und Schubladen durchstöbert habe. Mittlerweile kenne ich jedes Buch, das sie gelesen hat, jede CD, die sie gehört hat, ihre Vorlieben bei der Auswahl ihrer Kleidung und Schuhe. Aber weitere Tagebücher sind nicht zu finden.«

»Und du unterstellst mir, ich würde mich in etwas verrennen. Warten wir auf den Nachmittag«, sagte Onno.

»Was sollte sich bis dahin ändern?«

»Maike Müller hat angerufen. Sie hat neue Informationen, wollte aber mit niemandem außer dir sprechen. Sie wird heute nach Feierabend vorbeikommen.«

Gordi hatte sich an seinen Schreibtisch gesetzt, als Matthias Hansen hereinkam.

»Wir haben den richterlichen Beschluss. Ich habe das Vorgehen veranlasst. Der Amtsarzt wird den Landrat heute Nachmittag in seinen Amtsräumen aufsuchen und die Blutprobe nehmen. Hoffen wir, dass Sie mit Ihren Vermutungen richtigliegen. Denn sonst kann sich unsere Abteilung auf was gefasst machen.«

***

Maike Müller wartete geduldig auf den Feierabend. Den Bußgeldbescheid hatte sie in ihre Tasche gepackt. Ihr Blick ging zu der großen Wanduhr über der Tür. Zehn Minuten bis Dienstschluss.

Sie stand auf und holte ihre Jacke aus der Garderobe. Es klopfte.

»Herein!«, rief sie.

Ein Mann mit einer Arzttasche in der Hand, gefolgt von zwei Polizisten, kam herein. »Wir möchten zu Landrat Peter Memmenga«, sagte er.

Maike führte die Beamten in Memmengas Zimmer, schloss hinter ihnen die Tür und wartete noch eine Weile ab. Als der Landrat nicht nach ihr verlangte, verließ sie das Büro. Sie hatte noch etwas zu erledigen. Konnte sie das zu Ende bringen, was Ella begonnen hatte?

***

Maike Müller erschien um sechzehn Uhr dreißig auf dem Revier.

Gordi nahm sie herzlich in Empfang. »Grüße Sie«, sagte er freundlich. »Kommen Sie, wir gehen in unseren Konferenzraum. Dort können wir uns ungestört unterhalten.«

Onno folgte ihnen.

Maike nahm die Mütze ab und zog den Mantel aus, den Onno ihr aus der Hand nahm und weghängte.

»Wir haben unerwartet Besuch im Amt bekommen. Ich nehme an, den hat mein Vorgesetzter Ihnen zu verdanken. Deshalb habe ich mich verspätet.« Sie lächelte spitzbübisch.

Gordi nickte bejahend. »Wir dachten, es sei besser, unangemeldet zu erscheinen.«

»Es war perfekt. So entsetzt habe ich den Landrat noch nie gesehen.«

Sie setzten sich an den rechteckigen Tisch.

»Haben Sie eine Information für uns?«, fragte Gordi.

»Ich bin mir nicht sicher«, sagte Maike Müller mit fester Stimme. »Aber ich muss es Ihnen zeigen.«

Gordi war die Veränderung an ihr sofort aufgefallen. Sie hatte die üblichen Blümchenkleider durch ein einfarbiges, eng anliegendes Kostüm ersetzt, das ihrer Figur eine Taille verlieh. Das Haar war dunkler gefärbt und zu einer Pagenfrisur glatt geföhnt. So sah sie deutlich jünger aus, aber das war es nicht, was Gordi verblüffte. Sie strahlte Selbstsicherheit aus. Kerzengerade saß sie am Tisch, ihre geduckte Haltung hatte sie abgelegt. Als sie ihre Handtasche öffnete, um etwas herauszuholen, machte sie einen entschlossenen Eindruck. Nichts erinnerte mehr an ihre fahrige Art von früher.

»Das hier könnte ein Hinweis sein, dem Sie nachgehen müssen.« Sie legte ein Bild und einen Brief auf den Tisch.

Die Tür ging auf, und Jan kam herein. »Darf ich?«

»Komm nur. Wie es aussieht, brauchen wir eh deine Hilfe.« Gordi nahm das Bild mitsamt dem Schreiben und reichte es an seine Kollegen über den Tisch weiter. Es handelte sich um einen Bußgeldbescheid aus Luxemburg wegen zu schnellen Fahrens.

Sie tauschten skeptische Blicke aus.

»Ein gestochen scharfes Bild von unserem Landrat. Wieso wurde das Schreiben an den Landkreis adressiert?«, fragte Gordi.

»Weil er einen Dienstwagen fährt«, erklärte Maike Müller. »Der Landrat ist ein rasanter Fahrer, er wird oft geblitzt, aber da dieser Bescheid aus dem Ausland ist, habe ich gedacht, es könnte von Bedeutung sein. Der Landrat hat mich nicht über diese Reise informiert, dabei kenne ich seinen Terminkalender genau. An dem betreffenden Tag dachte ich, er läge mit Grippe im Bett. Er ist drei Tage nicht zur Arbeit erschienen. Ich musste sämtliche Termine für ihn absagen.« Von einem Moment zum anderen begann ihre Stimme wieder zu brechen. »Mag sein, dass das Vorkommnis unwichtig ist und ich Ihnen nur kostbare Zeit stehle.«

»Es ist richtig, dass Sie gekommen sind«, sagte Gordi.

Onno und Jan hatten schweigend das Bild betrachtet.

»Neben ihm sitzt ein Beifahrer, aber man sieht nur die erhobene linke Hand am Bildrand«, stellte Jan fest.

Gordi stand auf. »Bin gleich wieder da.« Er verließ das Zimmer und kehrte wenig später mit einer großen Lupe zurück.

»Was ist dir aufgefallen?«, fragte Onno.

»Sieh selbst.« Gordi reichte ihm das Bild und die Lupe.

»Nicht zu fassen.« Onno pfiff durch die Zähne. »Die Hand gehört Niels Rademacher. Sein Siegelring am Kleinfinger ist eindeutig zu erkennen.«

»Ich denke, das ist wichtig«, sagte Maike.

Onno ließ die Lupe sinken. »Absolut! Sie sind scharfsinnig und haben heute großen Mut bewiesen. Mit diesem Fingerzeig werden wir Ella Martens Gerechtigkeit zukommen lassen.« Er beugte sich vor und gab Maike Müller unerwartet einen Kuss auf die Wange. »Das war sehr tapfer von Ihnen.«

Maike sah zufrieden aus. »Für meine Freundin«, sagte sie und stand erhobenen Hauptes auf.

Gordi führte sie hinaus. Als er wiederkam, setzte er sich an den Tisch zu seinen Kollegen.

»Jetzt brauchen wir einen Plan für das weitere Vorgehen.« Onno griff sich in den Nacken.

Gordi sah ihm an, dass er seine Anspannung kaum verbergen konnte. Endlich hatten sie eine handfeste Spur, der sie nachgehen konnten.

»Rademacher und Memmenga, zwei führende Amtsinhaber des Landkreises, in Eintracht auf dem Weg nach Luxemburg. Was hatten die beiden dort verloren? Und vor allem: Was unternehmen wir jetzt?«, fragte Onno und gab sich die Antwort gleich selbst. »Wir sollten herausfinden, ob sie Auslandskonten in Luxemburg führen.«

»Mit Hilfe der Kollegen im Finanzamt sollte das schnell zu bewerkstelligen sein. Die haben beim Verdacht auf Steuerhinterziehung weitreichende Vollmachten. Ich bin gespannt, ob die Namen der angesehenen Männer bei irgendwelchen Geldtransfers auftauchen.« Jan stand auf. »Dann fange ich an zu arbeiten. Ich werde Kontakt zu den Banken in Luxemburg herstellen. Endlich passiert was.«

Er ging hinaus und ließ Onno und Gordi allein zurück.

37

Es war zwanzig Uhr. Obwohl die Tage im Laufe des Mais sichtlich länger wurden, dunkelte es bereits.

Onno klingelte an der Haustür eines Reihenhauses. Das Licht im Flur wurde eingeschaltet, und schnelle Schritte waren zu hören. Jan öffnete die Tür. Er trug ein kurzärmeliges T-Shirt. Am rechten Oberarm kam ein Tattoo zum Vorschein, ein verschlungenes Herz mit dem Namen Eva.

»Komm herein«, sagte er und ließ Onno eintreten.

Onno hatte seinen Kollegen noch nie besucht. Es war still im Haus. Sie gingen in das Arbeitszimmer am Ende eines langen Flures. Gleich drei Computer und ebenso viele Monitore standen nebeneinander auf einer Arbeitsplatte an der Wand. Gegenüber befanden sich Aktenschränke. Es wirkte nüchtern und zweckmäßig eingerichtet.

Hierher zieht sich Jan also die meiste Zeit zurück, wenn er zu Hause ist, dachte Onno.

»Leider habe ich keinen Whisky da.« Jan ging raus und kam mit zwei Flaschen Jever zurück.

»Macht nichts. Heute ist kein Tag, um Whisky zu trinken. Ist Eva nicht da?«

»Sie ist mit ihren Freundinnen zum Zumba ausgegangen. Anschließend essen sie beim Italiener.« Jan nahm einen Schluck aus der Flasche. »Eva wird heute länger wegbleiben. Der Haussegen hängt schief.«

»Was ist passiert?«, fragte Onno.

»Ich habe ihr einen Gutschein für eine Mittelmeerkreuzfahrt zum Geburtstag geschenkt.«

»Das ist doch klasse.«

»Mit einem Haken. Ich habe ihr schon vor Wochen versprochen, bei einem spezialisierten Reisebüro Prospekte einzuholen. Ich wollte mich unbedingt selbst um die Einzelheiten kümmern, da es ja ein Geschenk ist. Leider habe ich es von Woche zu Woche aufgeschoben. Immer wenn ich von der Arbeit kam, bin ich an dem Geschäft vorbeigefahren, aber ich habe es nie während der Öffnungszeit geschafft.«

»Erledige es doch morgen früh«, schlug Onno vor.

»Geht nicht mehr. Der geplante Termin ist inzwischen ausgebucht. Du kannst dir vorstellen, wie gekränkt sie ist.«

»Ich habe einer Frau noch nie tiefere Gefühle entgegengebracht. Nicht so wie du und nie so stark, dass ich ihren Namen auf meinen Arm tätowiert hätte. Meine Beziehungen waren oberflächlich und nicht von Dauer. Die Frauen, die ich hatte, waren ebenso bindungsunfähig wie ich. Wenn ich so lieben könnte, wie du Eva liebst, würde ich alles tun, um sie zu halten. Sag ihr die Wahrheit. Erzähl ihr, wie angespannt du im aktuellen Fall bist. Sie wird es verstehen. Du wirst es hinbiegen.«

Jan ließ das Gesagte unkommentiert. »Ich habe was für dich. Schau her.«

Sie gingen an die Monitore.

Jan schob Onno einen Stuhl hin. »Setz dich«, sagte er, nachdem er selbst Platz genommen hatte.

Ein paar Handgriffe und auf den Bildschirmen erschienen verschiedene Abbildungen von Wohnblocks in Hamburg, Berlin, München und anderen Großstädten.

»Hast du je den Begriff ›Mikrowohnen‹ gehört?«, fragte Jan.

Onno verneinte.

»Seit Jahren entwickeln sich ein demografischer Wandel und eine zunehmende Landflucht. In unserer Gegend merken wir das deutlich. Früher sind die Ostfriesen in ihrer Region geblieben. Doch das hat sich schon lange geändert. Die jungen Leute wandern in die Ballungszentren ab, wo sie bessere Berufsaussichten haben. Die Studierenden kehren oftmals nicht zurück. In den Großstädten wird der Wohnraum immer knapper und unbezahlbar. Die neue innovative Idee heißt Mikrowohnungen. Große Baufirmen kaufen in den Herzen der Metropolen Grundstücke auf und bauen Hochhäuser mit kleinen, aber qualitativ hochwertigen Appartements darauf. Die Wohnungen sind exklusiv möbliert, mit Internet und WLAN-Anschluss, und es gibt Gemeinschaftsräume, Kaminzimmer, Fitnessbereiche und vieles mehr, fast wie in einem englischen Club. Sie werden mit allem Drum und Dran vermietet.«

»Wer will denn so wohnen?«, fragte Onno.

»Mehr Menschen, als du denkst. Angestellte großer Firmen, die mobil sein und sich nicht binden wollen, die einige Jahre hier und dort arbeiten, immer der Karriere hinterher, um irgendwann ganz oben zu landen. Beständigkeit, wie wir sie kennen, gibt es schon lange nicht mehr. Da hat sich ein riesiger Markt aufgetan. Das ist ein Milliardengeschäft, und es wird als Anlagemodell von Banken gepriesen.«

»Was hat das mit unserem Korruptionsfall zu tun?«

»Nachdem Maike Müller uns heute Nachmittag den Tipp mit Luxemburg gegeben hat, habe ich um Unterstützung einiger grenzübergreifender Behörden gebeten. Meine Theorie ist folgende: Rademacher und Landrat Memmenga haben investiert. Eine Anlage in Mikrowohnungen wäre dafür geeignet. Dazu haben sie regelmäßig Bargeld nach Luxemburg geschafft und dort auf Tagesgeldkonten eingezahlt, von denen es sofort abgebucht und angelegt wurde. Die Kunst dabei ist, nur kleine Summen einzuzahlen, die nicht auffallen.«

»Wie kommst du darauf?«, fragte Onno. Seine Narbe an der rechten Augenbraue begann zu brennen, wie immer, wenn er äußerst angespannt war.

»Weil sie viele Fahrten nach Luxemburg unternommen haben und ich jede dieser Fahrten nachgewiesen habe. Schlau ist der Landrat nicht gerade. Er hat immer seinen Dienstwagen benutzt, und der Kilometerstand passt haargenau zu den Fahrten nach Luxemburg und der Anzahl der Einzahlungen vor Ort.«

»Wie bist du an den Kilometerstand des Dienstwagens gekommen?«

»Mit Hilfe von Maike Müller. Sie ist unschlagbar und raffinierter, als man denkt. Alle Ausgaben für die Dienstwagen des Landkreises, inklusive Wartung, Reparatur und Betankung, unterliegen der Finanzabteilung. Die Fahrer sind verpflichtet, ein Fahrtenbuch zu führen, aber bei Memmenga wird das nicht so streng gehandhabt. Schließlich ist er unser größter Dienstherr. Der Kilometerstand wird allerdings regelmäßig notiert. Ich habe Frau Müller gebeten, bei der Stadtverwaltung anzurufen und zu erfragen, in welchem Zeitraum wie viele Kilometer mit dem Dienstwagen des Landrats zurückgelegt wurden. Wenn die Einzahlungen in Luxemburg an den Tagen erfolgten, an denen die beiden dorthin gefahren sind, haben wir sie am Arsch.«

Onno hatte Jan noch nie in dieser Art reden hören. »Wie kommen wir an die Information?«, fragte er.

»Die Landesfinanzbehörde hat mir einen Rückruf auf meine Anfrage zugesichert. Ich werde auf die Herausgabe jeder noch so geringen Einzahlung bestehen. Morgen wissen wir mehr.«

Onno musterte Jans ernstes Gesicht. »Du hast doch mehr als Mikrowohnungen, sonst hättest du mich nicht abends herbestellt. Spann mich nicht auf die Folter, rede.«

»Das stimmt. Ich habe einige Informationen für dich. Aber du hast mich um Diskretion gebeten, und deshalb sind wir jetzt hier.« Jan klickte zweimal mit der Maus und öffnete ein neues Bild, eine graue Steinmauer, hinter der leuchtend die Sonne aufstieg.

»Erklär mir das«, sagte Onno.

»Du hast mir ja bereits erzählt, dass du dieses Logo bei Schanhorst entdeckt hast. Es steht für eine Firmengruppe, die sich ›Ein Heim für jedermann‹ nennt und unter anderem auch Mikrowohnkomplexe baut.« Jan scrollte mit der Maustaste, und nacheinander kamen etliche Namen zum Vorschein. »Das ist eine weltweit operierende Megafirma. Schanhorst war für diese Gruppe tätig.«

Onno stützte sich auf den Ellbogen und starrte auf den Bildschirm. »Sind die Firmen kriminell?«

»Nein. Was das Mikrowohnen angeht, läuft das Geschäft korrekt ab. Aber Schanhorst hat im Auftrag dieses Firmenkonsortiums in Hamburg-Altona eine Luxussanierung durchgeführt, und es gibt Hinweise darauf, dass es nicht mit rechten

Mitteln zugegangen ist. Er hat von den Baugenossenschaften einen maroden Wohnkomplex erworben. Das ist zwar nicht erlaubt, aber es gab eine Sondergenehmigung, weil die Genossenschaft das Geld für eine Instandsetzung nicht aufbringen konnte. Die Mieter haben sich gewehrt, das hat aber nichts genützt. Schanhorst hat die Wohnungen zu luxuriösen Lofts umgebaut und vermarktet. Er ist der Mann fürs Grobe. Dafür hat er seinen Anteil am Millionengewinn bekommen. Dieser Skandal ist weitläufiger und größer als eine Bestechungsaffäre im kleinen Ostfriesland.« Jan deutete auf den Bildschirm. »Das hier ist zu groß für uns allein.«

»Es stellt sich die Frage, warum Schanhorst sich nach diesem Geschäft in Ostfriesland eingenistet hat.«

»Irgendetwas muss in Hamburg passiert sein«, sagte Jan. »Er hat dort von heute auf morgen die Zelte abgebrochen.«

Onno stand auf und ging einige Male im Raum umher, bis er vor Jan stehen blieb. »Weiß sonst noch jemand davon?«

»Bisher nicht. Ich wollte es erst dir mitteilen. Morgen werde ich Hansen unterrichten. Er muss den Staatsanwalt einschalten.«

»Ich bitte dich, die Spur nach Altona zurückzuhalten.«

»Soll ich Gordi einweihen?«

»Nein«, sagte Onno bestimmt. »Es hat nichts mit dem Mordfall in Norden zu tun und geht nur mich etwas an.«

»Aber durch diese Fakten kann der Fall deines Vaters wieder aufgerollt werden. Das ist *die* Gelegenheit.«

»Ich werde es ihm selbst sagen, wenn die Zeit dafür reif ist.«

»Okay, aber ehrlich ist es nicht. Du solltest keine Heimlichkeiten vor deinem Kollegen haben, ihr seid Freunde.«

»Du hast recht, aber wie du gesagt hast: Der Haussegen hängt schief.«

***

Als Onno ins Revier kam, saß Gordi schon an seinem Schreibtisch.

»Jan hat mir vorhin im Vorbeigehen zugerufen, dass er mir eine Mail geschickt habe«, sagte Gordi.

»An Onno ebenfalls!«, rief Jan von der Tür aus und kam näher. »Ich habe gestern noch Kontakt zur Landesfinanzbehörde aufgenommen und angefragt, wer zur Bekämpfung von Geldwäsche in der EU zuständig ist.« Dass er gestern Abend bereits mit Onno gesprochen hatte, ließ er sich nicht anmerken.

»Und?«, fragte Gordi.

»Ich werde nie wieder über die Beamtenwirtschaft wettern. Heute Morgen haben sie geantwortet. In Luxemburg sitzt eine Außenstelle des EFECC, des European Financial and Economics Crime Center in Den Haag. Ein Monsieur Robert Dubois wird mit unserer Behörde zusammenarbeiten. Er wurde unterrichtet und erwartet unseren Anruf.« Jan hielt den Zettel mit der Telefonnummer hoch.

»Ist der Kollege Franzose?«, fragte Onno.

»Ja, er kann aber gebrochen Deutsch, hat man mir mitgeteilt.«

Onno setzte sich an seinen Schreibtisch und hob den Hörer ab. Als Jan Einwände erheben wollte, sagte er: »Lasst mich mal machen.« Er nahm ihm den Zettel aus der Hand, wählte die Nummer und stellte das Telefon laut, damit Jan und Gordi mithören konnten.

»Robert Dubois«, hörten sie vom anderen Ende.

»Je suis Onno Schoolmann, commissaire de Commission de meurtre à Aurich. – Oui, je comprends. – De toute façon. – À bientôt.« Onno legte auf. Das Gespräch hatte nur wenige Minuten gedauert.

»Seit wann sprichst du perfekt Französisch?«, fragte Jan.

»Leistungskurs in der Oberstufe und ein Jahr Schüleraustausch nach Nizza. Dubois hat zugesagt, alle Banken zu überprüfen. Wenn Memmenga und Rademacher Geldgeschäfte in Luxemburg getätigt haben, wird er es herausfinden und uns umgehend unterrichten.

***

Dubois hielt Wort. Noch bevor der Tag vorbei war, rief er zurück. Diesmal sprach Onno eine lange Zeit mit ihm. Schließlich legte er zufrieden auf. Er lief rüber in Jans Büro, wo er auch Gordi fand.

»Die Antwort aus Luxemburg ist da. Dubois wird per E-Mail die Einzelheiten schicken. Wir haben die Bank, und wir haben die Summen, die Memmenga und Rademacher regelmäßig dort eingezahlt haben.«

Die Männer würden Rechenschaft über die Herkunft dieser großen Summen ablegen müssen.

38

Staatsanwalt Walter Berger traf mit einer großen Tüte Brötchen im Revier ein. Der Zimtgeruch der frisch gebackenen Plundertaschen durchströmte die Räume.

Hauptkommissar Matthias Hansen hatte das Team zu einem Gespräch im Konferenzraum zusammengetrommelt, und jetzt saßen sie gemeinsam um den langen rechteckigen Tisch.

Berger nahm mehrere Schluck Kaffee, während er sich noch ein letztes Mal in die Unterlagen vertiefte, die vor ihm ausgebreitet lagen, und zupfte nervös an seiner Fliege, die heute besonders schief hing. »Respekt«, sagte er an Hansen gerichtet. »Ihre Beamten haben die bisher größte kriminelle Machenschaft des Landkreises aufgedeckt. Das wird Wellen bis nach Hannover schlagen.« An Jan gewandt sagte er: »Sie sind den hohen Herrschaften schon in der Vergangenheit aufgefallen, und jetzt das. Wenn Sie nicht so scharf darauf wären, in Ostfriesland zu bleiben, säßen Sie schon auf einem der führenden Posten der Verbrechensbekämpfung in Deutschland. Heute ist dieser Umstand ein Glück für uns.«

Jan kaute auf seinem Franzbrötchen herum. Es war ihm sichtlich unangenehm, vor den Kollegen gelobt zu werden.

»Was ist mit dem Mordfall Ella Martens?«, fragte Onno.

Der Staatsanwalt legte die rechte Hand auf die Akte und sprach seine Worte abwägend. »Gibt es kriminaltechnische Hinweise, die die Männer mit dem Tatort in Verbindung bringen?«

»Leider nein«, sagte Berni.

»Trotzdem glaube ich, dass wir genug gegen die drei in der Hand haben.« Onno nahm ebenfalls eines der Franzbrötchen.

»Für die Bestechung, ja, für den Mord keinesfalls. Die von Ihnen verdächtigten Männer haben zur Tatzeit ein Alibi und sind dadurch entlastet. Und den Beweis für einen Auftragsmord sind Sie ihnen schuldig geblieben.«

»Ella Martens’ Leistung hat zur Aufdeckung der Korruption geführt. Sie hat dafür mit ihrem Leben bezahlt.« Onno legte das Essen beiseite, der Appetit war ihm vergangen.

»Ich pflichte Ihnen bei und habe Hochachtung vor dieser Frau. Aber außer einem Motiv können Sie nichts vorlegen«, kontrastierte Walter Berger.

»Sie haben recht«, bestätigte Hansen. »Was werden Sie wegen der Bestechung im Amt unternehmen?«

»Die oberste Dienstbehörde wird ein Disziplinarverfahren gegen Rademacher und Memmenga einleiten. Die Beamten werden vorläufig suspendiert, bis das Gerichtsurteil wegen Korruption feststeht. Aber eine Mordanklage ist nicht drin. Ich werde nicht vor Gericht sang- und klanglos untergehen, indem ich ohne Munition schieße. Morgen veranlasse ich das Nötige.«

»Bitte tun Sie das nicht, vorerst.«

Alle sahen Gordi verblüfft an.

»Warum?«, fragte Berger.

»Die Angelegenheit ist ein Politikum. Sobald Sie es offiziell machen, werden sich die Medien darauf stürzen. Verschaffen Sie uns etwas Zeit, um weiterrecherchieren zu können.«

»Ich verstehe Ihre Ambitionen, meine Herren, und es ehrt Sie alle. Es hat mit einem Mordfall begonnen, und Sie haben kriminelle Handlungen in großem Maße aufgeklärt. Die Täter werden verurteilt, wenn auch nicht für die Mordtat. Trösten Sie sich damit. Man kann nicht alles haben.« Berger versteifte sich auf seinem Stuhl.

Hansen räusperte sich. »Die Kollegen glauben, dass der Mord an Elke Wellers in Verbindung mit dem Fall Ella Martens steht, und verfolgen eine weitere Spur. Wie Sie wissen, verdächtigen wir den Landrat, ein Verhältnis mit Elke Wellers gehabt zu haben. Wir haben einen Vaterschaftstest veranlasst.«

»Steht das Resultat schon fest?«

»Wir warten darauf«, erwiderte Berni.

Berger stützte sich auf seine gefalteten Hände und sah nachdenklich in die Runde der Kommissare. »In Ordnung. Ich zögere die Anklage um eine Woche hinaus. Aber danach muss ich aktiv werden und das Verfahren einleiten.« Er erhob sich. »Finden Sie einen Weg, meine Herren. Beschaffen Sie Fakten, dann sehen wir uns wieder. Wenn nicht, muss man sich mit einem Teilsieg zufriedengeben.«

Gemeinsam mit Hansen verließ Walter Berger den Konferenzraum und ließ vier sprachlose Kommissare zurück. Es herrschte eisiges Schweigen, bis Onno das Wort ergriff.

»Wir sollen Fakten beschaffen, hat er gesagt. Lasst uns das tun.«

»Wie?«, fragte Berni.

»Memmenga und Rademacher haben stichfeste Alibis. Schanhorst kann zur Tatzeit nur eine Person benennen, seine Sekretärin, mit der er den ganzen Samstagvormittag im Bett verbracht haben will. Lasst uns das Alibi genauer unter die Lupe nehmen.« Onno hatte seinen Blick auf Gordi gerichtet, der die Akte vor sich durchsuchte und zustimmend nickte.

»Sie heißt Brigitte Wunsch und ist seit einigen Monaten in der Firma angestellt. Es liegt eine eidesstattliche Erklärung von ihr vor. Wir haben eine Woche. Nutzen wir die Zeit.«

39

Die repräsentative Villa befand sich im Zentrum Aurichs. Eine breite Auffahrt führte zu einem weißen Gebäude. Das Rondell vor dem Haus zierte ein Springbrunnen mit drei Kaskaden. Gordi parkte den Wagen direkt vor der überdachten Eingangstür.

Nachdem er geklingelt hatte, sah er sich beeindruckt um. »Das ist ja ein richtiger Palast.«

Eine Frau mittleren Alters mit umgebundener Schürze öffnete ihnen lächelnd die Tür.

»Mein Name ist Gerdes. Wir haben uns telefonisch angemeldet«, sagte Gordi.

Die Angestellte bat sie herein und führte sie durch die Eingangshalle in das Wohnzimmer. »Frau Schanhorst erwartet Sie.«

Die Hausherrin kam ihnen entgegen. »Guten Tag, meine Herren. Treten Sie näher und nehmen Sie Platz.« Sie deutete auf das Sofa. »Du kannst gehen, Agnes«, sagte sie zu der Haushälterin.

Gordi war noch nie in einem so herrschaftlichen Haus gewesen. Der rosa Marmorboden glänzte, und die hohen Decken waren mit Stuck verziert. An der Rosette in der Mitte des Raumes hing ein Kronleuchter aus Messing. Pastellfarbene Samtstores umrahmten die bodentiefen Fenster, durch die man auf das parkähnliche Grundstück sehen konnte.

»Am Telefon erwähnten Sie, dass Sie ein Gespräch über meinen Mann wünschen. Worum geht es? Was hat er diesmal angezettelt?«, fragte Hildegard Schanhorst, die Ehefrau des Bauunternehmers, unumwunden, während sie sich auf den Sessel setzte.

»Wir ermitteln im Rahmen einer Straftat«, antwortete Gordi.

Hildegard Schanhorst schien sich nicht zu wundern. »Das Baugeschäft ist ein Haifischbecken. Das ist in Hamburg nicht anders gewesen. Man muss mit harten Bandagen kämpfen, um sich zu behaupten. Aber ich kannte Manfred schon, da war er noch nicht der große Baumogul, sondern ein kleiner Maurer. Sein Weg nach oben war steinig, und ich bin es gewesen, die mit ihm gegangen ist, die zu ihm gehalten hat, als er nichts besaß, und nicht diese Flittchen, mit denen er sich immer wieder eingelassen hat. Jetzt bin ich Geschichte. Er hat mich beiseitegeschoben wie ein Nichts.« Sie hatte sich in Rage geredet und atmete tief durch. »Wenigstens sorgt er finanziell für mich. Ich bekomme, was mir nach zwanzig Ehejahren und mit zwei Kindern zusteht. Robin und Margaret werden in zwei Stunden von der Schule kommen. Ich will nicht, dass sie unsere Unterhaltung mitbekommen. Sie leiden schon genug unter den Umständen der Trennung.«

»Seien Sie unbesorgt. Wir werden keine zwei Stunden brauchen«, beschwichtigte Onno.

Während sie redete, beobachtete Gordi Hildegard Schanhorsts Gesicht. Die Lippen waren aufgespritzt, die Haare blondiert, und ein viel zu dick aufgetragenes Make-up zeugte von dem verzweifelten Versuch einer alternden Frau, mit den jungen Liebhaberinnen ihres Gatten mitzuhalten.

»Es geht um die Baugeschäfte Ihres Mannes im Landkreis«, sagte Onno.

»In welchen Schlamassel ist er jetzt wieder reingeraten?«

»In eine riesige Bestechungsaffäre. Wie es aussieht, ist seine Sekretärin eingeweiht.«

»Sooo«, sagte Hildegard Schanhorst lang gezogen und stand auf. »Brigitte Wunsch. Er hat sie vor knapp einem Jahr eingestellt. Eine effiziente Schreibkraft ist sie nicht, aber das war noch nie ausschlaggebend für ihn. Als ich einmal in sein Büro kam, habe ich sie gesehen. Sie ist kurvig, mit einer Oberweite, die einen Durchschnitts-BH sprengen könnte. Immer wenn ich hinter seine Affären kam, hat er sie beendet, aber nicht bei ihr. Die Midlife-Crisis mag auch eine Rolle gespielt haben. Er hat mich verlassen und ist mit dieser Frau, die halb so alt ist wie er, in ein luxuriöses Appartement gezogen. Ich habe keinen Grund, ihm beizustehen, nicht mehr.« Sie brach ihren Monolog ab. Ihr Blick glitt durch das Fenster in den Garten mit den geometrisch angelegten englischen Rasenflächen und exakt beschnittenen Buchsbäumen. Abrupt stand sie auf, als wollte sie sich von der Vergangenheit losreißen. »Wie kann ich Ihnen helfen, meine Herren?«

»Es dreht sich nicht nur um Bestechungsvorwürfe, sondern zusätzlich um ein Tötungsdelikt«, sagte Gordi.

Hildegard Schanhorst öffnete den Mund, ohne etwas zu sagen. Der Schreck stand ihr ins Gesicht geschrieben. Sie brauchte einen Moment, um sich zu fassen. »Ich wusste, dass sein Jähzorn ihn eines Tages so weit bringen würde. Hat er jemanden totgeschlagen?«

»Nein, das nicht. Aber es handelt sich um eine Mordermittlung.«

»Ich habe diesen Mann geliebt, nicht um seines Geldes willen. Aber Mord? Damit hätte er sich zu weit von mir entfernt.« Sie legte trotzig den Kopf in den Nacken und setzte sich wieder in den Sessel. »Ich bin ihm nichts schuldig. Reden Sie weiter.«

»Brigitte Wunsch hat Ihrem Mann ein Alibi verschafft. Er soll mit ihr den ganzen Vormittag des Tattages im Bett verbracht haben.«

Hildegard Schanhorst lachte kehlig auf. »Du meine Güte. Nie im Leben stimmt dieses Alibi. Manfred ist in jeder Hinsicht ein Schwein, aber er ist auch ein Arbeitstier. Zeitlebens ist er um sechs Uhr aufgestanden, egal, was er in den Nächten getrieben hat. Das hängt mit seinen Anfängen zusammen. Ich muss es wissen. Für kein Flittchen der Welt bleibt er vormittags im Bett liegen. Glauben Sie mir, dieses Alibi ist fingiert! Forschen Sie nach, wo er sich am besagten Morgen aufgehalten hat. Frau Wunsch können Sie dann für ihre Falschaussage belangen. Zwei Fliegen mit einer Klappe.«

»Wir bedanken uns für Ihre Mitarbeit«, sagte Onno.

Hildegard Schanhorst zeigte mit einer Handbewegung, dass sie noch etwas zu sagen hatte. »Ich wollte nie darüber sprechen, aber so wie die Dinge liegen, werde ich Ihnen einen zusätzlichen Tipp geben. Bevor wir nach Ostfriesland übergesiedelt sind, hat Manfred Geschäfte mit einem Bauunternehmen in Hamburg gemacht. Es ging um eine große Sache, und er hat immens an dem Auftrag verdient. Aber es muss etwas schiefgelaufen sein, denn er hatte sich mit den Partnern überworfen. Von einem Tag auf den anderen haben wir Hamburg verlassen. Er hat mir nicht verraten, warum, und nicht gefragt, ob ich bereit war, meiner Heimatstadt den Rücken zu kehren. Wir hatten eine Villa in Blankenese direkt an der Elbe.« Nach einer Pause sagte sie: »Und sehen Sie, wie ich jetzt wohne.« Die vor Wut funkelnden Augen wanderten zwischen Onno und Gordi hin und her. »Ich habe Ihnen alles gesagt, was ich weiß. Sorgen Sie dafür, dass er seine wohlverdiente Strafe erhält.«

»Das werden wir«, antwortete Onno.

Hildegard Schanhorst klingelte nach der Haushälterin, die die Beamten kurz darauf hinausgeleitete.

Aus dem Augenwinkel bemerkte Gordi die triumphierende Mimik der Hausherrin. Sie wusste, dass sie dem Vater ihrer Kinder heute geschadet hatte.

Als sie in den Citroën eingestiegen waren, sagte Onno: »Wer so eine Frau hat, braucht keine Feinde.«

Gordi startete den Motor und fuhr los. »Man kann es ihr nicht verdenken.«

40

Zwei Kollegen vom Streifendienst waren dem Pärchen stundenlang gefolgt, um einen günstigen Zeitpunkt abzupassen. Onno hatte sie beauftragt, anzurufen, sobald die Frau allein war. Als das Telefon klingelte, machte er sich mit Gordi auf den Weg.

Sie parkten hinter dem Streifenwagen und liefen zu den Polizisten, die darinsaßen.

Der Beifahrer kurbelte das Fenster herunter und deutete auf einen kleinen Laden auf der anderen Straßenseite. »Sie waren den ganzen Nachmittag beisammen. Es war schwierig, ihnen in der Fußgängerzone zu folgen. In der Norder Straße haben sie einen Juwelier aufgesucht, dann einen Tabakladen. In der Osterstraße waren sie in einigen Bekleidungsgeschäften, dann haben sie eine Stunde beim Griechen gegessen. Jetzt hat er sie hier abgesetzt und ist weggefahren.«

»Danke, ihr habt gute Arbeit geleistet. Wir übernehmen hier«, sagte Onno.

Der Uniformierte nickte. »Immer gern.« Er kurbelte das Fenster hoch, und der Wagen fuhr ab.

Sie überquerten die Straße. Durch die verglaste Frontseite des Nagelstudios konnten sie Brigitte Wunsch ausmachen, die sich maniküren ließ. Sie warteten vor dem Laden unter einem Kastanienbaum.

Nach einer Weile kam sie mit frisch lackierten Fingernägeln heraus.

Onno trat ihr entgegen und hielt ihr seine Dienstmarke hin. »Frau Brigitte Wunsch, wir müssen uns mit Ihnen unterhalten.«

»Was wollen Sie von mir?«, fragte sie überrascht.

»Es dreht sich um Ihren Arbeitgeber.«

Sie hob leicht das Kinn. »Es gibt nichts zu besprechen. Manfred hat mich vorgewarnt, dass Sie kommen würden. Ich soll nicht mit Ihnen reden.«

»Was spricht gegen ein Gespräch mit uns, wenn Sie nichts zu verbergen haben? Sie haben ihm für den Morgen des 3. Mai ein Alibi gegeben«, sagte Onno.

»Das, was ich erklärt habe, ist Fakt. Ich lasse mich nicht von Ihnen umstimmen. Ich möchte gehen.«

»Das steht Ihnen frei. Aber wenn Sie jetzt gehen, werden wir Sie morgen mit einem staatsanwaltschaftlichen Beschluss zum Verhör abholen.«

So schnell wie der Anflug von Trotz gekommen war, verflog er wieder. Plötzlich wirkte die junge Frau kleinlaut und zerbrechlich. »Ich habe die Wahrheit gesagt«, erwiderte sie leise. Aber ihr Widerstand war dahin. Resigniert ließ sie die Schultern hängen. »Wir haben eine Stunde, dann muss ich nach Hause. Manfred darf nichts von alldem hier erfahren. Er wartet auf mich und wird ungehalten sein, wenn ich unpünktlich bin. Er ist ein Mann der Kontrolle.«

»Sorgen Sie sich nicht. Es wird keine Stunde dauern.« Gordi deutete Brigitte Wunsch, ihnen zum Wagen zu folgen.

***

Auf dem Revier führten sie Brigitte Wunsch in das Verhörzimmer und setzten sich ihr gegenüber. Sie legte die Hände gefaltet auf den Tisch. Die knallrot lackierten Nägel und der Brillantring an ihrem rechten Ringfinger waren die einzigen Farbtupfer in dem grauen Raum. Sie starrte darauf, als ob sie sich daran festhalten wollte.

»Frau Wunsch, Sie haben Ihrem Arbeitgeber für den 3. Mai, am Tag eines Mordes, für den er tatverdächtig ist, ein Alibi geliefert«, wiederholte Onno.

»Das stimmt«, bestätigte Brigitte Wunsch.

»Wieso können Sie sich so genau an diesen Vormittag erinnern?«, fragte Gordi.

»Weil es ein Samstag war«, antwortete sie, ohne zu zögern. »Da bleiben wir immer lange im Bett. Und an diesem besagten Tag war Manfred echt kaputt. Die Wochen davor sind arbeitsreich und lang gewesen. Er hat eine Auszeit gebraucht. Wir sind nicht vor Mittag aufgestanden.«

Das klingt wie einstudiert, dachte Gordi, kommentierte die Aussage aber nicht. »Wie haben Sie Herrn Schanhorst kennengelernt?«

»Es ist kein Jahr her, dass ich meine Ausbildung zur Sachbearbeiterin abgeschlossen und mich bei der Firma Schanhorst beworben habe. Die Stelle war als Assistenz der Büroleitung ausgeschrieben. Der Job einer Chefsekretärin braucht jahrelange Erfahrung und Know-how. Ich besitze beides nicht. Aber ich war bereits in mehreren Vorstellungsgesprächen gescheitert und hatte keinen Job. ›Was hast du schon zu verlieren, Brigitte?‹, habe ich mich selbst gefragt.« Ein Grinsen huschte über ihre Lippen. »Mein Können für diese Tätigkeit war dann auch nicht ausschlaggebend. Beim Vorstellungsgespräch hat es zwischen Manfred und mir sofort gefunkt. Er ist voll auf mich abgefahren. Als er mich nach einer Woche anrief, wunderte ich mich nicht, dass er sich persönlich meldete. Er lud mich zum Essen ein, und es kam, wie es kommen musste. Bald darauf ist er bei seiner Frau ausgezogen, und seitdem wohnen wir zusammen. Auch wenn Sie mir nicht glauben, es ist nicht nur das Geld.«

»Sie hängen an ihm, Sie respektieren ihn. Ich frage Sie nur eins«, sagte Gordi ruhig. »Reicht Ihre Liebe weit genug, um für ihn ins Gefängnis zu gehen?«

»Reden Sie doch keinen Unsinn.«

»Wie naiv sind Sie eigentlich? Meineid ist strafbar«, antwortete Onno scharf.

»Ich habe nicht gelogen. Ich habe gegen elf Uhr Frühstück mit Rührei vorbereitet, und wir haben im Bett gegessen.« Sie drehte nervös ihren Brillantring um den Finger.

»Hat Manfred Schanhorst Ihnen den Ring geschenkt?«, fragte Gordi.

Brigitte streckte ihm die Finger entgegen. »Manfred ist äußerst freigiebig und fürsorglich.«

»Wir wissen, dass Herr Schanhorst immer früh aufsteht,

auch samstags, um den Arbeitsplan für die kommende Woche durchzugehen. Diese Information hat uns seine Ehefrau gegeben. Seit sie ihn kennt, steht er in aller Herrgottsfrühe auf. Ich verspreche Ihnen, wir werden das beweisen, jeden seiner Arbeiter und Partner befragen. Irgendjemand wird sich finden, der ihn gesehen hat, der bezeugt, dass er nicht mit Ihnen im Bett gelegen hat.« Onnos Stimme war immer lauter geworden.

»Brauche ich einen Anwalt?«, fragte Brigitte Wunsch kleinlaut.

»Nicht wenn Sie uns jetzt die Wahrheit sagen. Sie könnten sich im Tag geirrt haben, oder Schanhorst hat Sie bedrängt.« Gordi warf ihr einen Rettungsanker zu.

»Aber Manfred würde doch niemals jemanden töten. Er ist ein Geschäftsmann durch und durch. Ja, er geht für einen gewinnbringenden Deal über moralische Grenzen hinweg. Das macht doch jeder – aber Mord? Niemals.«

»Würden Sie darauf einen Meineid leisten?«, fragte Gordi.

Brigittes Abwehr war gänzlich in sich zusammengefallen. Immer wieder wischte sie sich über die Augen. Zögernd begann sie zu reden. »An dem Tag hat er wie immer um sechs Uhr früh das Bett verlassen und ist in sein Arbeitszimmer gegangen. Weil Samstag war, bin ich im Bett geblieben. Im Halbschlaf hörte ich, wie er die Wohnung verließ. Um elf Uhr bin ich aufgestanden und unter die Dusche gegangen. Als ich aus dem Bad kam, war er zurück und tat so, als ob er nie weggewesen wäre. Ich habe es auf sich beruhen lassen, weil ich geglaubt habe, er sei geschäftlich unterwegs gewesen. Er mag es nicht, wenn man ihm hinterherspioniert.«

»Wir werden Ihre Aussage protokollieren, und Sie sollten sie unterschreiben«, sagte Gordi.

»Er wird mich rausschmeißen.«

»Vermutlich, aber besser, als im Gefängnis zu landen. Ist es das wert?«

»Nein. Setzen Sie meine Aussage auf«, sagte sie entschlossen und betrachtete ein letztes Mal ihren kostbaren Ring. »Vielleicht kann ich den ja behalten.«

Nachdem die Formalitäten erledigt waren, ließen die Ermittler Brigitte Wunsch von einem Beamten in einem zivilen Polizeiwagen nach Hause fahren.

***

Die letzten Meter ging sie zu Fuß. Martin Gerdes hatte ihr seine Handynummer gegeben, damit sie anrufen konnte, falls es brenzlig für sie werden sollte. Manfred wurde schnell cholerisch, wenn es nicht nach seiner Nase ging, das hatte sie mehrfach erlebt. Als sie mit ihm zusammengekommen war, hatte sie geglaubt, das große Los gezogen zu haben, aber das Blatt hatte sich gewendet. Sie würde ihre Sachen packen und gehen. Denn er würde schnell hinter ihren Verrat kommen. So würde er es empfinden: als Verrat. Wer nicht für ihn war, war gegen ihn. Sie würde vorerst bei ihrer Schwester in Oldenburg unterkommen.

Brigitte sah hoch zu den Fenstern der Wohnung, in der sie heute Morgen in ihrem Bett aufgewacht war. Dieser Tag hatte alles verändert. Ihr sorgenfreies Leben war von kurzer Dauer gewesen.

Sie atmete tief ein und ging mit festen Schritten voran.

***

Onno hatte sich nach Hause verabschiedet, aber er hatte gelogen. Es dämmerte schon, als er auf die Baustelle in Plaggenburg fuhr. Die Arbeiter hatten Feierabend gemacht, und der Platz war verwaist.

Er parkte seinen Wagen, stieg aus und sah sich um. Mehrere Bagger standen um die Baugrube. Das Fundament war gegossen worden. Am Rand des Kiesplatzes standen vier Kastenwagen der Bauart, die Anneliese Brauer zu Protokoll gegeben hatte. Onno lief um sie herum und inspizierte jeden genau. Beim letzten fehlte der Seitenspiegel auf der Fahrerseite. So wie Anneliese Brauer es beschrieben hatte. Dies musste der Wagen der Einbrecher sein, die in Ella Martens' Haus eingedrungen waren.

Onno hörte Schritte hinter sich auf dem Kiesweg. Er drehte sich um und spürte einen Schlag in die Magengrube. Er krümmte sich und ging nach Luft ringend in die Knie. Zwei Männer packten seine Arme, und ein dritter stellte sich vor ihm auf. Der nächste Treffer erwischte Onnos Kinn.

Mit letzter Kraft stemmte er sich hoch und kam wieder auf die Beine. Er schaffte es, den rechten Arm loszureißen, und versetzte dem Mann vor sich einen Hieb mitten ins Gesicht. Der taumelte und fiel rücklings um. Mit dem nächsten Schlag erwischte er den zweiten, der daraufhin seinen Arm losließ. Onno packte den Mann am Kragen. Im nächsten Moment spürte er einen Schmerz am Hinterkopf. Dann wurde ihm schwarz vor Augen.

Als er aufwachte, war es dunkel geworden. Zum Glück beleuchtete der Vollmond den Platz mit blauem Licht. Onno fasste sich an den Kopf und ertastete eine dicke, schmerzhafte Beule. Er sah sich um. Drei der Kastenwagen befanden sich noch an ihrem Platz, der vierte mit dem fehlenden Seitenspiegel war verschwunden. Kein Mensch war auf dem Bauplatz zu sehen.

Taumelnd ging er zu seinem Auto und fuhr nach Leer.

41

Staatsanwalt Berger saß an seinem Schreibtisch, als es an der Tür klopfte. Schnell zog er seine Fliege zurecht. Er erwartete Matthias Hansen, der ihn eine Stunde zuvor kontaktiert hatte. Normalerweise wäre er bei dem, was der Kommissariatsleiter zu berichten gehabt hatte, ins Revier geeilt, aber diesmal nicht. Er würde nicht gleich springen, wenn Hansen ein Anliegen hatte. Heute hatte er ihn freundlich, aber unmissverständlich zu sich bestellt.

»Herein!«, rief er.

Seine Sekretärin öffnete die Tür und ließ Matthias Hansen herein.

»Danke, Alice. Bitte, nehmen Sie Platz, Herr Hansen. Ich habe Ihren Leuten eine Woche gegeben, die ist noch nicht verstrichen.«

Hansen blieb unschlüssig stehen.

Berger fiel seine Nervosität auf. »Was ist los?«, fragte er.

»Meine Kommissare haben keine Woche gebraucht, um das Alibi des Bauunternehmers zu kippen. Die Sekretärin hat ihre Aussage zurückgezogen. Damit ist bewiesen, dass er gelogen hat.«

Walter Berger lehnte sich in seinem Schreibtischstuhl zurück. »Gute Arbeit.«

»Wie sollen wir jetzt vorgehen?«, fragte Matthias Hansen.

Walter Berger war verwundert. In den Jahren ihrer Zusammenarbeit hatte Hansen ihn nie nach seiner Meinung gefragt, sondern immer verlangt, was er für vernünftig hielt. Vielleicht war diese Nummer zu groß für die Schultern eines Kommissariatsleiters, und er brauchte einen Verantwortlichen, falls die Sache schiefging.

Berger verwarf diesen Gedanken gleich wieder. Er hatte Matthias Hansen immer mutig erlebt, als einen Mann der Tat, der zu keiner Zeit einen Sündenbock für falsche Entscheidungen vorschob. Unabhängig davon hatte er sich längst entschieden, was er wollte.

»Wir haben genug in der Hand«, sagte er. »Ich schlage vor, Sie holen Rademacher und Memmenga aus ihren Dienststellen heraus. Die Büros und Wohnungen der Männer werden durchsucht. Haft- und Durchsuchungsbefehle wegen des Vorwurfs der Korruption stelle ich heute noch aus. Für Manfred Schanhorst gilt das Gleiche. Er wird nicht wegen Mordes verhaftet. Ein fehlendes Alibi beweist nichts. Beim Verhör sollen die Beamten ihm ein Tötungsdelikt vorwerfen, mal sehen, wie er sich da rauswindet. Vielleicht knickt er ein. Wenn Ihre Leute nicht weiterkommen, ist das hinfällig. Stochern Sie herum, drehen Sie jeden Stein um und finden Sie heraus, wo Schanhorst am Morgen des 3. Mai gewesen ist. Stellen Sie eine Verbindung zu Ella Martens her. Sie wissen, dass dieser Frontalangriff riskant für uns werden kann?«

»Das ist mir bewusst«, erwiderte Matthias Hansen. »Vielleicht können wir die Angeklagten gegeneinander ausspielen. Wenn es hart auf hart kommt, wird erfahrungsgemäß jeder von ihnen versuchen, die eigene Haut zu retten.«

»Ich werde dabei sein«, entschied Walter Berger.

»In Ordnung.«

Nachdem Hansen gegangen war, rief Walter Berger seine Sekretärin herein und setzte die Haftbefehle für einen Landrat, einen Bauamtsleiter und einen Baulöwen auf – die einflussreichsten Personen, gegen die er in seiner bisherigen Karriere angehen musste.

Hoffentlich geht das gut, dachte er im Stillen.

***

Onno dröhnte der Schädel. Die Schmerztabletten, die er über die Nacht geschluckt hatte, wirkten mäßig. Nachdem er auf Manfred Schanhorsts Baustelle wieder zu Bewusstsein gekommen war, hatte er es irgendwie geschafft, nach Leer in seine Wohnung zu kommen. Am Morgen war er ins Revier gefahren und hatte seinen Bericht aufgesetzt. Jetzt saß er an seinem Schreibtisch und hielt sich den Kopf.

Gordi kam herein. Er hatte einen Eisbeutel mitgebracht und reichte ihn Onno. »Du musst kühlen, sonst schwillt dein ganzes Gesicht an.«

Onno drückte die Eispackung gegen seine angeschwollene Lippe. »Hat Jan den verschwundenen Baukastenwagen ausfindig gemacht?«

»Er hat eine Liste sämtlicher auf Schanhorsts Baufirma zugelassenen Fahrzeuge erstellt. Mehrere Streifenwagen sind unterwegs und durchsuchen gerade seine Grundstücke. Er kann den Transporter nicht verschwinden lassen. Der Staatsanwalt hat die Haftbefehle ausgestellt.«

»Okay«, sagte Onno. »Dann lass uns die ganze Bande hochnehmen.«

42

Peter Memmenga saß an seinem Schreibtisch. Er hatte den letzten Bissen eines Käsesandwiches heruntergeschluckt und nippte an seinem morgendlichen Kräutertee. Der Verwaltungsdirektor des Kreiskrankenhauses hatte für heute Abend einen Termin vorgeschlagen, um den neuen Anbau zu besprechen. Gesundheits-, Familien- und Jugendarbeit erregten immer die öffentliche Aufmerksamkeit, und die Förderung der Tagespsychiatrie hatte ihm Zuwendung gebracht. Tagelang war er auf den Titelblättern der regionalen Zeitungen abgelichtet gewesen, und er wollte das Eisen schmieden, solange es heiß war. Einige Parteifreunde aus Hannover waren auf ihn aufmerksam geworden. Aber der Vaterschaftstest trübte seinen Sinn. Solche Skandale konnten, wie er schon bei anderen beobachtet hatte, den Aufstieg auf der Karriereleiter bremsen oder gar verhindern.

Er schüttelte die Gedanken ab und griff zum Telefonhörer, um die Verabredung zu bestätigen. Die Tür wurde ohne Vorwarnung von Maike Müller geöffnet.

»Sie wissen, dass ich nicht gestört werden will!«, rief Peter Memmenga verärgert.

»Es ist wichtig.«

»Kann das nicht warten?«

»Das hier kann nicht warten.« Gordi trat hinter Maike hervor, ging auf den Landrat zu und hielt ihm einen Durchsuchungsbefehl vor die Nase.

Memmenga stierte ungläubig auf das Schreiben. Als ihm die Situation klar wurde, schnellte er hoch und rief mit greller Stimme: »Was hat das zu bedeuten?«

»Sie müssen uns auf das Polizeirevier zur Vernehmung begleiten. Ihre Büros und Ihre Wohnung werden durchsucht. Daher fordere ich Sie auf, mir Ihre Wohnungsschlüssel auszuhändigen.«

»Was fällt Ihnen ein? Was wird mir vorgeworfen?«, fragte Memmenga wütend.

»Bestechung und Amtsmissbrauch.«

Memmenga klappte der Unterkiefer herunter. Dem sonst so gewandten Politiker fehlten die Worte. Er konnte nicht glauben, dass es jemand wagte, ihn festzusetzen.

***

Zur selben Zeit war Niels Rademacher von Onno an seinem Arbeitsplatz in Gewahrsam genommen worden. Er hatte nicht wie Peter Memmenga wütend und überheblich reagiert. Der übergewichtige Bauamtsleiter war rot angelaufen und dann wie ein Kartenhaus in sich zusammengefallen. Es hatte nicht viel gefehlt, und er hätte geweint.

Ein zehnköpfiges Polizeiteam durchsuchte wie geplant die Büros und Wohnungen der Männer.

***

Fast zeitgleich trafen Gordi und Onno mit den beiden Verdächtigen im Revier ein. Wie abgesprochen, achteten sie darauf, dass sich Memmenga und Rademacher von Weitem sehen, aber nicht miteinander reden konnten. Sie wurden in verschiedene Vernehmungsräume geführt. Onno ließ Rademacher warten und verließ mit mehreren Polizeibeamten eilig das Revier, während Walter Berger und Gordi mit der Befragung des Landrats begannen.

Peter Memmenga hatte an dem rechteckigen Tisch, der in der Mitte des weiß getünchten Raumes stand, Platz genommen. Er wirkte steif und selbstsicher, aber Berger bemerkte ein kaum wahrnehmbares Zucken um die schmalen Lippen.

Sie setzten sich Memmenga gegenüber.

»Herr Landrat, Sie wurden zum Verhör gebracht, weil –«, begann Gordi.

»Jaja, das weiß ich bereits. Ersparen Sie mir das förmliche Geschwafel.« Mit einem Ruck erhob sich Peter Memmenga und zeigte auf den Staatsanwalt. »Das wird Sie Ihre Karriere kosten, das verspreche ich Ihnen!«, rief er hitzig. Seine Selbstbeherrschung war sichtlich dahin.

Walter Berger zog bedächtig seine Fliege zurecht. Er hatte gewusst, was auf ihn zukommen würde, und er kannte das Risiko zu genau. Aber es wäre ihm nie eingefallen, die niedrigen Dienstgrade dieser Gefahr auszusetzen. Die letzte Nacht hatte er schlaflos zugebracht und sich am Morgen mit einem herzlichen Kuss von seiner Frau verabschiedet.

Besonnen wählte er seine folgenden Worte. »Das glaube ich kaum, Herr Landrat, denn wir können Ihnen Bestechung im Amt beweisen. Bitte setzen Sie sich wieder.«

Memmenga nahm schweigend Platz.

Gordi öffnete die Akte, holte einige Belege heraus und legte sie auf den Tisch.

Walter Berger wies mit dem Finger auf die Unterlagen. »Sehen Sie hier. Das sind die Nachweise Ihrer Bareinzahlungen, die Sie in Luxemburg getätigt haben. Herr Rademacher hat zur selben Zeit genau die gleichen Summen eingezahlt. Da sich die Finanzämter in der EU mittlerweile Amtshilfe leisten und eng zusammenarbeiten, konnten wir mit Hilfe der Kollegen in Luxemburg die Bank zur Herausgabe der Belege veranlassen. Ein kleiner Hinweis auf Steuerhinterziehung und Geldwäsche hat genügt. Ihre schriftliche Erlaubnis zur Überprüfung Ihrer Konten ist ebenfalls hilfreich gewesen.«

Peter Memmenga presste die schmalen Lippen fest zusammen.

»Sie waren immer gemeinsam mit Herrn Rademacher auf dem Weg nach Luxemburg. Laut Kilometerstand Ihres Dienstwagens können wir die zurückgelegte Strecke und das Datum exakt belegen.«

Berger gab Gordi ein Zeichen, der daraufhin das Foto aus dem Blitzomaten auf den Tisch legte.

»Auf diesem Bild sind Sie in Begleitung von Herrn Rademacher zu sehen. Erkennen Sie die Hand Ihres Freundes?«, fragte Berger.

»Wir sind keine Freunde«, erwiderte Memmenga. Danach verlangte er seinen Anwalt. Ohne dessen Beisein wolle er kein Wort mehr verlieren.

»Die Aussage zu verweigern ist Ihr gutes Recht, Herr Landrat«, sagte Gordi höflich. »Aber eines sollten Sie wissen: Wenn Sie nicht immer Ihren flotten Dienstwagen genutzt und dabei geblitzt worden wären, hätten wir Sie nie erwischt.«

»Ja! Nur weil Niels, dieser Fettsack, sich nicht in meinen Porsche quetschen konnte!«

Gordi legte die Unterlagen in die Aktenmappe zurück und stand auf.

»Wir warten auf Ihren Anwalt. Rufen Sie ihn an«, sagte Walter Berger.

Noch bevor sie den Raum verließen, wurde die Tür geöffnet und ein Zivilbeamter reichte ein Papier herein. Gordi las den Inhalt durch. »Ich glaube, es wird nicht bei dem Bestechungsvorwurf bleiben«, sagte er.

»Was wollen Sie noch?«

»Sie haben Elke Wellers geschwängert.« Er legte das Ergebnis des Vaterschaftstests vor Memmenga auf den Tisch.

Die Miene des Landrats versteinerte. Walter Berger konnte keine Regung in seinem Gesicht ausmachen, kein einziges Zeichen des Bedauerns. Das Kind, das er gezeugt hatte, war mit der Mutter gestorben, aber es schien ihn nicht zu berühren, es war ihm egal. Wenn er Elke Wellers erschlagen hatte, war es wohlüberlegt gewesen, keine Tat im Affekt.

Gordi setzte sich wieder an den Tisch, während Berger stehen blieb.

»Wollen Sie nichts dazu sagen?«, forderte Gordi Memmenga auf.

»Sie ist es gewesen, die sich an mich rangemacht hat. Ständig kam sie mit Fragen zur Einweihung der Tagesklinik ins Amt. Bei den Feierlichkeiten ist sie mir nicht von der Seite gewichen.«

»Sie haben ihr also nur einen Gefallen getan«, erwiderte Gordi.

»Ihren Sarkasmus können Sie sich sparen. Immer wird den Männern die Schuld in die Schuhe geschoben. Ich habe nie einen Zweifel daran gelassen, dass ich an einer festen Beziehung nicht interessiert bin. Irgendwann ist sie zu mir gekommen und hat behauptet, sie sei schwanger von mir. Ich habe ihr gesagt, dass ich ihr nicht glaube und dass ich mir kein Kind anhängen lassen würde. Sie sollte ihren Freund heiraten, damit wäre sie bestens bedient.«

»Hat sie Ihnen gedroht? Ein solcher Skandal wäre Ihrer politischen Karriere hinderlich gewesen.«

»Niemand droht mir.«

»Wo waren Sie am Nachmittag des 8. Mai – und sagen Sie nicht, im Amt, denn das haben wir überprüft. Sie haben das Büro frühzeitig verlassen«, sagte Gordi.

»Ich hatte eine private Angelegenheit zu erledigen.«

»Und die wäre? Kann das jemand bezeugen?«

»Ja.«

»Dann geben Sie uns Namen und Kontaktdaten.«

»Das werde ich nicht. Es ist wie gesagt persönlich.«

»Für Sie ist das Verhältnis zu Elke Wellers eine unbedeutende Affäre gewesen, aber Elke wollte mehr. Sie hat gesagt, dass das Kind von Ihnen sei, und Forderungen gestellt. Sie haben sich mit ihr zu einer Aussprache an ›Köhlers Forsthaus‹ verabredet und sie dort erschlagen. Sie wussten, dass der Betrieb zurzeit geschlossen ist und Sie ungestört sein würden. Das ist ein Mord mit Heimtücke.«

»Wenn Sie ein entlastendes Alibi haben, dann geben Sie es preis und wir überprüfen es, Herr Landrat«, sagte Walter Berger, doch Memmenga schwieg beharrlich.

43

Hektisch riss Manfred Schanhorst die Akten aus den Schubladen seines imposanten Schreibtisches, eilte zum anderen Ende des Raumes und drückte die Blätter einzeln in den Schredder. Am frühen Morgen hatte ein Informant aus dem Landkreis angerufen und ihm von den Durchsuchungen der Ämter und Wohnungen von Landrat Memmenga und Niels Rademacher berichtet. Daraufhin war er in Windeseile in die Firma gefahren, um die letzten Beweise einer Verbindung zu den Männern zu vernichten. Er hatte stets darauf geachtet, keine Spur des Geldes zu hinterlassen, hatte ihnen immer ein Kuvert mit Bargeld übergeben. Nie hatte er Transaktionen durch überprüfbare Konten getätigt.

Während er ein Blatt nach dem anderen in den Schredder steckte, lief sein Gesicht puterrot an. Er atmete stoßweise. Das letzte Blatt ratterte durch, und er richtete sich auf. Im selben Moment klingelte das Telefon. Er lief zum Schreibtisch und hob ab.

»Schanhorst! – Ja! Verstehe! Schicken Sie die Männer hoch.«

Nachdem er aufgelegt hatte, setzte er sich. Erst jetzt fiel ihm auf, dass Brigitte nicht da gewesen war, als er eingetroffen war. Sie hatte ihm erzählt, sie müsse noch etwas erledigen, und früh die Wohnung verlassen.

Ein energisches Klopfen an der Tür riss ihn aus seinen Gedanken. Ohne auf eine Aufforderung zu warten, stürmte Onno Schoolmann in Begleitung von vier Polizeibeamten herein, die sich hinter ihm in Stellung brachten.

Schanhorst blieb in seinem Stuhl sitzen. »Sie wieder?«

»Wie ich versprochen habe.« Onno trat an den Tisch und legte zwei Schreiben darauf. »Ich bringe einen Haftbefehl mit.«

Er gab den vier Beamten ein Zeichen, die sich daraufhin verteilten und begannen, das Büro systematisch abzusuchen. Zwei weitere Männer brachten Kartons und legten die Akten aus den Schränken hinein. Dann füllten sie den Inhalt des Schredders in eine Tüte.

Schanhorst sah Onno verächtlich an. »Sie sind mir schon bei Ihrem Besuch auf meinem Bauplatz bekannt vorgekommen. Ihre Gesichtszüge und die Mundpartie haben mich an jemanden erinnert.«

»So? An wen?«

»Ich sage nur Altona.«

Schanhorst wollte ihn provozieren, doch Onnos Gesicht blieb unberührt. Jetzt durfte er keinen Fehler machen. Mit größter Kraft beherrschte er seinen Zorn. »Ich weiß nicht, was Sie andeuten wollen, Herr Schanhorst.« Er richtete seinen Blick auf den Schredder. »Aber eines weiß ich: Jeder Schnipsel kann und wird wieder zusammengesetzt werden.«

Nachdem Peter Schanhorst abgeführt worden war, ging die Durchsuchung zügig weiter. Einer der Beamten brachte Onno ein kleines, mit Flüssigkeit gefülltes Fläschchen.

»Das lag in der hintersten Ecke einer Schublade. Ich hätte es fast übersehen.«

Onno zog ein Paar Plastikhandschuhe aus seiner Jackentasche, streifte sie über, nahm das ampullenartige Gefäß in die Hand und hielt es gegen das Licht, das durch die Fenster schien. Eine klare Lösung, die er nicht zuordnen konnte, schimmerte bläulich darin.

»Ich habe keine Ahnung, was das sein könnte. Schicken Sie es Dr. Schneider zur Analyse.« Er übergab das Fläschchen und beeilte sich, ins Revier zu kommen.

***

Die konfiszierten Unterlagen von Memmenga, Rademacher und Schanhorst trafen nach und nach auf dem Revier ein. Jan und seine Abteilung nahmen sie entgegen. Sie machten sich sofort an die Arbeit.

Onno gab Jan die Tüte mit den geschredderten Papieren. »Bringst du die Streifen wieder zusammen?«

»Aber sicher.« Jan griff nach der Tüte und ging in sein Büro.

Zeitgleich kamen Gordi und Staatsanwalt Berger aus einem der Verhörräume.

»Wie ist es gelaufen?«, fragte Gordi.

»Ich bin mir sicher, dass ich zusätzliche Beweisstücke beibringen konnte. Hängt von Jan ab. Hat der Landrat etwas zugegeben?«

»Nein. Er verweigert die Aussage und hat seinen Rechtsbeistand angerufen.«

Onno überlegte. »Schanhorst wartet in Raum 3. Lassen wir ihn eine Weile schmoren und konzentrieren uns auf Rademacher. Er ist das schwächste Glied im Bunde.«

»Die Beweislast für die Bestechlichkeit im Amt ist ausreichend«, sagte Berger. »Dennoch würde ein Geständnis meine Arbeit immens erleichtern. Ich glaube aber nicht, dass Sie einem der Männer den Mord an Ella Martens nachweisen werden. Aber versuchen Sie Ihr Glück. Ich muss in der Zwischenzeit eine öffentliche Stellungnahme vorbereiten. Der Fall wird Staub aufwirbeln.« Er verabschiedete sich und verließ das Kommissariat.

Bei einer Tasse Kaffee besprachen Onno und Gordi das weitere Vorgehen.

***

Bauamtsleiter Niels Rademacher hatte die Ellbogen auf den Tisch des Verhörraums gestützt und das Gesicht in die Hände gelegt. Als Onno und Gordi wieder hereinkamen, straffte er die Schultern und sah demonstrativ auf die große Wanduhr über der Tür.

»Ich sitze hier schon ewig, eine nicht akzeptable Situation«, sagte er heiser und gepresst, als hätte er seine letzten Reserven mobilisiert.

Die beiden setzten sich ihm wortlos gegenüber.

Onno legte ein Bild auf den Tisch, das eine Hand mit Siegelring zeigte. »Erkennen Sie den wieder?«

»Was ist damit?«

»Es ist die Vergrößerung vom Bild einer Radarfalle.«

»Wollen Sie Ihr Gewissen nicht erleichtern?«, fragte Gordi. »Zumal wir nachweisen können, zu welchem Zweck Sie mit dem Landrat nach Luxemburg gefahren sind. Wir haben jede Geldsumme und jede Transaktion belegt.«

»Ich …« Rademacher wirkte unentschlossen. Sein Blick wanderte auf seine Hand. »Dieser Ring ist schon seit Generationen im Besitz meiner Familie. Mein Großvater trug ihn, mein Vater trug ihn, und ich habe ihn seit seinem Tod. Eines Tages wird mein Sohn ihn tragen.« Er seufzte. »Ich bin immer ein ehrlicher Mann gewesen, Herr Kommissar.«

»Das glaube ich gern. Sie sind in die Fänge von Schanhorst geraten, und irgendwann gab es kein Zurück.«

»So ist es. Einmal nur bin ich der Verlockung erlegen. Danach war ich verloren. Memmenga und ich sind zu seinem Besitz geworden. Ich wusste, er würde uns nie mehr aus den Klauen lassen. Peter macht es nichts aus. Er ist ein Machtmensch wie Schanhorst. Die beiden haben sich gesucht und gefunden.«

»Erzählen Sie uns die Geschichte von Anfang an«, forderte Gordi ihn auf.

Rademacher atmete tief durch und begann zu sprechen, als ob er sich die Schuld, die schwer auf seinen Schultern lastete, endlich von der Seele reden müsse. »Man sagt oft: ›Ich weiß nicht, wo ich anfangen soll‹, aber der Tag, an dem mein Unglück seinen Lauf nahm, ist mir im Gedächtnis geblieben, als wäre es gestern passiert. Peter Memmenga ist der Taufpate meiner Kinder. Er hat mich abends zu Hause besucht. Wir haben uns in mein Arbeitszimmer gesetzt, einen Schluck getrunken und uns ungezwungen unterhalten. Wir kennen uns schon seit zwanzig Jahren, müssen Sie wissen. Bevor er in der Partei aufstieg, war er ein kleiner Mann mit Zielen. Es war von Anfang an klar, dass er Karriere machen würde. Er hat mir einen Vorschlag unterbreitet. Ein qualitativ hochwertiger Bauunternehmer aus Hamburg wolle den geplanten Anbau des Sozialgerichtsgebäudes erstellen. Er habe zugesichert, in drei Monaten mit der Errichtung fertig zu werden. Wenn das klappe, würde dieser Unternehmer von Hamburg nach Ostfriesland übersiedeln. Er wäre ein Gewinn für den Landkreis, hat Peter gemeint. Damals kannte ich Manfred Schanhorst ja noch nicht.«

»Was haben Sie geantwortet?«, fragte Gordi.

»Ich habe ihm vorgeschlagen, sich mit Plänen und einem Kostenvoranschlag zu bewerben. Aber Peter ließ nicht locker. ›Niels, du weißt doch, wie das ist. Die Pläne dieses Hamburger Unternehmers können noch so gut sein, da kommt jemand daher und unterbietet sein Angebot. Allerdings, wenn er die Preise der Mitbewerber kennen würde …‹ Das waren seine Worte.«

»So hat es angefangen?«, fragte Onno.

»Ja, das hat es. Peter hat mir Manfred Schanhorst vorgestellt. Jedes Mal wenn sich Schanhorst bei einer öffentlichen Bauausschreibung bewerben wollte, habe ich ihm die Angebote seiner Konkurrenten gegeben. So konnte er sie preislich unterbieten. Bei gleicher Qualität bekommt immer das günstigere Angebot den Zuschlag. Ich hatte nicht bedacht, worauf ich mich einlasse, und nach dem ersten Schritt gab es kein Zurück. Die Bauaufsichtsbehörde betreut unter anderem öffentliche Bauten und ist zuständig für die Vorbereitung der Raum- und Bauleitung der Gemeinde. Ich habe die Bauaufträge, die an Schanhorst gehen sollten, überprüft und befürwortet, nicht mehr. Ich habe nicht die alleinige Entscheidungsfreiheit. Im Übrigen waren Schanhorsts Leistungen in Ordnung. Nachdem er den ersten Auftrag erfüllt hatte, ist er vor einem Jahr mit Frau und Kindern nach Aurich in ein spektakulär teures Haus gezogen.«

In der nächsten Stunde zählte Niels Rademacher alle Geldzahlungen auf, die er und der Landrat für die Vergabe von Aufträgen erhalten hatten. Sie stimmten mit den Angaben auf Ella Martens' Laptop überein.

»Mehr gibt es nicht zu berichten«, schloss er.

»Wirklich nicht?«, fragte Gordi ruhig.

»Was soll es noch geben?«

»Sie haben den richtigen Weg eingeschlagen. Erzählen Sie uns, wer Ihre Sekretärin Ella Martens ermorden ließ?«

»Sind Sie verrückt? Unmöglich! Warum hätte einer von uns das tun sollen?«

»Ella Martens ist Ihnen auf die Schliche gekommen und hat nach belastendem Material gesucht«, sagte Onno.

»Davon wusste ich nichts. Das schwöre ich. Bestechung ist das eine, aber Mord? Niemals!«

»Wir werfen Ihnen die Tat nicht vor. Sie sind nicht der Mensch, der dazu fähig wäre. Aber was ist mit Memmenga und Schanhorst? Sie haben gesagt, dass beide Machtmenschen seien.«

»Das kann ich mir nicht vorstellen. Er wollte doch nur mit ihr reden«, entfuhr es Rademacher.

Onno und Gordi tauschten einen kurzen Blick aus.

Jetzt bloß nichts Falsches sagen, dachte Gordi. »Welcher von beiden?«

Rademacher ließ sich schlaff in den Stuhl fallen. »Schanhorst. Vor einigen Wochen, als Ella einen freien Tag gehabt hat und nicht im Büro gewesen ist, hat Ute Rehmann an meine Tür geklopft und um ein Gespräch gebeten. Sie ist aufbrausend gewesen und hat sich darüber beschwert, dass mehrere ihrer Versetzungsanträge übergangen worden seien. Sie hat schon länger eine höhere Position in der Behörde angestrebt. Das hätte aber nicht nur eine Vollzeitstelle bedeutet, Frau Rehmann bekleidet derzeit eine Dreiviertelstelle, sondern etliche Stunden zusätzliche Arbeit. Auf Anraten von Frau Martens habe ich ihre Anträge immer wieder zurückgewiesen. Als ich ihr das mitteilte, fing sie an, über Ella zu lästern. Zwischen all den Beschimpfungen, die sie im Zorn ausstieß, hörte ich, wie sie sie als voyeuristische Schnüfflerin bezeichnete, die sich über alles und jeden Notizen mache. Mir war klar, dass die Wut aus ihr sprach, aber als sie erklärte, dass Ella mich ausspioniere, wurde ich hellhörig und habe beiläufig gefragt, was sie damit meine, aber sie konnte nichts Konkretes berichten. Ich habe ihr zwar nicht geglaubt und das Gespräch beendet, dennoch war ich beunruhigt. Die Angst hatte mich gepackt. In den kommenden Tagen habe ich sie unauffällig beobachtet. Eines Abends stellte ich ihr eine Falle, indem ich ihr wichtige Terminarbeiten zu erledigen gab. Ich verabschiedete mich, kam aber nach einer halben Stunde unbemerkt zurück und öffnete leise die Tür zu ihrem Büro einen Spaltbreit. Ute Rehmanns gehässige Behauptungen haben sich bewahrheitet. Ella war gerade dabei, die Kostenvoranschläge aller Bauunternehmer für den aktuellen Landkreisauftrag zu kopieren. Dabei hatte ich gehofft, dass der Verdacht sich nicht bestätigen würde. Ich habe ihr vertraut. Wie konnte sie mich so hintergehen?« Schweißperlen hatten sich auf Rademachers Stirn gebildet und rannen herunter. Er holte ein Taschentuch aus der Hosentasche und wischte sich erschöpft über Gesicht und Doppelkinn.

»Brauchen Sie einen Kaffee?«, fragte Gordi.

»Nein, danke. Ich würde gern die Jacke ablegen.« Er stand auf, zog das Sakko aus, hängte es über die Stuhllehne und setzte sich wieder. Er rang um jedes Wort. »Ella war eine scharfsinnige und clevere Frau. Die kopierten Unterlagen waren zwar nicht aussagekräftig, aber ich wusste gleich, dass sie nicht aufhören würde, weiterzusuchen. Sie hat seit dreißig Jahren für den Landkreis gearbeitet, und eine sofortige, unbegründete Entlassung wäre unmöglich gewesen. Vor allem, da ich nicht wusste, welche Beweise sie gesammelt und was sie gegen mich in der Hand hatte. Umgehend habe ich Memmenga und Schanhorst informiert. Wir haben überlegt, wie wir die Sache aus der Welt schaffen könnten.«

»Und Schanhorst hat das Problem ›aus der Welt geschafft‹. Wie hat er Ella Martens das Gift verabreicht?«

»Gar nicht!«, rief Rademacher aufgebracht. »Er wollte sich um die Angelegenheit kümmern, aber doch nicht so. Er plante, Ella zu bezahlen, indem er ihr eine hochdotierte Stelle in seiner Firma anbot. Ich habe ihm gesagt, dass Ella nicht käuflich sei.

Sie war selbst vermögend. Schanhorst ist ein ordinärer Mann. Er konnte sich nicht vorstellen, dass es Menschen gibt, die selbstlos und integer sind. Er hat geglaubt, er könne sie kaufen.«

»Hat ein Treffen zwischen Ella Martens und Manfred Schanhorst stattgefunden?«, fragte Onno.

»Nicht dass ich wüsste. Als Sie nach Ellas Tod zu mir gekommen sind, war ich wie vor den Kopf gestoßen. Ich habe anschließend Peter unterrichtet, und die beiden haben mich aufgesucht. Das war mein letzter Kontakt zu ihnen. Mag sein, dass sie sich ohne mich getroffen haben. Ich wollte nichts darüber wissen. Die Tage waren die Hölle für mich.« Rademacher verstummte.

In der Zwischenzeit war sein Rechtsbeistand eingetroffen, und der Bauamtsleiter redete unter vier Augen mit ihm. Seine Aussage wurde aufgesetzt, und er unterschrieb sie. Er wollte das Revier so schnell wie möglich verlassen, aber mittlerweile wurde der Eingang des Polizeigebäudes von Journalisten belagert. Daher wurde Rademacher durch die Hintertür zum Ausgang geführt, wo er sich von seiner Frau abholen ließ. Eilig huschte er in die schwarze Limousine und fuhr davon.

Anders als Rademacher, war Landrat Memmenga unnachgiebig geblieben. Nachdem er mit seinem Anwalt geredet hatte, verweigerte er jegliche Aussage. Das war nicht anders zu erwarten gewesen. Er war eben durch und durch Politiker.

Als er dem Bauamtsleiter im Flur begegnet war, hatte er ihn keines Blickes gewürdigt. Peter Memmenga hatte sich von einem Angestellten seinen Sportwagen bringen lassen und zehn Minuten nach Rademacher das Revier verlassen, um mit quietschenden Reifen davonzufahren.

44

Manfred Schanhorst wartete im Verhörraum.

»Was machen wir jetzt?«, fragte Gordi während einer kurzen Verschnaufpause. »Nachdem wir ihn eine geraume Zeit haben warten lassen, wird er unter Dampf stehen.«

»Das hoffe ich. Ich bevorzuge den Frontalangriff«, entgegnete Onno.

Hintereinander betraten sie das Zimmer.

Manfred Schanhorst saß mit verschränkten Armen am Tisch. Als er die Kommissare sah, schnellte er hoch. »Was fällt Ihnen ein, mich hier so lang warten zu lassen?«

»Bitte setzen Sie sich. Wir dachten, dass Ihr Anwalt eintreffen sollte, bevor Sie mit uns sprechen«, sagte Gordi.

»Ich brauche keinen studierten Schnösel, der mir meine Rechte erklärt und mir den Mund verbietet.«

»Dann können wir ja reden«, sagte Onno, und alle drei nahmen Platz.

»Möchten Sie etwas zu trinken?«, fragte Gordi.

»Nein! Kommen wir zur Sache. Was genau werfen Sie mir vor? Und damit meine ich etwas, was Sie beweisen können.«

»Sie haben Bestechungsgelder gezahlt, um an Bauaufträge des Landkreises zu kommen.«

»Ich sprach von Beweisen. Es gibt keinen einzigen Hinweis auf unrechtmäßige Verbindungen zu führenden Amtspersonen. Ich bewerbe mich an öffentlichen Ausschreibungen und liefere Entwürfe.«

Gordi stützte sich mit beiden Unterarmen auf den Tisch. »Womit erklären Sie, dass Sie seit einem Jahr jeden Konkurrenten mit Ihren Kostenvoranschlägen unterboten haben?«

»Das muss ich gar nicht.« Schanhorst grinste breit. Er sah Onno herausfordernd an.

»Rademacher hat gestanden, Geld angenommen zu haben, und eine Aussage gemacht. Sie haben unter der Hand Informationen über Ihre Mitbewerber erhalten und sind bei der Vertragsvergabe bevorzugt worden.«

»Da steht Wort gegen Wort. Beweisen Sie es.«

Es klopfte, und fast gleichzeitig öffnete sich die Tür.

Jan trat ein und legte eine Mappe vor Onno auf den Tisch. »Sein Anwalt ist gekommen und will sogleich zu ihm«, sagte er und deutete mit Zeige- und Mittelfinger auf die Akte. »Schau rein.«

Nachdem er gegangen war, betrat ein Mann in den Dreißigern in schwarzem Anzug, weißem Hemd und mit Krawatte den Verhörraum, stellte sich als Ubbo Wilken vor und setzte sich neben seinen Mandanten. Während er einige Worte mit Schanhorst wechselte, blätterte Onno durch die Akte, die Jan gebracht hatte, und reichte sie an Gordi weiter.

»Wollen wir fortfahren?«, fragte er.

»Womit? Sie haben keine handfesten Beweise«, tönte Schanhorst.

»Oh doch.« Onno drehte die Akte auf dem Tisch herum, sodass Schanhorst und Wilken hineinsehen konnten. »Wir haben die Papierschnipsel aus Ihrem Schredder wieder zusammengesetzt. Es ist Ihnen nicht gelungen, die Dokumente zu vernichten. Ich frage Sie: Wie kommen die Kostenvoranschläge Ihrer Konkurrenten in Ihren Besitz? Die Schriftstücke tragen sogar den Eingangsstempel des Landkreises mit Datum, was bedeutet, dass Sie sie vom Bauamt erhalten haben.«

Schanhorst blinzelte einige Male nervös und wich Onnos Blicken aus. Seine Überheblichkeit geriet ins Schwanken. Wilken legte ihm zögerlich eine Hand auf die Schulter, wohl um ihm anzuzeigen, nicht zu antworten.

»Rademachers Geständnis und diese Unterlagen aus Ihrem Büro machen die Indizienkette komplett«, sagte Gordi.

»Womit wir zum eigentlichen Thema kommen.« Onno schloss die Akte und legte sie zur Seite. »Ella Martens.« Er ließ seine Worte wirken.

»Ich weiß nicht, was Sie meinen«, entgegnete Schanhorst.

»Sie kannten die Frau, und Sie stehen im Verdacht, sie getötet zu haben. Auch hierfür haben wir Hinweise«, sagte Onno. »Ich fasse zusammen: Bauamtsleiter Niels Rademachers Sekretärin hat herumspioniert, um den Verdacht gegen ihren Vorgesetzten zu erhärten. Das blieb nicht unbemerkt. Rademacher, der Landrat und Sie haben besprochen, was zu tun sei, um Ella Martens mundtot zu machen. Sie sind der Mann fürs Grobe und wollten sich darum kümmern. Sie brauchen es nicht zu leugnen, auch das hat Rademacher zugegeben. Im Übrigen, Ihre Freunde haben stichfeste Alibis, Sie nicht.«

»Brigitte«, sagte Schanhorst matt.

»Ja, kommen wir zu Brigitte. Sie hat ihre Aussage korrigiert.« Wieder ließ Onno einen Moment verstreichen, doch Schanhorst blieb stumm.

»Es ist an der Zeit, die Wahrheit zu erzählen«, sagte Gordi.

Schanhorst nickte. »Okay.«

»Sagen Sie kein Wort«, insistierte Wilken.

»Halten Sie den Mund. Ich habe schon auf Baustellen gearbeitet, als Sie noch zur Schule gingen.«

Der Anwalt lehnte sich sichtlich brüskiert zurück.

»Na schön«, sagte Schanhorst. »Niels Rademacher hat herausgefunden, was Frau Martens hinter seinem Rücken trieb. Er kam schlotternd vor Angst damit zu Memmenga und mir. Wir haben darüber gesprochen, um eine Lösung zu finden. So habe ich sie am Tag, an dem sie starb, aufgesucht.«

»In ihrer Wohnung?«

»Nein. Tags zuvor habe ich sie angerufen und um ein Treffen gebeten. Ich hatte erwartet, dass sie in Panik geraten würde. Ich hatte mich getäuscht. Sie wusste, dass wir ihr auf die Schliche gekommen waren, aber von Angst keine Spur. Sie wollte sich nicht mit mir treffen. Sie hätte nichts mit mir zu besprechen, sagte sie.«

»Aber Sie haben sich getroffen«, sagte Onno.

»Ich konnte sie überreden. Ich habe behauptet, ich müsste ihr dringend etwas mitteilen. Sie sagte zu, wählte aber einen öffentlichen Ort, wo wir gesehen wurden. Wir haben uns für den frühen Morgen in einem Café in der Innenstadt verabredet. Brigitte schlief noch, als ich das Haus verließ. Bei einer Tasse Kaffee habe ich vernünftig mit Ella Martens gesprochen. Jeder Mensch hat seinen Preis, und ich habe gefragt, welcher ihrer sei. Ich redete mit Engelszungen auf sie ein, bot ihr eine Anstellung bei mir als Büroleitung an. Sie hätte das Fünffache ihres Gehalts im Landkreis verdient.«

»Was hat sie geantwortet?«

»Sie sei an Geld nicht interessiert, was Rademacher vorausgesehen hatte. Ich habe ihm nicht geglaubt. Die ganze Welt ist voller geldgieriger Typen. Und ausgerechnet die einzige nicht käufliche Person in diesem Amt musste mir über den Weg laufen.«

»Für Plan B hatten Sie vorsorglich das Gift mitgenommen. Und als Ella Martens Ihr Angebot zurückwies, haben Sie ihr unbemerkt einige Tropfen davon in den Kaffee gegossen.«

Schanhorst ballte die Fäuste und fixierte Onno. »Halten Sie mich für so dämlich? Warum sollte ich das tun? Sie hatte nichts in der Hand, das mich mit Rademacher und Memmenga in Verbindung gebracht hätte. Ich wollte bloß nicht riskieren, dass sie alles an die große Glocke hängt und meinem Ruf in der Region schadet. Das hätte meine Zukunftspläne zunichtegemacht. Aber dafür tötet man nicht. Als sie nicht einlenkte, bin ich wütend geworden. Ich habe ihr gedroht, aber nicht mehr. Dann ist sie aufgestanden und gegangen.« Schanhorst wischte sich mit dem Handrücken über die nasse Stirn. »Nach Memmengas Festnahme hat mir ein Informant aus dem Landratsamt eine Nachricht geschickt. Ich bin in mein Büro gefahren, um die Kostenvoranschläge, in deren Besitz ich war, verschwinden zu lassen. Ich hatte sie für spätere Arbeitsvorlagen behalten, um die Konkurrenz besser einschätzen zu können.«

»Was ist mit dem nächtlichen Einbruch in Ella Martens' Haus?«, fragte Gordi.

»Und bevor Sie es bestreiten, wir haben Ihren Firmentransporter, der für den Einbruch genutzt wurde, mittlerweile gefunden und beschlagnahmt. Ihre drei Arbeiter wurden festgenommen und sind geständig«, fügte Onno hinzu.

»Ich bin oft aufbrausend, wie jeder weiß. Nachdem ich mich beruhigt hatte, wollte ich noch letztmalig mit ihr reden. Ich bin zu ihrer Wohnadresse gefahren. Überall war Polizei, und die herumstehenden Nachbarn haben von ihrem Tod getuschelt. Da habe ich mich so schnell wie möglich davongemacht. Drei meiner zuverlässigsten Männer waren beauftragt, nach Laptop, Computer und Unterlagen zu suchen, auf denen Informationen über mich hätten stehen können. Mir Dummkopf hätte klar sein müssen, dass die Polizei alles mitnimmt. Ich bin aber von einer natürlichen Todesursache ausgegangen. Dachte, sie hätte sich doch zu sehr über unser Gespräch aufgeregt. Meine Leute wurden gestört und sind abgehauen.«

Gordi wandte sich an Ubbo Wilken. »Wir werden die Aussage zu Protokoll nehmen und Ihren Mandanten unterschreiben lassen.«

Wilken nickte.

Zeitgleich wurde die Tür geöffnet, und Berni reckte seinen Kopf hinein. »Ich muss euch sprechen.«

Onno und Gordi folgten ihm auf den Flur vor dem Verhörzimmer.

»Ich habe das Fläschchen aus Schanhorsts Schreibtischschublade mit einem Streifenwagen eilig nach Oldenburg bringen lassen. Ihr werdet nicht glauben, was dabei herausgekommen ist.« Berni tippte sich mit dem Finger an die Nase.

»Das wäre zu gut, um wahr zu sein.« Onno konnte es nicht glauben.

»Mein voller Ernst. Dr. Schneider hat es bestätigt. Es ist amtlich.«

Onno ballte vor Freude die Faust. »Super! Jetzt haben wir den Sack.«

Sie gingen zurück zu Schanhorst und seinem Anwalt.

»Können Sie sich mit dem Schreibkram beeilen? Ich möchte hier keine Sekunde länger meine Zeit vergeuden«, sagte Schanhorst ungehalten.

»Bedauerlicherweise wird es für Sie länger dauern, als Sie denken«, antwortete Onno.

»Was ist los, Herr Kommissar?«, fragte Wilken.

»Bei der Hausdurchsuchung Ihres Mandanten hat einer unserer Beamten ein Fläschchen mit einer flüssigen Substanz gefunden, die wir analysiert haben. Wie sich herausgestellt hat, handelt es sich um Cyanid. Das Gift, mit dem Ella Martens getötet wurde.«

Schanhorst erhob sich so heftig, dass sein Stuhl mit einem Rumms nach hinten umkippte. »Das ist unmöglich!«, schrie er. »Ich habe nie im Leben Cyanid besessen. Das haben Sie mir untergeschoben.«

***

Onno und Gordi hatten sich in ihr Büro zurückgezogen. Immer wieder las Gordi die Aussagen von Rademacher und Schanhorst durch, die vor ihm auf dem Schreibtisch lagen, und verglich sie. Er konnte keine Widersprüche feststellen. Onno saß ihm gegenüber.

»Ein Stück kriminalistische Arbeit, die ohne Maike Müllers Hilfe nicht zustande gekommen wäre. Ella Martens wäre zufrieden gewesen.«

»Aber du bist es nicht«, erwiderte Onno.

Nein, das war er nicht, das musste er sich eingestehen. Er hatte mit seinen Vermutungen falschgelegen, und sein Freund und Kollege ging eigene Wege. Dieser Fall hatte sie entzweit. Gordi konnte sich über den Erfolg nicht freuen. Falls es zu einer Mordanklage kam, würde es auf einen Indizienprozess hinauslaufen, der sich auf Motiv, Gelegenheit und Mittel stützte. Ein Geständnis fehlte bisher, und es sah nicht so aus, als würde Schanhorst die Tat zugeben. Auch der Mord an Elke Wellers lag zur Gänze im Dunkeln.

Gordi lehnte sich in seinem Stuhl zurück. Er rang um Worte. »Wir müssen einige Dinge zwischen uns klären«, sagte er betont ruhig. »Du und Jan, ihr ermittelt hinter meinem Rücken. Gespräche, die abgebrochen werden, sobald ich den Raum betrete. Blicke, die ausgetauscht werden. Jan geht in den letzten

Tagen pünktlich nach Hause. Das kommt in der Regel nie vor. Vorgestern hat er dann in einem laufenden Verfahren Überstunden abgefeiert. Das habe ich noch nie erlebt. Da wusste ich, dass er an einer Sache dran ist. Es begann, nachdem du Schanhorst in seinem Baucontainer aufgesucht hast. Du hast mir gesagt, dass du einige Erkundigungen bei ihm einholst, aber es ist mehr als das.« Unbeabsichtigt hatten Gordis letzte Worte bitter gewirkt.

Wortlos öffnete Onno die Schreibtischschublade zu seiner Rechten, nahm eine Akte heraus und reichte sie Gordi rüber. »Du hast recht. Es wird Zeit, die Karten auf den Tisch zu legen. Dies sind Informationen zur Ermordung meines Vaters, inklusive dessen, was Jan herausbekommen hat.«

Gordi öffnete die Akte und arbeitete das Material sorgfältig durch. Danach legte er eine Hand auf die Aufzeichnungen. »Jan hat professionelle Arbeit geleistet. Es war recht von dir, ihn zurate zu ziehen. Ein Zusammenhang zwischen dem Mord an deinem Vater und den kriminellen Aktivitäten im Bauwesen Hamburgs erscheint plausibel, und es lohnt sich, weiterführende Ermittlungen anzustellen. Aber das ist ein anderer Fall, und er hat nichts mit dem Tod von Ella Martens und Elke Wellers zu tun.«

»Was machen wir jetzt?«, fragte Onno.

»Das weiß ich nicht. Du hast deine persönlichen Anliegen über den aktuellen Fall gestellt und hinter meinem Rücken recherchiert.«

»Mit deiner korrekten Art hättest du mein Vorgehen nie gebilligt, und ich musste dem Verdacht nachgehen.«

»Ich habe mehr von dir erwartet. Wie soll ich dir künftig vertrauen?« Gordi schob die Akte zurück, stand auf und ging wortlos aus dem Zimmer. Er musste den Kopf frei kriegen. Die Zeit der Zusammenarbeit mit Onno Schoolmann schien zu Ende zu gehen.

45

Nachdem die Berichte geschrieben gewesen waren, hatte Onno ohne Abschied das Revier verlassen. Auch für Gordi wurde es Zeit, nach Hause zu fahren. Er schnappte sich seine Jacke und war bereits an der Tür, da klingelte sein Handy. Er lächelte, als er die Stimme von Dr. Anne Beekmann erkannte.

»Schön, dass Sie anrufen. Das habe ich gebraucht.«

»Der Abend und das Fischessen haben mir sehr gefallen. Daher will ich mich revanchieren und Sie dieses Mal einladen. Aber Sie hören sich niedergeschlagen an. Vielleicht verschieben wir es.«

»Auf keinen Fall. Haben Sie Lust, heute die versprochene Aussicht zu genießen? Ich kann zwar nicht mit dem ›Wattlooper‹ mithalten, aber auch meine Küche kann sich sehen lassen. – Ich freue mich.« Gordi legte auf. Seine Laune war gestiegen. Er wollte nicht den ganzen Abend an das Auseinanderbrechen einer Freundschaft denken.

Eilig kaufte er auf dem Heimweg ein. Zu Hause angekommen, packte er die Tüten aus und begann mit den Vorbereitungen. Alexa spielte Popmusik, und Gordi summte mit, während er das Gemüse putzte. Als es klingelte, trocknete er sich die Hände am Geschirrtuch ab, das er sich an den Gürtel gehängt hatte, und öffnete die Wohnungstür.

Heute war die gelockte Haarpracht im Nacken zusammengebunden, und die Smaragdohrstecker funkelten mit Annes Augen um die Wette.

»Wem gehört der zitronengelbe Citroën vor dem Haus?«, fragte sie.

»Mir.«

»Das hatte ich gehofft.«

»Gefällt er Ihnen?«

»Gefallen ist untertrieben. Ich *liebe* Oldtimer. Es fehlt nur eines zur Perfektion.«

»Meinen Sie die Beulen?«

»Nein, Dellen und Kratzer geben dem Ganzen Charakter wie Falten im Gesicht. Aber er sollte knallrot sein.«

Gordi lachte, ließ Anne eintreten und schloss die Tür hinter ihr.

»Ich habe neue Informationen.«

»Ich hoffe, hilfreiche, denn ich stecke in einer Sackgasse.« Er nahm ihr die Jacke ab. »Essen Sie Fleisch?«

»Sehr gern.«

»Kommen Sie mit. Während ich das Filet vorbereite, können Sie den Salat waschen.«

»Wo bleibt der Blick auf die Nordsee, den Sie mir versprochen haben?«, fragte Anne.

»Der wird zum Nachtisch serviert.«

Sie gingen in die Küche. Gordi holte das Steak aus dem Kühlschrank, legte es in die Marinade und reichte Anne den Feldsalat, kleine Gürkchen und Strauchtomaten. Er schnitt das Gemüse in einen Topf und stellte ihn auf den Herd. Während es garte, deckten sie gemeinsam den Esstisch im Wohnzimmer.

Anne entdeckte einen Stapel Fotos auf der Anrichte. »Darf ich?«, fragte sie.

»Sicher.«

Sie nahm die Fotos in die Hand und sah sie einzeln durch. Das erste war ein Gruppenbild mit lachenden, teils uniformierten Männern. Ein anderes Foto zeigte Gordi und Onno, die sich umarmten.

»Sind das Ihre Freunde?«

»Kollegen aus dem Revier. Die Fotos wurden am Tag meines Einzugs vor acht Monaten geschossen. Da ich ständig über den Abwasch in meiner alten Wohnung gemeckert habe, haben sie zusammengelegt und mir einen Geschirrspüler geschenkt.« Er deutete auf das zweite Foto. »Onno hat sich nicht lumpen lassen und mir die neueste Musikanlage, die es auf dem Markt gab, mitgebracht – und eine Kiste Whisky seiner Hausmarke. Nach der ganzen Schlepperei haben wir bis in die Morgenstunden gefeiert.«

Zum Schluss kam ein älteres Foto zum Vorschein, auf dem Gordi vor seinem Citroën zu sehen war. Eine Hälfte war fein säuberlich abgeschnitten worden, lediglich ein Arm, der auf Gordis Schultern ruhte, war erkennbar. Anne besaß offensichtlich genug Taktgefühl, um nicht nach dem zweiten Teil des Bildes zu fragen.

»Wer ist das?« Sie deutete auf ein Foto, das als einziges in einem Silberrahmen aufgestellt war.

»Meine Tante. Sie hat mich mehr oder weniger aufgezogen und starb vor einigen Jahren.«

»Haben Sie keine andere Familie?«

»Meine Eltern leben in Marienhafe. Ich bin das jüngste von fünf Kindern, und sie waren überfordert. Mit einem Nachzögling konnten meine älteren Geschwister nichts anfangen. Daher bin ich wie ein Einzelkind aufgewachsen und war mehr bei Tante Edda als zu Hause. Sie war früh verwitwet und hatte keine eigenen Kinder. Sie hat mich mit ihrer ganzen Liebe überschüttet.«

»Ich sehe keine Fotos vom Rest Ihrer Familie.«

»Ich bin noch nicht dazu gekommen, alle Umzugskartons auszupacken«, sagte Gordi, wohl wissend, dass Anne seine Lüge durchschaute.

Zurück in der Küche, holte er das Fleisch aus der Marinade. »Blutig oder durch?«

»Durchgebraten, bitte.«

Gordi servierte die Steaks mit angebratenen Pilzen und Zwiebeln am Esstisch. Dazu gab es in Butter geschwenkte Rosenköhlchen. Ein appetitlicher Geruch breitete sich aus. Gordi entkorkte eine Flasche Rotwein und schenkte ein.

Anne erhob ihr Glas. »Danke für die Einladung.«

Nachdem sie angestoßen hatten, griff sie herzhaft zu und lobte Gordis Kochkünste. Es gefiel ihm, wie sie aß – nicht wie Julia, die jeden Bissen mit Bedacht in den Mund genommen und dabei die Kalorien gezählt hatte.

»Haben Sie Freunde außerhalb Ihres Reviers?«, fragte Anne.

»Meine Sozialkontakte beschränken sich auf die Arbeitsstelle. Zu mehr bleibt wenig Zeit.«

»Das kann ich nachvollziehen. Mit den vielen Nachtdiensten und Überstunden, die in meinem Beruf anfallen, geht es mir nicht anders. Aber Ihr Teamkollege ist etwas Besonderes für Sie. Das spürt man gleich.«

»Onno? Wie kommen Sie darauf?«

»Es ist die Art, wie Sie über ihn sprechen.«

»Im Einsatz kommt es oft zu gefährlichen Situationen, da muss man sich auf seinen Kollegen verlassen können. Onno würde sein Leben für mich riskieren. Aber zurzeit ...« Er sprach nicht weiter.

»Wegen des Falles?«

»Er ist der festen Überzeugung, dass die Mörder aus Ella Martens' Arbeitsumfeld kommen.«

»Sie glauben das nicht?«

»Bis gestern war es so, aber jetzt bin ich mir nicht mehr sicher.«

Gordi erzählte Anne vom Stand der Ermittlungen.

Sie riss ein Stück von dem Baguette ab, das schnittbereit auf dem Tisch lag, und strich damit den Steaksaft von ihrem Teller. »Mmm! Als ich klein war, hat mein Vater immer das Weißbrot in den Fleischsud mit Salz, Pfeffer und Oregano getunkt und meiner Schwester und mir zu essen gegeben. Er war ein fürsorglicher Mann. Für die Kinder immer das Beste, dafür hat er gesorgt und sich aufgeopfert. Ich komme aus keinem reichen Elternhaus, aber aus einem liebevollen.«

Wie beruhigend, dachte Gordi.

Anne riss noch ein Stück Baguette ab, wischte damit wieder über ihren Teller und hielt es ihm vor den Mund. Er nahm es. Die Berührung ihrer Finger an seinen Lippen ließ sein Herz schneller klopfen.

Nachdem sie den letzten Rest der Sauce von ihrem Teller geputzt hatte, lehnte sie sich zurück und grinste breit. »Es war köstlich, Martin.«

Er nickte zufrieden. Dann stand er auf, räumte das benutzte

Geschirr auf ein Tablett und trug es in die Küche. Anne folgte ihm mit der Salatschüssel.

»Zum Abschluss gehört ein erstklassiger Mokka. Und der wird zum versprochenen Meeresblick serviert.«

»Da sage ich nicht Nein. Sind Sie bei Elke Wellers weitergekommen?«, fragte Anne.

»Peter Memmenga steht unter Verdacht und weigert sich, zu sagen, wo er zur Tatzeit gewesen ist.«

Nachdem Gordi das Tablett auf dem Geschirrspüler abgestellt hatte, holte er den Espressokocher aus dem Hängeschrank und befüllte ihn mit Mokkakaffee.

»Warum konzentriert sich Ihr Kollege auf das Arbeitsumfeld des Opfers?«, fragte Anne.

»Er hat seine Gründe«, sagte Gordi, ohne konkret zu werden. Er goss den aufgebrühten Kaffee in kleine Mokkatassen und reichte Anne eine.

»Sie haben mir von Dr. Sauers bemerkenswerter Karriere erzählt«, sagte sie.

»Was ist damit?«

»Wie Sie habe ich mich ebenfalls gewundert, dass ein Mann seiner Hybris, mit einer Auszeichnung aus Berkeley und einer prestigeträchtigen Anstellung in einer renommierten großen Klinik nach Aurich gewechselt ist. Und wenn er das schon tut, würde er eigentlich damit angeben, denn Bescheidenheit ist nicht seine Stärke. Das hat mich nicht mehr losgelassen.«

»Und?«

»Ich habe einige Kontakte in Mainz aktiviert, frühere Kommilitonen von mir. Sie werden diskret Erkundigungen einziehen und mir Bescheid geben.«

»Sie haben geschnüffelt«, sagte Gordi gespielt ernst.

»Ja, das habe ich. Gestern Abend habe ich meinen ehemaligen Psychiatrieprofessor in München angerufen.«

»Haben Sie etwas Erfolgversprechendes erfahren?«

»Nach stundenlanger Unterhaltung, ja. Es hat sich herausgestellt, dass er Dr. Sauer gut kennt. Sie waren nicht nur Kommilitonen im selben Semester, sondern Doktoranden, die gemeinsam an ihrer Promotion gearbeitet haben. Dr. Sauer soll ein merkwürdiger junger Mann gewesen sein. Er lebte während des gesamten Studiums bei seiner Mutter. Einmal haben sie bei ihm zu Hause gelernt. Der Professor beschreibt das Verhältnis zwischen Mutter und Sohn als bizarr.«

»Inwiefern?«

»Sie sollen wie Kletten aneinandergehangen haben. Die Mutter ist die ganze Zeit, während sie lernten, im Zimmer geblieben. Sie hat ihren Sohn keine Minute aus den Augen gelassen, eine kranke Mutter-Sohn-Beziehung. Zum Ende des Studiums bekam Dr. Sauer die Gelegenheit, nach Berkeley zu gehen, hat aber meinem Mentor erzählt, dass er seine Mutter nicht allein zurücklassen könne. Sie habe sonst niemanden. Daher wolle er absagen.« Anne trank von ihrem Mokka. »Köstlich.«

»Wie ist er nach Amerika gekommen?«, fragte Gordi.

»Die Mutter starb unerwartet. Es wurde angenommen, dass Dr. Sauer Mainz verlassen hat, um darüber hinwegzukommen.«

Onno goss Kaffee nach, und endlich gingen sie mit den Tassen in der Hand auf den Balkon. Der Himmel dunkelte schon, aber immer noch war am Horizont ein Lichtstreifen hinter der Wolkenbank zu sehen.

»Sie haben nicht übertrieben. Diese Aussicht ist ein Geschenk.« Anne stützte sich mit dem rechten Unterarm auf die Brüstung.

Gordi stellte sich neben sie. »Das empfinde ich ebenso. Egal, wie häufig ich hier stehe und den Horizont betrachte, den Himmel, das Spiel der Wellen, die Farben des Meeres, es ist niemals gleich und wird nie langweilig.«

»Zu grandios, um es allein zu genießen. Sie sollten sich eine Freundin zulegen.«

»Es ist schwer, einen Menschen zu finden, mit dem man in dieselbe Richtung schaut, ohne viele Worte zu machen«, sagte er. »Ich drücke mich wie immer umständlich aus.«

»Ich habe dich schon verstanden, Martin.« Mühelos war sie zum Du übergegangen, und es fühlte sich vertraut an, seinen Vornamen aus ihrem Mund zu hören.

Schweigend betrachteten sie eine Weile die wenigen Sterne, die zwischen den Wolkenbänken hervorblitzten.

Nachdem sie die Tassen in die Küche gebracht hatten, sagte Gordi: »Schade, dass Sie gehen müssen.« Es fiel ihm schwer, Anne zu duzen. Zu lange war es her, dass er sich einer Frau so nahe gefühlt hatte.

Anne stellte sich dicht vor ihn, er konnte ihren Atem an seiner Wange spüren. »Muss ich denn gehen?«, hauchte sie.

Gordi antwortete nicht. Der Moment verstrich ungenutzt.

Anne senkte den Blick und wich einen Schritt zurück. »Es ist schon spät. Ich bedanke mich für den Abend.«

Ehe sie sich abwenden konnte, griff er nach ihrem Arm und hielt sie sanft fest. »Nicht«, sagte er. »Tut mir leid, Anne. Es liegt nicht an dir.«

»Ich verstehe.«

»Tust du nicht. Ich habe Gefühle für dich, aber ich habe noch nicht mit der Vergangenheit abgeschlossen. Sie belastet mich.«

»Ich werde dich nicht aushorchen. Nimm dir Zeit, bis du weißt, was du wirklich willst«, sagte sie.

Spontan nahm er sie in die Arme und drückte sie an sich. »Ich brauche keine Zeit. Ich wusste schon vom ersten Augenblick an, was ich wollte – dich«, sagte er und küsste sie.

***

Als Gordi erwachte, hatte ein feiner Nieselregen den tosenden Wind der Nacht abgelöst. Annes Arm lag über seiner Brust und erinnerte ihn an die vergangenen Stunden, in der sie sich zärtlich geliebt hatten. Er blieb unbeweglich liegen und betrachtete ihre Züge beim Schlafen. Die markanten Wangenknochen und die schmale Nase gaben ihr etwas Originelles.

Sie öffnete die Augen. Einige Zeit sahen sie sich schweigend an.

Ein perfekter Augenblick, dachte Gordi und strich ihr sanft die Haare aus der Stirn.

»Wer bist du nur, Martin Gerdes?«, fragte Anne mit ernstem Ausdruck. »Du hast mir von Anfang an den Kopf verdreht, und schon beim dritten Date bin ich mit dir im Bett gelandet.«

Er bedeckte ihr Gesicht mit Küssen. »Ich wünschte, wir könnten einfach hier liegen bleiben.«

»Das wäre schön, aber ich habe heute Spätdienst.«

»Dann schlage ich ein Frühstück vor. Du hast die Wahl zwischen Spiegel-, Rührei oder Omelett.«

»Kannst du Tomaten und Zwiebeln in das Rührei mischen?«

»Das ist meine Spezialität.« Nach einem letzten innigen Kuss stand Gordi auf und ging ins Badezimmer. Er machte sich frisch, streifte Hose und T-Shirt über und bereitete in der Küche das Frühstück vor. Dabei summte er entspannt vor sich hin. Schließlich verteilte er das Rührei auf zwei Teller.

»Der erste Schluck Kaffee am Morgen bringt mich durch den ganzen Vormittag«, sagte Anne, die angezogen in die Küche gekommen war, und griff nach der vollen Tasse, die Gordi für sie bereitgestellt hatte. Ihre von der Dusche nassen Haare hatte sie streng nach hinten gekämmt.

»Drei Löffel Zucker und eine Menge Milch«, sagte er.

»Perfekt, woher weißt du, wie ich meinen Kaffee trinke? Ich habe zum ersten Mal bei dir übernachtet.«

»Wir haben bereits miteinander gefrühstückt.« Lächelnd setzte er sich an den Tisch. Er genoss es, nicht allein zu sein.

»Die dritte gemeinsame Mahlzeit innerhalb kürzester Zeit«, erwiderte Anne und setzte sich zu ihm.

»Was kann ich dir weiter auftischen, damit du mich nicht verlässt?«, fragte Gordi, nachdem sie das Frühstück beendet hatten.

»Es heißt, dass Liebe durch den Magen geht, aber ich würde auch ohne Köstlichkeiten bei dir bleiben. Meine Mutter sagt immer: ›Lieber glücklich bei Butterbrot mit Käse als unglücklich mit den Reichtümern der Welt.‹ Aber du hast beides anzubieten. Glück und hervorragendes Essen.«

»Eine weise Frau. Wann sehe ich dich wieder?«

»Die kommenden fünf Tage bin ich für Nachtdienste eingeteilt, aber die Woche danach habe ich ab Montag fünf Tage frei. Lass uns dann was unternehmen. Sobald ich Informationen aus Mainz bekomme, melde ich mich bei dir, falls du noch interessiert bist.«

»Auf jeden Fall.« Gordi begleitete sie zur Wohnungstür. »Du bist eine ungewöhnliche Frau, Dr. Anne Beekmann. Ich bin glücklich, dich gefunden zu haben.« Zum Abschied nahm er sie noch mal in die Arme. Dabei glitten seine Hände über ihren Rücken. Er begehrte sie und ließ sie ungern ziehen. »Ich freue mich auf die nächste Woche.«

Nachdem sie gegangen war, eilte er auf den Balkon und sah ihrem Wagen hinterher, bis er in die Norddeicher Straße einbog und verschwand.

46

»KORRUPTIONSSKANDAL IM BESCHAULICHEN OSTFRIESLAND« – alle Titelblätter der lokalen Zeitungen schmückte der gleiche Leitartikel. Sogar namhafte bundesweite Blätter hatten die Affäre aufgegriffen. Schon wurden Vergleiche mit der Verschwendung von Steuergeldern im ganzen Land gezogen. Mauscheleien wie im Landkreis Aurich seien die Spitze des Eisbergs.

Jan saß zusammen mit Onno und Gordi im Aufenthaltsraum des Reviers. Sie hatten etliche Zeitungen auf dem Tisch ausgebreitet. Jan las jeden Artikel über den Korruptionsskandal laut vor.

Rademacher hatte sich in seiner Stadtvilla verkrochen, während Memmenga die Öffentlichkeit suchte, um von seinem politischen Ansehen zu retten, was zu retten war. Obwohl sein Anwalt ihm davon abgeraten hatte, wurde er nicht müde zu erklären, dass Rademacher und Schanhorst ein gemeinsames Spiel getrieben hätten und er in eine Falle gelockt worden sei.

Staatsanwalt Berger hielt die Mordanklage gegen Schanhorst zurück, da die Nachforschungen noch nicht abgeschlossen waren. Ein Komplott der drei Männer zur Planung und Durchführung eines Mordes war nicht hieb- und stichfest zu beweisen.

»Hier ist noch mehr, hört zu«, sagte Jan.

»Die Staatsanwaltschaft des Landkreises Aurich hat eine Bestechungsaffäre gigantischen Ausmaßes in Zusammenhang mit der Erteilung von Bauaufträgen der öffentlichen Hand aufgedeckt. Walter Berger, der leitende Staatsanwalt, hat gegen Landrat Peter Memmenga und Bauamtsleiter Niels Rademacher Anklage erhoben. Sie sollen von Bauunternehmer Manfred Schanhorst mehr-

fach Schmiergeldzahlungen angenommen haben. Die Beamten wurden bei dem Verdacht des Amtsmissbrauchs bis auf Weiteres vom Dienst suspendiert. Ein Amtsenthebungsverfahren wurde eingeleitet.«

Jan schaute auf. »So steht es durchweg in sämtlichen Blättern des Landes. Wir haben traurige Berühmtheit erlangt. Eines von ihnen berichtet, dass gegen Schanhorst wegen Mordes ermittelt wird. Das wurde in der offiziellen Presseerklärung des Staatsanwalts nicht preisgegeben.«

»Journalisten haben immer ihre Quellen«, sagte Onno.

Jan lehnte sich zurück und verschränkte die Hände im Nacken. »Das freie Wochenende haben wir uns verdient. Ich schlafe erst einmal aus. Eva möchte, dass wir nach Norderney fahren.«

»Mach das, es werden sonnige achtzehn Grad erwartet«, sagte Onno.

Es klingelte, und Jan ging ran. »Natürlich«, sagte er, nachdem er ein paar Sekunden zugehört hatte, und legte wieder auf. »Hansen hat Neuigkeiten für euch.«

»Was für welche?«, fragte Gordi.

»Hat er nicht gesagt, aber er möchte euch sprechen.«

»Dann lass uns gehen. Vielleicht sind es ja mal gute Nachrichten«, sagte Onno.

Sie fanden ihren Vorgesetzten an seinem Schreibtisch.

»Setzen Sie sich«, sagte Matthias Hansen. »Eben ist der Anwalt des Landrats hier gewesen. Er hat um äußerste Diskretion gebeten und Memmengas Alibi preisgegeben. Als Elke Wellers erschlagen wurde, hat er sich auf Norderney aufgehalten. Er hat das Amt frühzeitig verlassen und die Nachmittagsfähre genommen. Er hat im Inselhotel König übernachtet, aber nicht allein. Die besagte Dame hat es bezeugt.«

»Warum die Geheimnistuerei?«, fragte Onno.

»Es handelt sich um die Frau eines Landtagsabgeordneten, der nicht nur Memmengas Kollege ist, sondern auch ein guter Freund von ihm.«

Onno schnalzte mit der Zunge. »Klar, dass er es nicht an die große Glocke hängen will. Damit kommt Peter Memmenga für den Mord an Elke Wellers nicht in Frage. Er hat ihr bloß ein Kind angehängt.«

»Ich fasse zusammen«, sagte Matthias Hansen. »Für den Mord an Ella Martens könnten wir Manfred Schanhorst anklagen. Er hatte ein Motiv, kein Alibi und ist kurz vor der Tatzeit mit ihr zusammen gewesen. In seinem Schreibtisch wurde Cyanid gefunden. Es wäre ein Indizienprozess, aber wir hätten gute Chancen, zu gewinnen. Was Elke Wellers angeht, haben wir nichts.«

***

Schweißgebadet war Onno hochgeschreckt. Der wiederkehrende Alptraum gehörte zu seinem Leben, damit hatte er sich abgefunden. Er lag auf der Couch und starrte an die Decke.

Draußen war es dunkel geworden, die Reklamelichter warfen unnatürliche Schattenbilder ins Zimmer. Nach dem Gespräch mit Matthias Hansen waren Gordi und er wie so oft in den letzten Tagen ohne Abschied auseinandergegangen. Gordi redete nur noch das Notwendigste mit ihm. Sie waren völlig unterschiedliche Männer, aber ja, sie waren trotzdem Freunde. Onno fehlten die flapsigen Bemerkungen, die sie sonst wechselten, das Sich-gegenseitig-Aufziehen und der Spaß, den sie gehabt hatten. Onno fehlte sein Freund.

Was wusste er überhaupt über Gordi? Ihm war aufgefallen, dass er seine Eltern noch nicht besucht hatte, seit er mit ihm zusammenarbeitete. Die Geschwister erwähnte er kaum. Warum nicht? Nur über seine verstorbene Tante sprach er immer wieder. Sie war seine wahre Familie gewesen, die er über alles geliebt hatte.

Hätte Onno nicht mehr über einen Freund wissen müssen? Machte das nicht Freundschaft aus?

Seitdem er Gordi über seine privaten Ermittlungen aufgeklärt hatte, hatte dieser sich sehr verändert. Vorwürfe hatte es nicht gegeben. Das würde Gordi nie tun, aber er war gekränkt. Er hatte von Anfang an nicht geglaubt, dass Ella Martens' Mörder aus ihrem Arbeitsumfeld gekommen war. Könnte er recht haben?

47

Die letzten Tage waren mit Papierkram und dem Schreiben von Berichten verstrichen. Gordi blieb das Wochenende allein zu Hause mit den Gedanken an Anne Beekmann. Immer noch spürte er ihre Haut auf seinem Körper und eine wohlige Wärme, die anhielt.

Julia hatte ihm stets das Gefühl gegeben, ein Bruchstück ihres Lebens zu sein, ein Teil davon, aber austauschbar. Und das hatte sie dann auch getan. Ihn ausgetauscht. Immer hatte er um ihre Liebe kämpfen müssen. Ihre Beziehung war überwältigend gewesen, hatte aber keinen Bestand gehabt.

Mit Anne schien das Leben ungezwungen und leicht. Er musste sich nicht verstellen, nicht jemand sein, der er nicht war. Er freute sich auf das nächste Treffen. Sie hatten sich für den Montagabend verabredet.

Den Samstagnachmittag genoss er auf dem Deich. Kilometerweit lief er westwärts, auf der einen Seite die grüne Landschaft, auf der anderen das weite Meer. Den Abend brachte er mit Kochen zu. Er versuchte sich an einem Rezept, das er bei der nächsten Verabredung für Anne zubereiten wollte. So gut er konnte, blendete er die Arbeit dabei aus, doch im Hintergrund grübelte sein Gehirn weiter. Er konnte nicht glauben, dass Manfred Schanhorst der Drahtzieher bei Ella Martens' Mord gewesen war. Aber der Giftfund in seinem Schreibtisch und das falsche Alibi ließen keinen anderen Schluss zu.

Der Rest des Wochenendes verging mit Nichtstun, und der Montagmorgen kam. Gordi hatte keine Lust, ins Revier zu fahren. Nichts zog ihn dorthin. Er versetzte sich in Onnos Lage und versuchte die Dinge aus seiner Perspektive zu betrachten. Schanhorsts Verbindungen nach Hamburg hatten ihn nicht weitergebracht. Der Tod seines Vaters war und würde ein kalter Fall bleiben.

Er wollte Onno heute nicht sehen. So zog er sich an und fuhr in die Baumstraße. Ein letztes Mal wollte er in Ella Martens' Haus.

Das zarte Frühlingsgrün der Baumkronen hatte sich in eine satte, kräftige Farbe gewandelt. Als er an Anneliese Brauers Vorgarten entlangging, wurde die Gardine zur Seite gezogen, und sie winkte ihm zu.

Gordi blieb stehen. Er hatte gehofft, unbemerkt vorbeizukommen. Doch Anneliese Brauer öffnete bereits die Haustür und kam lächelnd heraus.

Sie muss ständig am Fenster hocken und die Straße beobachten, dachte Gordi.

»Wollen Sie Abschied nehmen?«, fragte sie.

»Ja. Die Akten stapeln sich bereits auf meinem Schreibtisch im Revier. Ich habe viel zu tun und werde es heute kurz machen«, log Gordi.

»Steht der neue Hausbesitzer schon fest?«

Er mochte die alte Dame, aber sie war doch sehr neugierig. Trotzdem wollte er nicht unhöflich erscheinen. »Es ist Ellas Psychiater Dr. Sauer.«

»Ich vermute, dann werden Sie nicht mehr herkommen. Ich gestehe, unsere Gespräche werden mir fehlen.« Anneliese Brauer schaute zu Boden. »Warum haben Sie Ihren Kollegen nicht mitgebracht?«

»Er ist beschäftigt, und ich bin heute Morgen nicht im Revier gewesen. Es war ein spontaner Entschluss. Ich wollte ein letztes Mal Ella Martens' Haus sehen.«

»Mein Tee brüht, und ich habe heute in der Früh einen Zitronenkuchen gebacken. Ihr Kollege weiß gar nicht, was ihm entgeht.«

Gordi versuchte, sie abzuwimmeln. »Ich habe wenig Zeit, wie gesagt, die Arbeit türmt sich, und ich will in einer Stunde im Revier sein.«

»Schlagen Sie es nicht aus. Lassen Sie uns Ella gemeinsam Lebewohl sagen.«

Gordi gab sich geschlagen. Er folgte Anneliese Brauer in die Küche.

Sie setzte die Teekanne auf das Stövchen. »Ich habe die Zeitungsartikel gelesen. Ich bin stolz auf Sie. Sie haben es geschafft.« Sie holte die Tassen aus dem Schrank und deckte den Tisch. Sichtlich gut gelaunt sah sie Gordi an. »Ein erfolgreicher Detektiv sieht anders aus. Sind Sie denn nicht zufrieden mit Ihrem Erfolg?«

»Es gibt noch einige offene Fragen, über die ich nicht sprechen möchte«, antwortete er höflich. Er wollte Anneliese Brauer nicht verletzen.

»Ich verstehe. Aber lassen Sie sich eins gesagt sein: Sherlock Holmes und Miss Marple haben nie aufgegeben, bis sie ihr Ziel erreicht haben. Nun stellt sich die Frage, ob Sie aufgeben werden.«

»Das werde ich genauso wenig. Es gibt keinen perfekten Mord. Ich weiß, wonach ich suche, und ich höre nicht damit auf, bis ich es gefunden habe.«

»Etwas anderes habe ich nicht von Ihnen erwartet.« Sie öffnete die Kühlschranktür, sah hinein und schloss sie wieder. »Ich bin gleich wieder da«, sagte sie, während sie hinausging.

Gordi glaubte, sie leise reden zu hören, aber bestimmt hatte er es sich nur eingebildet.

Als Anneliese Brauer zurückkam, hielt sie einen Becher Sahne in der Hand. »Der war in meiner Einkaufstasche. Ich bin früh los, da sind die Läden leer, und man muss nicht an der Kasse Schlange stehen.«

Sie tranken Tee und aßen den Zitronenkuchen.

Nach einer Weile verabschiedete sich Gordi. Die stämmige und doch so zerbrechlich erscheinende Frau mit ihrem grauen Dutt und der Küchenschürze, die sie immer trug, gab ihm mit ihren Kriminalromanen, ihren gehäkelten Deckchen, ihrem Tee und dem Selbstgebackenen ein Gefühl von Beständigkeit. Für manche mochte sie aufdringlich wirken, ihm würde sie wirklich fehlen. Er nahm sich vor, ab und an nach ihr zu sehen.

Er lief zum Nachbargebäude hinüber und öffnete die Haustür. Anneliese Brauer sah ihm von ihrem Gartenzaun aus nach, bis er verschwand.

Im Flur legte er die Jacke ab und betrachtete erneut die Bilder an den Wänden. Schon bald würde dieses prachtvolle Haus mit scinen kostbaren Kunstgegenständen, dem antiken Mobiliar und allem anderen in Dr. Sauers Besitz übergehen. Die Vorstellung, dass er hier wohnen, an Ella Martens' Schreibtisch sitzen, ihre Bücher lesen und ihre Musik hören würde, ärgerte Gordi. Er konnte es nicht erklären, aber es fühlte sich falsch an, obwohl es Ellas Wunsch gewesen war.

Wieder ging er durch alle Räume, durchsuchte jeden Schrank und jede Schublade. Wie erwartet, fand er nichts.

Seit der Testamentseröffnung hatte sich etwas verändert. Die helle Leichtigkeit war gewichen und hatte einer dunklen Atmosphäre Platz gemacht, als ob das Haus wüsste, dass seine Besitzerin nicht mehr wiederkehren würde.

Niedergeschlagen ging Gordi hinaus. Er war müde. Draußen nahm er die Schlüssel aus der Jackentasche und schloss die Haustür ab. Doch mit dem Einrasten des Türschlosses erstarrte seine Hand. Der Nebel schien sich zu lichten. Konnte es so simpel sein?

Zügig schloss er die Tür wieder auf, durchquerte eilig den Flur und ging direkt ins Arbeitszimmer. Er ließ seinen Blick im Raum umherwandern, dann nahm er das Bild im Silberrahmen in die Hand. Einige Male hatte er dieses Foto schon betrachtet, aber erst heute fiel es ihm auf. Der Schreibtisch, an dem Ellas Vater auf dem Bild saß, war derselbe, den er vor sich hatte. Er war wie vieles andere ein Erbstück der Familie.

Gordi setzte sich und strich mit der Handinnenfläche über das polierte Holz. Die meisten dieser altertümlichen Stücke besaßen ein geheimes Fach, in dem ihre Besitzer wichtige Dokumente aufbewahrten, die nicht jeder sehen sollte.

Er öffnete die Schubladen und fühlte hinein. Links war nichts zu finden. Enttäuschung machte sich breit. Dann griff er in die rechte Schublade – und da war er. Gordi ertastete einen kleinen Haken und zog daran. Mit einem leisen Klickton öffnete sich eine flache Schublade direkt vor ihm unter der Tischplatte.

Da lag es. Es war in schwarzes Leder gebunden. Auf der Vorderseite war in goldenen Buchstaben der Name »Ella Martens« eingraviert. Gordi konnte seine Aufregung kaum unterdrücken. Mit zitternder Hand nahm er das Tagebuch heraus, legte es auf den Schreibtisch vor sich, schlug es auf und begann zu lesen. Es war das letzte Tagebuch des Opfers.

***

Der Dienst war arbeitsreich gewesen, mehrere Unfälle waren eingeliefert worden, und die Viszeralchirurgen waren die ganze Nacht mit der Versorgung einer Milzblutung beschäftigt gewesen. Nach zwölfstündigem Ambulanzdienst wollte Anne nur noch ihre Stationsarbeit erledigen und nach Hause. Sie freute sich auf die Dusche und ihr Bett. Eine dringende Sache musste aber vorher erledigt werden.

Sie ging in die psychiatrische Abteilung. Ohne anzuklopfen, betrat sie das Vorzimmer von Dr. Sauer.

»Sorry, aber ich habe noch ein Anliegen. Dr. Sauer muss sich einen stationären Patienten von mir ansehen, und seine Oberärzte sind heute beschäftigt. Falls er nicht da ist, lege ich ihm die Akte in sein Büro.«

Wiebke Meyering war kurzfristig zur Nachfolgerin von Elke Wellers ernannt worden. »Gehen Sie durch. Dr. Sauer wird bestimmt heute Nachmittag wiederkommen. Ich sag's ihm dann. Haben Sie eine Konsilanfrage gestellt?«

»Klar, ist im System.«

»Okay. Legen Sie es ihm hin. Dann hauen Sie bloß ab. Sie sehen müde aus«, sagte Wiebke Meyering. »Früher habe ich Elke gern mal zu einem Plausch besucht. Aber seitdem das passiert ist, fühle ich mich hier nicht wohl. Jahrelang war das ihr Büro. Immerzu höre ich ihre hohen Schuhe klackern. Hoffentlich wird die Position schnell nachbesetzt. Dann kann ich zurück ins Schreibbüro.«

Anne ging zu Dr. Sauers Zimmer durch und platzierte die Akte auf seinem Tisch. Dabei fiel ihr das Terminbuch des Psychiaters auf. Sie vergewisserte sich, dass Wiebke Meyering beschäftigt war, und fing an zu blättern.

***

Als sie zu Hause ankam, war an Dusche und Bett nicht mehr zu denken. Was sie in Dr. Sauers Arbeitszimmer entdeckt hatte, war beunruhigend.

Das Telefon klingelte.

»Beekmann.« Sie lächelte. »Ich freue mich, dass du dich so rasch zurückmeldest. Konntest du etwas Wichtiges erfahren?« Während sie geduldig zuhörte, wurden ihre Gesichtszüge immer ernster. »Ich verstehe. Nicht zu glauben. Ich danke dir, Mary. Das ist eine große Hilfe. – Ja, wir müssen uns unbedingt bald treffen. Besuch mich. Du kannst bei mir übernachten. Platz genug habe ich. – Bis bald.« Sie legte auf, um erneut zu wählen. Ihre Müdigkeit war verflogen. Sie musste schnell handeln.

48

Onno saß an seinem Schreibtisch und sortierte die Unterlagen zum Todesfall Ella Martens, die an den Staatsanwalt übergeben werden sollten. Ob der mit den Indizienbeweisen Anklage erheben würde, war mehr als fraglich, obwohl der Cyanid-Fund in Schanhorsts Büro schwer ins Gewicht fiel.

Er hatte die Kopie von Ellas Testament in die Hand genommen, als es an der Tür klopfte. Eine junge Frau kam ins Zimmer. Sie stellte sich als Dr. Anne Beekmann vor.

»Was kann ich für Sie tun?«, fragte Onno. »Halt, Sie kenne ich doch. Sie sind die Ärztin, die uns im Krankenhaus den Weg zur Psychiatrie gezeigt hat. Martin Gerdes' Informantin.«

Anne Beekmann runzelte die Stirn. »Hat er mich so genannt?« Im nächsten Moment schien sie den Gedanken abzuschütteln. »Egal, ich suche Martin.«

»Tut mir leid. Er ist heute nicht gekommen. Ist es wichtig?«

»Ich bin mir nicht sicher. Es geht um den Mord an Ella Martens.«

»Was wissen Sie über den Fall?«

»Die wichtigsten relevanten Tatsachen.«

Onno kniff die Augenbrauen zusammen und räusperte sich. Er versuchte, seinen Unmut darüber, dass sein Kollege einer wildfremden Person interne Informationen über den Fall anvertraut hatte, zu verbergen. »Er hat sich nicht abgemeldet. Und niemand hier nennt ihn Martin«, sagte er schroffer, als er es beabsichtigt hatte. »Aber nehmen Sie doch Platz.« Er wies auf den Stuhl neben seinem Schreibtisch.

Anne Beekmann setzte sich. »Er hat mir von Ihnen erzählt.«

»Ich nehme an, die wichtigsten relevanten Tatsachen.«

»Sie sind sein bester Freund«, sagte sie, ohne auf seinen Sarkasmus einzugehen.

Onno blieb stumm. Offenbar hatte Gordi ihr mehr als die Fakten des Mordfalls anvertraut. »Haben Sie etwas Geduld.

Ich mache das hier schnell fertig, dann können wir uns darüber unterhalten, was Sie Gordi mitteilen wollen.«

Anne Beekmann saß auf ihrem Stuhl, während sich Onno auf die Arbeit konzentrierte. Sie fixierte jede seiner Bewegungen und tippte ungeduldig mit den Fingern auf ihrer Ledertasche herum. Onno ließ sich davon nicht irritieren, sondern las die Akte, die vor ihm lag, Wort für Wort durch. Gordis Vertraute sollte ruhig warten.

Kaum hatte er das Blatt mit dem Siegel von Ella Martens' Notar beiseitegelegt, nahm er es wieder auf und starrte fassungslos auf denselben Abschnitt. »Kann das sein?«

»Ist etwas?«, fragte Anne Beekmann.

»Das Opfer hat *Dr. Ansgar Sauer* als ihren Haupterben benannt. Ansgar.«

»Das ist mir bekannt.«

»Ansgar! Ich habe den Namen vor Kurzem gehört.« Abrupt sah er auf zu Anne Beekmann. »Wie viele Männer mit diesem Vornamen kennen Sie?«

»Da brauche ich nicht zu überlegen: keinen außer Dr. Sauer.«

»Genau, ich auch nicht. Es könnte ein verdammter Zufall sein, aber das muss ich überprüfen.«

»Was ist mit meiner Information? Ich glaube, es ist wichtig.«

»Später. Kommen Sie mit.« Onno lief eilig aus dem Zimmer und stieß am Ende des Flures die Tür zu Jans Büro auf. »Ich brauche Hilfe!«

Jan drehte sich auf seinem Stuhl zu ihm um. Als er die junge Frau hinter Onno stehen sah, wurden seine Gesichtszüge freundlich. »Stell mir erst einmal deine Begleitung vor.«

Onno deutete mit der Hand auf sie. »Dr. Beekmann, Gordis Freundin.«

»Seit wann hat Gordi eine Freundin?« Jan wandte sich Anne Beekmann zu und stand auf. »Freut mich, Sie kennenzulernen.«

»Hör doch mal zu! Wir haben jetzt keine Zeit für Höflichkeiten«, sagte Onno genervt. »Kannst du den Vornamen eines seit Jahren verstorbenen Mannes ermitteln?«

»Wenn du mir seinen Nachnamen gibst, schon. Warum? Ist es dringlich?«

»Kann sein. Die Witwe ist noch an derselben Adresse angemeldet und heißt Anneliese.«

»Dann wird er sicher auf einem Friedhof in Norden liegen. Ich sehe die Sterberegister durch. Gib mir eine Minute.« Jan wandte sich seinem Monitor zu und bediente die Maus.

»Herr Schoolmann, ich muss Ihnen etwas sagen«, drängte Anne Beekmann. »Es erscheint mir doch wichtiger, als ich dachte.«

»Bitte, nicht jetzt. Ich habe gleich Zeit für Sie«, wehrte Onno ab.

»Aber …«

»Der Mann hieß Brauer und wohnte in der Baumstraße 151.« Jan durchsuchte das digitale Archiv der Friedhofsverwaltung, zu dem er die Zugangsberechtigung hatte. »Werner, der Mann hieß Werner Brauer«, sagte er nach einer Weile.

Onno schlug mit der Hand auf den Schreibtisch. »Wusste ich's doch. Werner Brauer ist der verstorbene Ehemann von Anneliese Brauer, Ella Martens' Nachbarin. Als wir sie am Tattag befragt haben, hat sie beiläufig seinen Namen erwähnt. Sie nannte ihn Ansgar. Ein äußerst seltener Name, weshalb er mir im Gedächtnis geblieben ist. Als ich vorhin Ellas Testament überflog, ist er mir aufgefallen.«

»Dr. Ansgar Sauer!«, sagte Anne Beekmann.

»Eine alte Frau kann sich schon mal versprechen. Ein Zufall. Möglich, dass jemand ihrer Bekannten Ansgar heißt«, warf Jan ein.

»Mit Sicherheit nicht. Was ich Ihnen dauernd sagen will, ist wichtig. Hören Sie mir doch endlich mal zu!«, rief Anne Beekmann ungehalten.

»Dann schießen Sie los«, sagte Onno genervt.

»Heute Morgen bin ich wegen der konsiliarischen Beratung einer meiner Patienten in Dr. Sauers Sekretariat gewesen. Er hatte die Klinik vorzeitig verlassen. Frau Wiebke Meyering, Elke Wellers' kurzfristiger Ersatz, ließ mich aber in sein Zimmer, damit ich die Akte zur Bearbeitung auf seinen Schreibtisch legen konnte. Dabei ist mir Dr. Sauers Terminkalender aufgefallen. Ich habe die Gelegenheit genutzt und darin geblättert, ohne dass Frau Meyering etwas bemerkt hat. Dabei habe ich den Namen ›Anneliese Brauer‹ entdeckt. Dr. Sauer hat wöchentliche Treffen mit ihr vereinbart. Ich habe den Namen sofort erkannt, weil Martin über sie gesprochen hat. Er hat sie als liebenswerte Person beschrieben. Zu Hause angekommen, hat mich dann auch meine Kontaktperson aus Mainz angerufen, wo Dr. Sauer mehrere Jahre tätig gewesen ist. Sie hat in Erfahrung gebracht, dass er dort keineswegs aus eigenem Antrieb gegangen ist, um für den Landkreis Aurich zu arbeiten. Vielmehr wurde ihm nahegelegt, zu gehen, um ein drohendes Verfahren zu vermeiden.«

»Warum?«, fragte Onno.

»Er hat mehrfach ältere Patientinnen, wie soll ich sagen, unüblich behandelt, indem er persönlichen Kontakt zu ihnen pflegte und sie außerhalb seiner Dienstzeiten in ihren Wohnungen besucht oder bei sich empfangen hat. Und er hat Geschenke angenommen. Meistens waren es alleinstehende Frauen. Aber in einigen Fällen hat es doch noch entfernte Verwandte wie Großnichten, Cousinen und so weiter gegeben. Mit der Zeit gab es Beschwerden, kein Krankenhaus ist an einem Skandal interessiert. Die Klinikleitung wollte ihn so schnell wie möglich loswerden und alles unter den Teppich kehren. Ich habe sofort versucht, Martin anzurufen, aber er ist nicht zu Hause, und sein Handy ist ausgeschaltet. Die Nachbarin Ihres Opfers steht in Dr. Sauers Behandlung. Wenn sie bewusst oder unbewusst etwas über den Mord weiß, ist sie in größter Gefahr.«

»Warum haben Sie das nicht gleich gesagt?« Onno griff nach dem Telefonhörer.

»Das habe ich versucht. Hören Sie denn nie zu? Martin hat es sicher nicht leicht mit Ihnen. Wie können Sie mit dem Kerl arbeiten?«, fragte Anne Beekmann Jan.

»Wir geben unser Bestes, Tag für Tag«, erwiderte der, sichtlich erfreut, dass sie Onno Paroli bot.

Onno ließ das Telefon immer wieder klingeln, aber niemand ging ran. Anneliese Brauer war offensichtlich nicht zu Hause.

»Was machen wir jetzt?«, fragte Jan.

»Ich werde zu Dr. Sauer fahren. Er ist uns eine Antwort schuldig.«

»Ich komme mit«, sagte Anne Beekmann.

»Nein!«

»Oh, doch. Ich lasse mich nicht abwimmeln. Ich habe Martin vor Dr. Sauer gewarnt. Sie brauchen mich.«

Onno hatte keine Lust, mit dieser Frau zu diskutieren, die offensichtlich genau wusste, wovon sie sprach, und die zu Gordi eine Beziehung zu haben schien, welcher Art auch immer. »Jan, schick einen Zivilwagen in die Baumstraße. Sie sollen etwas weiter weg warten. Ich werde mich dort mit ihnen treffen.«

Er verließ Jans Büro und lief los. Anne Beekmann beachtete er nicht weiter, aber sie kam mühelos mit. Sie stiegen in den Wagen, und Onno fuhr los.

»Wenn ich auf Anneliese Brauer gekommen bin, dann ist es Elke Wellers auch«, sagte Anne Beekmann nachdenklich. »Sie ist nicht dumm gewesen und war äußerst neugierig, und sie kannte Sauers Terminkalender. Ich kann aber nicht begreifen, warum sie damit nicht zur Polizei gegangen ist.«

Sie hielten direkt vor Dr. Sauers Haus. Onno sprang aus dem Wagen und drückte mehrfach heftig die Türklingel.

Kurz darauf öffnete eine hochgewachsene, knochige Frau in den Fünfzigern die Haustür. »Es ist nicht nötig, die Glocke zu beschädigen. Ich bin nicht taub«, sagte sie barsch.

»Wir suchen den Hausherrn, Dr. Sauer. Und wer sind Sie?«, fragte Onno atemlos.

»Ich bin die Haushälterin.«

»Ich muss den Doktor unbedingt sprechen.«

»Er ist nicht zu Hause. Haben Sie einen Termin bei ihm?«

»Nein. Aber es ist wichtig. Mein Name ist Onno Schoolmann, ich bin Kommissar der Mordkommission.«

Leise Radiomusik drang aus dem Haus zu ihnen.

»Versuchen Sie es ein anderes Mal«, entgegnete die Frau abweisend und schickte sich an, die Tür zu schließen.

Anne Beekmann war Onno gefolgt. »Schade, dass Sie nicht wissen, wo der Doktor ist«, sagte sie betont freundlich.

Die Haushälterin vergrößerte den Türspalt wieder und reckte das Kinn trotzig empor. »Wie kommen Sie darauf, dass ich es nicht weiß?«

Demonstrativ ruhig legte Anne Beekmann eine Hand auf Onnos Arm. »Lassen Sie uns gehen, Herr Schoolmann. Die Dame ist nur eine Angestellte. Wir können nicht erwarten, dass sie Kenntnis davon hat, was in dem Haushalt ihres Arbeitgebers vor sich geht.«

»Das habe ich sehr wohl«, sagte die Haushälterin empört. »Ich führe diesen Haushalt, seit der Doktor eingezogen ist, und keiner weiß mehr darüber, wer hier ein und aus geht, als ich. Aber ich bin kein Plappermaul.«

»Na sicher. Das sagen Hausangestellte, die keine Ahnung haben, immer. Das war bei der Putzhilfe meiner Eltern nicht anders.«

Anne Beekmann hatte die Frau aus der Fassung gebracht.

»Ich bin keine Putzhilfe!«, rief sie schrill. »Ich führe dem Doktor den Haushalt. Im Übrigen ist er bei Anneliese Brauer.« Plötzlich schien ihr Diskretion unwichtig zu sein.

Onno traute seinen Ohren nicht. »Woher wissen Sie das?«

»Weil sie eine Patientin von Dr. Sauer ist. Die Gute scheint den Tod ihrer Nachbarin nicht verwunden zu haben.«

»Seit wann ist Anneliese Brauer Patientin bei ihm?«

»Ich glaube nicht, dass Sie das etwas angeht, und ich bin nicht befugt, es Ihnen mitzuteilen.«

»Sie beantworten mir meine Fragen hier und jetzt oder im Revier, nachdem ich Sie verhaftet habe.«

Die Altersfältchen um den Mund der Haushälterin zuckten heftig. Sie schien unentschlossen, fügte sich aber. »Nach einem Anruf von Frau Brauer ist der Doktor losgefahren. Er ist der fürsorglichste Arzt, den ich kenne. Manch einer sollte sich ein Beispiel an ihm nehmen.«

»Ist Frau Brauer häufig bei ihm gewesen?«

»Selten, meistens ist der Doktor zu Hausbesuchen bei ihr. Nachdem Ella Martens sie einmal mitgebracht hatte, hat er Anneliese Brauer regelmäßig besucht. Seiner Sekretärin habe ich das auch gesagt.«

»Meinen Sie Elke Wellers?«

»Ja, es war Montag vor zwei Wochen. Ich habe ein exzellentes Gedächtnis. Sie hat am Nachmittag angerufen, als der Doktor nicht zu Hause war. Die Gute hatte seine Termine mit Anneliese Brauer durcheinandergebracht, hat fast geweint. Ich habe ihr gesagt, dass der Doktor Frau Brauer erst drei Tage vor dem Tod ihrer Nachbarin besucht hätte. Sie war erstaunt darüber. Na ja, die jungen Dinger haben ihre Gedanken nicht bei der Sache.«

Onno hatte genug gehört. Er drehte sich auf dem Absatz um, hechtete zu seinem Wagen und ließ den Motor an.

Anne Beekmann folge ihm. »Im Übrigen ist Ihr Boss ein Arsch. Suchen Sie sich einen neuen Job!«, rief sie der Haushälterin zu, die ihnen verdutzt hinterhersah, und stieg zu Onno in den Wagen.

Er griff nach hinten, holte das Blaulicht vom Rücksitz, befestigte es durch das offene Seitenfenster mit einem Magneten auf dem Dach des BMW und drückte aufs Gaspedal.

»Bei der ersten Befragung über Ella Martens hat uns Dr. Sauer erzählt, dass er Patienten grundsätzlich nicht zu Hause aufsucht«, rief er über den Motorlärm hinweg. Er achtete nicht auf die Geschwindigkeitsbegrenzungen und überholte etliche Autos, die rechts ranfuhren, um Platz zu machen. »Außer seiner Haushälterin scheint es niemand gewusst zu haben. Ich frage mich, was Elke Wellers mit diesem Wissen angefangen hat – und ob sie dafür sterben musste.«

49

Gordi lehnte sich zurück, schloss die Augen und atmete tief durch. Er fühlte sich ausgelaugt und matt. Er hatte gefunden, wonach er so lange gesucht hatte. Doch die Realität konnte noch entsetzlicher sein als die Vorstellungskraft des Menschen.

»Ich wusste, dass Sie es entdecken würden.«

Durch die Stimme aufgeschreckt, riss er die Augen auf. In der Tür stand Dr. Sauer.

»Sie haben genau wie ich nach den verbliebenen Tagebüchern gesucht«, entgegnete Gordi.

Ein Lächeln umspielte Dr. Sauers Lippen. »Das habe ich, das *musste* ich. Ich wollte sie finden, bevor Sie es tun. Dann wären wir beide nicht hier und würden uns das Unangenehme, das nun folgt, ersparen.« Er trat ins Zimmer. »Die gute Ella hat immer viel geschrieben. Es lag in ihrer Natur. Sogar über unsere Therapiestunden hat sie penibel Buch geführt. Sie war eine äußerst strukturierte Persönlichkeit. Ich musste davon ausgehen, dass ich zum Schluss nicht gut wegkam.«

»Damit behalten Sie recht. Sie haben sich Nachschlüssel für das Haus besorgt.«

»Richtig. Immer nachts, wenn ich sicher war, dass niemand mich bemerken würde, war ich hier. Aber Sie waren schneller. Ich gebe zu, dass dieser Umstand mich kränkt.«

»Daher die kleinen Veränderungen. Das Foto am falschen Platz, ein Buch auf dem Tisch, das vorher nicht da lag. Ich dachte, ich hätte mich bloß getäuscht.«

»Haben Sie genug erfahren?«

»Genug, um Sie des Mordes zu bezichtigen.«

»Das habe ich mir schon gedacht.«

»Falls sie es Ihnen nicht gesagt hat, so haben Sie doch geahnt, dass Ella Sie enterben wollte. Das konnten Sie nicht zulassen. Wissen Sie, was Sie mir bei unserem ersten Treffen sagten?«

»Ich entsinne mich nicht mehr«, entgegnete Dr. Sauer.

»Dann werde ich Ihre Erinnerung auffrischen. Sie sagten, dass Ella bei ihrem letzten Gespräch in einer Art Aufbruchsstimmung gewesen sei, wie vor dem Beginn eines entscheidenden Schrittes in ihrem Leben. Sie wussten, dass sie ihren Arbeitgeber der Bestechlichkeit beschuldigte, und haben die Gelegenheit genutzt, den Verdacht in diese Richtung zu lenken.«

»Nicht doch.« Dr. Sauer kam ein paar Schritte näher. Mit seiner braunen Cordhose und der gleichfarbigen Wollweste stand er groß und etwas unbeholfen im Zimmer. »Ich war ihr Therapeut. Ich habe sie aufgebaut, als sie am Boden war. Und wie hat sie es mir gedankt?«

»Sie ist Ihnen entwachsen und wollte Sie verlassen, aber Sie gehören nicht zu den Männern, die man verlässt.«

Dr. Sauer grinste. »Sie täuschen sich, Herr Kommissar. Es macht mir nichts aus, wenn Menschen mich verlassen, solange *ich* entscheide, wann sie gehen. Ich beschloss, wann mein Bruder ging, wann meine über alles geliebte Mutter ging und wann Ella ging. Bei unserer letzten Sitzung hat sie mir mitgeteilt, dass sie ihr Testament ändern werde. Das hätte sie nicht tun sollen. Es ist immer eine Entscheidung, die man fällt, die ich auch bei der aufreizenden Elke Wellers getroffen habe.« Er sprach seine Worte mechanisch aus, ohne jegliche Emotion. »Ich sehe Ihnen an, dass Sie damit nicht gerechnet haben. Es freut mich, dass ich Sie überraschen konnte.«

»Aus welchem Grund haben Sie Elke Wellers getötet?«

»Sie fühlte sich zu Höherem berufen. Ich habe belustigt beobachtet, wie sie mit dem Landrat zusammenkam. Ihr junger Freund ist nur ein verliebter Hohlkopf, den sie an der Leine geführt hat. Sie war gewitzt, aber zu neugierig. Sie machte den Fehler, herumzuschnüffeln, und hat herausbekommen, dass ich Ella Martens und meine Anni zu Hause aufgesucht habe. Als Ella starb, hat sie einige Schlüsse aus ihrem Wissen über meine Kontakte zu Patientinnen gezogen. Sie kam zu mir, um sich auszutauschen. Den Rest wissen Sie.«

»Sie hat Sie erpresst.«

»Sie hat es versucht.«

»Ihre Sekretärin erschlagen, Ihre Patientin vergiftet.«

»Oh, nein! Ella – das war ich nicht.«

Als habe sie auf ein Stichwort gewartet, trat die kleine, stämmige Person mit grauem Dutt aus dem Hintergrund und stellte sich neben Dr. Sauer. Sie lächelte verschmitzt wie ein Schulmädchen, und ihre Grübchen kamen zum Vorschein. Immer noch trug sie ihre Küchenschürze. »Das habe *ich* getan«, sagte sie kichernd, und ihre Freude darüber war nicht zu überhören.

»Ihr Tee«, korrigierte Gordi.

Dr. Sauer legte den Arm um ihre Schultern. »Meine Anni ist dankbarer, als es Ella jemals war. Sie ist ein gutes Kind.«

Das Wort »Kind« hämmerte in Gordis Ohren. Ihr Vater hatte sie Anni genannt und dann ihr Ehemann. So ergaben die Puzzleteile ein Bild. Er wandte sich an Anneliese Brauer. »Bitte, Anni. Dieser Mann benutzt Sie nur. Sehen Sie das nicht? Er ist nicht Ihr liebender Ehemann, den Sie verloren haben und den Sie sich zurückwünschen.«

»Hören Sie auf!«, schrie sie schrill. »Ansgar liebt mich! Ella hat Ansgars Wert nie zu schätzen gewusst. Sie hielt mich für einfältig. Ich habe ihr meine Büsche im Garten gezeigt, aber ihr ist nichts aufgefallen. Die gebildete Ella, die Kunst und klassische Musik liebte, hat nicht gemerkt, dass die prachtvollen Gewächse in meinem Garten Kirschlorbeeren sind. Sie hat nicht geahnt, dass diese Büsche ihr eines Tages den Tod bringen würden. Im Grunde ist die Pflanze mäßig giftig, aber ein Sud aus Früchten und Blättern ergibt eine konzentrierte tödliche Flüssigkeit.«

Es war zwecklos, Gordi drang nicht zu ihr durch.

»Meine Anni hat viele Talente«, ergänzte Dr. Sauer.

»Die dumme Pute hat sich für etwas Besseres gehalten. Aber sie hat mich mit Ansgar zusammengebracht. An dem Samstagvormittag klingelte sie an meiner Tür. Sie war sichtlich aufgewühlt, nachdem sie zuvor eine Aussprache mit einem Mann namens Schanhorst gehabt hatte. Sie brauchte jemanden, dem sie sich anvertrauen konnte. Ich bat sie herein und brühte ihr einen aromatischen Tee. Dazu habe ich die gleichen frisch gebackenen Kekse serviert, die Sie Stunden später mit Ihrem Kollegen bei mir gegessen haben. Sie haben ihr genauso gut geschmeckt wie Ihnen. Der Streit mit diesem Schanhorst war die Gelegenheit, die mir der Zufall geschenkt hat, und ich habe sie genutzt. Ein paar Tropfen im Tee sind geschmacklos und fallen gar nicht auf. Es war ganz leicht.« Anneliese legte den Kopf tief in den Nacken und sah Dr. Sauer, der sie um Kopfeslänge überragte, mit wirrem Blick an.

»Das hast du gut gemacht. Wer könnte deinen Keksen mit Tee widerstehen?« Dr. Sauer strich ihr übers Haar.

Gordi fühlte Hitze in sich aufsteigen, Schweiß rann ihm von der Stirn. Er versuchte aufzustehen, spürte aber, dass die Kraft in seinen Beinen versagte.

Anneliese klatschte in die Hände. »Ist das nicht wunderbar? Es wirkt! Ich habe dir gesagt, Ansgar, dass ich es schaffe. Ich habe es versprochen, siehst du?«

»Und du hast Wort gehalten.« Dr. Sauer wandte sich an Gordi. »Es war nur ein Schlafmittel, das wird Sie nicht töten. Sie werden sterben, aber nicht in diesem Haus. Man wird Sie erschlagen auf der Baustelle von Herrn Schanhorst finden, einen Maurerhammer daneben. Bis dahin wird das Schlafmittel in Ihrem Blut nicht mehr nachweisbar sein. Es ist immer von Vorteil, die Halbwertszeit von Betäubungsmitteln zu kennen. Ihr Tod wird den Verdacht auf Manfred Schanhorst lenken. Glücklicherweise ist er durch Kaution auf freiem Fuß. Es war Annis Idee, Gift bei ihm zu deponieren. Wenn jetzt noch ein toter Kommissar auf seinem Bauplatz gefunden wird, ist es perfekt.«

»Schanhorst würde mich nicht auf seinem eigenen Bauplatz liegen lassen. Das wäre zu offensichtlich. Damit werden Sie nicht durchkommen.«

»Oh, das sind wir schon. Sie haben den fatalen Fehler begangen, Ihren Kollegen nicht mitzuteilen, wohin Sie gehen. Da hat meine Anni aufgepasst und mich gleich angerufen. Keine Menschenseele außer uns weiß über Ihre Anwesenheit hier Bescheid. Schanhorst wollte Sie in das Fundament seines Gebäudes einbetonieren, aber noch ehe er dazu kam, hat Sie jemand entdeckt. Niemand wird das hinterfragen, besonders Ihr Kollege Schoolmann nicht. Soweit ich weiß, sind die Ermittlungen noch nicht abgeschlossen.«

Gordi versuchte, seine Gedanken zu ordnen. Er hatte sich nicht verhört. Anneliese Brauer hatte mit Dr. Sauer telefoniert, als sie hinausgegangen war, um die Sahne zu holen.

»Es gibt kein Motiv, warum sollte er das tun?«

»Gelegenheit und Mittel habe ich geliefert, der Rest wird sich finden. Schließlich kann ich nicht die ganze Arbeit für die Polizei machen. Fühlen Sie schon die Müdigkeit in Ihren Gliedern?« Dr. Sauer sah auf seine Armbanduhr. »Es wird nicht mehr lange dauern.«

Die Umrisse der beiden wurden immer undeutlicher. Gordi stützte beide Hände auf den Schreibtisch und drückte sich aus dem Stuhl auf die Beine. Mit letzter Kraft kam er um den Tisch herum, ehe er zusammenbrach. Er fühlte den flauschigen Teppich an seiner Wange.

Eine kräftige Hand packte ihn an der Schulter und drehte ihn auf den Rücken. Dr. Sauer kniete neben ihm und beugte sich über sein Gesicht, so nah, dass Gordi meinte, seine Haut zu spüren. Im letzten Moment nahm er einen Hauch von Bergamotte wahr, Azzaro. Von Weitem drang eine bekannte Stimme an sein Ohr.

»Hände hoch!«

Dann verschwamm alles endgültig vor seinen Augen.

Onno gab Gordi einige Klatscher auf die Wange und rief seinen Namen. »Bleib wach! Hörst du? Bleib bei mir!«

Gordi verlor das Bewusstsein.

»Nein!« Onno sah hoch zu Dr. Sauer, der von zwei Streifenpolizisten an den Armen gepackt wurde. »Was hast du ihm gegeben, verdammtes Arschloch?«

50

Die tiefe Dunkelheit wechselte zu einem dichten grauen Nebel, der sich allmählich lichtete, um einer strukturierten weißen Fläche Platz zu machen. Er hatte geträumt, das wusste er, konnte sich aber nicht mehr erinnern, wovon. Der Schmerz dröhnte in seinem Schädel. Er kniff die Augen immer wieder zusammen. Das Weiß war die Decke des Raumes.

Wo war er?

Langsam kam die Erinnerung zurück. Lag er noch auf dem Boden in Ella Martens' Arbeitszimmer?

»Wird Zeit, dass du aufwachst«, hörte er Onno sagen.

Vorsichtig hob er den Kopf, um sich umzusehen, aber der stechende Schmerz ließ ihn in die Kissen zurücksinken. Er lag in einem Bett, Onno saß daneben in einem Sessel. Ein schummeriges Nachtlicht an der Wand beschien sein Gesicht, die dunklen Augenringe zeugten von durchwachten Stunden.

»Wo bin ich?« Gordi drückte sich mit Gewalt hoch.

»Im Krankenhaus in Norden.«

»Wie spät ist es?«

»Weit nach Mitternacht. Du hast vierzehn Stunden geschlafen.«

Gordi massierte sich die Schläfen. Was war passiert? Er konnte sich nur an wenig erinnern. Wenn nur diese fürchterlichen Kopfschmerzen nicht wären. Er konnte seine Gedanken kaum ordnen.

Er hatte Ellas letztes Tagebuch gelesen. Dann war Dr. Sauer hereingekommen. Der Doktor und …

Wie ein Blitz war es wieder da.

Er dachte nach, ehe er sprach. »Danke, du bist in letzter Minute aufgetaucht.«

Onno nahm das Glas vom Nachttisch, schenkte Wasser ein und reichte es ihm. »Die Ärztin hat gesagt, du brauchst viel Flüssigkeit.«

Gordi trank das Glas in wenigen Zügen leer und atmete tief. »Wie bist du auf Ellas Haus gekommen? Du wusstest doch nicht, wo ich bin«, sagte er mühsam.

»Die erste Regel im Dienst lautet: niemals irgendwohin gehen, ohne einen Kollegen zu informieren.« Onnos Verärgerung war deutlich in seinem Ton zu hören.

»Dito«, entgegnete Gordi schwach. »In diesem Fall haben wir uns beide nicht mit Ruhm bekleckert, du hast recht.«

»Das war das Dümmste, was du bisher getan hast. Du kannst froh sein, dass deine Freundin ein helles Köpfchen ist.«

»Welche Freundin?«

»Ich meine Dr. Anne Beekmann. Sie hat herausgefunden, dass Anneliese Brauer Patientin von Dr. Sauer ist. Das wollte sie dir umgehend mitteilen. Und als sie dich zu Hause nicht erreichen konnte, hat sie das Revier aufgesucht. Ohne sie hätten wir dich …«

»… erschlagen auf einer Baustelle in Plaggenburg gefunden«, vollendete Gordi den Satz. »Wie kommst du darauf, dass sie meine Freundin ist? Das hat sie dir sicher nicht gesagt.«

»Welche Frau würde darauf bestehen, dich zu suchen? Du hättest sie sehen sollen, wie sie mit der Haushälterin von Dr. Sauer umgesprungen ist. An ihr ist eine Verhörspezialistin verloren gegangen.«

»War sie mit dir in Ella Martens' Haus?«

»Ich habe zuerst bei Anneliese Brauer geklingelt. Als sich dort nichts regte, ist sie rübergelaufen. Die Tür war angelehnt. Ich hatte Mühe, sie davon abzuhalten, als Erste hineinzustürmen. Bei der Festnahme fanden wir einen Zweitschlüssel in Anneliese Brauers Kitteltasche.«

»Wo sind die beiden jetzt?«

»Anneliese Brauer ist vorerst in psychiatrischer Betreuung. Sie hat gar nicht erst versucht, etwas zu leugnen. Sie redet wie ein Wasserfall und prahlt mit ihrer Tat. Die ganze Zeit spricht sie von ihrem Mann, Ansgar. Ella habe es verdient zu sterben. Sie habe ihren Mann beschützen müssen. Sie hat Schanhorst aufgesucht, und weil sie über sein Treffen mit Ella Martens

Bescheid wusste, hat er sie empfangen. Ella muss es ihr am Mordvormittag gesagt haben. Warum auch nicht? Schließlich hatte sie keinen Grund, der alten, unbedarften Nachbarin zu misstrauen. Ehe es zu einem Gespräch mit Schanhorst kam, hat Anneliese Brauer einen Schwächeanfall vorgetäuscht. Schanhorst ist hinausgelaufen, um etwas Wasser zu holen. Da hat sie das Giftfläschchen in seiner Schreibtischschublade deponiert. Am nächsten Tag haben wir mit den Hausdurchsuchungen zugeschlagen und Schanhorst verhaftet. Der gute Doktor hat bisher kein Wort verloren.« Onno stand auf, ging zum Fenster und öffnete es einen Spaltbreit. Der Nachthimmel war sternenklar und die Luft frisch. Mit ernster Miene setzte er sich zurück an Gordis Bett. »Dafür sprechen Ellas Tagebucheintragungen Bände. Hast du es komplett gelesen?«

»Ich bin nicht bis zum Schluss gekommen.«

»Sie hat Dr. Sauer schnell durchschaut und wollte, wie du vermutet hast, ihr Testament ändern. Gewissensbisse plagten sie, weil sie Anneliese zu ihm gebracht hatte, die im Lauf ihrer Behandlung immer abhängiger von ihm wurde. Wie sehr, hat sie nicht geahnt. Die Azzaro-Geschenkflasche hat sich aufgeklärt. Es sollte das Abschiedsgeschenk für den Doktor sein.«

Gordi lachte bitter auf.

»Was ist los?«, fragte Onno.

»Das Letzte, woran ich mich erinnern kann, abgesehen von deinem wütenden Gesicht über mir, ist ein würziger, holziger Duft mit einem Hauch von Bergamotte. Wie kann das sein? Während der Ermittlungen hatte ich mehrfach Kontakt zu Dr. Sauer. Diesen Geruch habe ich nie an ihm bemerkt.«

»Möglich, dass dein Geruchssinn geschärft war. Als du bewusstlos wurdest, hast du von der Umgebung nichts weiter wahrgenommen, außer den Doktor, der sich über dich gebeugt hatte.« Onno zog die Stirn kraus. »Wenn ich nicht so verbohrt gewesen wäre, wenn ich dir geglaubt hätte, wäre es nicht so weit gekommen.«

»Nie hätte ich diese liebenswerte, keksebackende Hobbygärtnerin, die Agatha-Christie-Bücher liest, verdächtigt.«

»Bei der Durchsuchung ihres Hauses fanden sich zwei Fläschchen Cyanid. Die fürsorgliche Nachbarin ist eine Giftmischerin.«

»Mann!«, rief Gordi. »Ich werde nie wieder Tee trinken oder den Geruch von frisch gebackenem Zitronenkuchen genießen können, ohne an Anneliese Brauer zu denken.« Er überlegte, ehe er weitersprach. »Sauer hat Elke Wellers erschlagen.«

Onno nickte. »Das wissen wir …«

Er hatte den Satz noch nicht beendet, als es leise klopfte. Die Tür wurde geöffnet, und Annes besorgtes Gesicht kam zum Vorschein. Als sie Gordi sah, begann sie zu lächeln.

»Du bist wach«, sagte sie erleichtert und trat ein.

»Ich lass euch allein.« Onno stand auf.

»Wohin gehst du?«

»Ins Revier. Die Berichte schreiben sich nicht von selbst. Werde sicher den Rest der Nacht dafür brauchen.« An der Tür schaute er noch mal zurück. »Pass bloß auf.« Er deutete auf Anne. »Die Frau ist gerissen und cleverer, als du es bist.« Grinsend ging er hinaus und zog die Tür hinter sich zu.

Anne setzte sich auf die Bettkante. Die Zornesfalte auf ihrer Stirn zeigte, wie wütend sie war, aber ihr Mund lächelte weiterhin. Sie schien sich zwischen Groll und Sorge nicht entscheiden zu können.

»Warum hast du dein Handy ausgeschaltet? Wir konnten dich nicht erreichen. Deine Kollegen waren in Sorge.«

»Nur meine Kollegen?«

»Ich hatte große Angst um dich.« Anne legte die linke Hand auf Gordis Wange. »Du hättest tot sein können.«

»Hättest du um mich geweint?«

Sie antwortete nicht.

»Ich habe mein Handy in Ellas Haus abgeschaltet, um mich bei der Suche ungestört konzentrieren zu können«, erklärte Gordi. »Ab jetzt werde ich immer erreichbar sein, für dich. Ich verspreche es.«

Anne beugte sich vor, er konnte ihren warmen Atem auf der Wange spüren. »Mach das nie wieder, hörst du?«, hauchte sie, um ihm gleich darauf einen sanften Kuss auf die Lippen zu geben.

Mit einem Ruck drückte er sie von sich weg. »Mein Gott, kann man nicht noch nach Jahrzehnten Gift in einer Kinderleiche nachweisen?«

»Wie kommst du denn darauf?«

»Dr. Sauer hat angedeutet, seinen kleinen Bruder und seine Mutter ermordet zu haben. Was ihn betrifft, sind die Ermittlungsarbeiten noch nicht abgeschlo–«

Anne legte ihre Fingerspitzen auf seinen Mund. »Schluss damit. Selbst ein Mordermittler muss einmal pausieren.«

Und das wollte Gordi auch.

51

Die Mappe mit den Berichten und das Kuvert, in das er die Bilder gesteckt hatte, lagen vor Onno auf dem Couchtisch. Er hatte drei Whiskygläser geleert, bevor er sich überwinden konnte, die Unterlagen wegzupacken. Es wurde Zeit, die Vergangenheit ruhen zu lassen.

Er nahm die Mappe in die Hand und stand auf, um sie in den Schrank zu legen. Nach wenigen Schritten kehrte er zurück, öffnete das Kuvert und ließ die Bilder auf den Tisch gleiten. Es würde eine lange Nacht werden, aber er konnte nicht anders.

***

Gordi erholte sich zu Hause, nachdem er vor zwei Tagen aus dem Krankenhaus entlassen worden war. Auf dem Balkon hing er seinen Gedanken nach. Er war mit diesem Ort verbunden. Er wusste, dass solche Gefühle nicht modern waren, nicht hip genug, und dass es die meisten jungen Leute in die Zentren mit ihren schicken Einkaufs- und Partymeilen für die einen und den kulturellen Angeboten für die anderen zog. Nach seiner Ansicht waren Bildung und Kultur nicht nur in Großstädten zu finden. Für ihn lagen sie hier, eins mit dem Land, das er so liebte. Er würde diese Region nie verlassen.

Immer wenn er hier stand und auf das Meer schaute, auf die wogenden Wellen und die Wolken, die am Horizont das Wasser berührten, vergaß er die Morde, die Verbrechen und das Böse, das auf der Erde hinter ihm existierte. Für eine kurze Zeit gab es nur ihn und die See vor seinen Augen.

Seine Gedanken wanderten wieder in die Baumstraße 150 und zu Ella Martens. Er stellte sich die Familienbilder in ihrem Haus vor, die sie chronologisch von ihrer Geburt bis in ihr Alter zeigten. Diese Frau war ihm nie begegnet, aber in seinem Kopf wurden die Bilder lebendig, und er hatte das Gefühl, sie in jeder Phase ihrer Existenz kennengelernt zu haben. Ein Leben, das zwar einsam, aber nie verbittert gewesen war. Am Ende hatte sie ihre Erfüllung, die sie sich so sehnlichst gewünscht hatte, gefunden: die bedürftigen Kinder. Nachdem der Fall geklärt war, wollte ihr Rechtsanwalt ihren letzten Willen erfüllen und setzte alles daran, dass ihr Vermögen an den Kinderschutzbund ging.

Anneliese Brauer dagegen war eine verlorene Seele. Sie war immer nur ein Teil anderer Menschen, aber nie sie selbst gewesen. Am Anfang war sie die gute Tochter ihres Vaters gewesen, dann eine gute Ehefrau, und zum Schluss war sie in den Fängen von Dr. Sauer gelandet. Nie hatte sie aus sich selbst heraus existiert. Sie würde ihr Leben in der geschlossenen Psychiatrie beenden.

Dr. Sauer war der Verabscheuungswürdigste in dieser Charade, eine manipulative Persönlichkeit, die aus niedrigsten Motiven heraus handelte. Es war ihm um Geld, aber auch um die Macht über Frauen gegangen. Sie sollten ihm gehören und dienen. Anneliese Brauer war zu schwach gewesen, um sich seinem Einfluss zu entziehen.

Der Fall Ella Martens war abgeschlossen, aber der Fall Ansgar Sauer noch lange nicht.

Auf der anderen Seite stand eine Welt voll Korruption, in der es um Millionengeschäfte ging. Landrat Memmenga und Bauamtsleiter Rademacher hatten ihre Posten und ihr gesellschaftliches Ansehen verloren, aber das war die kleinere ihrer Sorgen. Staatsanwalt Walter Berger würde hohe Haftstrafen fordern. Auch Manfred Schanhorst würde für Jahre ins Gefängnis wandern. Doch Onno war der Aufklärung des Mordes an seinem Vater um keinen Deut näher gekommen. Das Logo mit der grauen Mauer und der aufgehenden Sonne war die einzige, aber unsichere Verbindung nach Hamburg.

Gordi wollte daran glauben, dass diese aufgehende Sonne ein Hoffnungsschimmer für die Zukunft darstellte. Er würde seinem Freund bei der Suche helfen.

Eine warme Hand legte sich auf seinen Rücken. Anne hatte

sich an seine Seite gesellt. Er lächelte, zog sie sanft an sich und küsste sie.

»Ich habe diese Sicht immer geliebt, aber sie mit jemandem zu teilen, macht es perfekt. Ich möchte dich um etwas bitten. Geh heute Nacht nicht nach Hause. Bleib bei mir.«

Mit einem vielversprechenden Blick sah sie ihn an. Danach sprachen sie nicht mehr und genossen die Nordsee, die es trotz ihrer Rauigkeit und Kraft vermochte, Frieden zu schenken. Wie klein und schwach der Mensch im Vergleich zu dieser Naturgewalt doch war.

Epilog

Der Himmel war von schweren grauen Wolken verhangen, die so tief lagen, als ob sie die Absicht hätten, die Trauergäste zu erdrücken. In seiner Stille und Einsamkeit lag der Lutherische Friedhof in Leer vis-à-vis zum Klinikum der Kleinstadt. Die uralten Bäume schienen den Frieden der Toten zu bewachen.

Die Grabstätte der Familie Martens, in der Generationen von ihnen ruhten, befand sich in zentraler Lage. Mit Ella würde die Ahnenreihe enden. Der Gemeindepastor gehörte zu ihrem Jahrgang und musste sie gekannt haben. Er konnte viele persönliche Dinge über sie erzählen. Die Frauen vom Kinderschutzbund in Norden hielten sich an den Händen, während der Geistliche die Grabesrede mit einem Vaterunser auf Plattdeutsch beendete.

Gordi war gekommen, weil er eine menschenleere Beisetzung befürchtet hatte. Er hatte sich geirrt und erkannte, dass Ella Martens, obwohl sie keine Familie gehabt hatte, über den Tod hinaus geliebt und geschätzt wurde. Es waren viele Menschen zusammengekommen, um sie zu ehren und sich von ihr zu verabschieden.

Nach der Beerdigung ging die Gesellschaft geschlossen ins »Sophien-Café« gegenüber, das nur wenige Schritte entfernt an der Heisfelder Straße lag. Hier war man auf Totenmahle vorbereitet. Ein großzügiges Büfett mit Sandwiches, Kaffee und Kuchen wurde geboten. Dafür hatte Ella Martens' Nachlassverwalter, der selbst anwesend war, gesorgt.

Die Frauen vom Kinderschutzbund hatten um die Tische herum Bilder von Ella aufgestellt. Sie zeigten eine glückliche Frau, lachend, strahlend, umringt von Kindern, die sie geliebt hatte. Sie grüßten Gordi wie einen alten Freund. Scherzend plapperten sie über spaßige Erlebnisse mit Ella.

Nach einer Weile entdeckte er Maike Müller. Er steuerte auf sie zu.

»Es ist schön, dass Sie gekommen sind«, sagte sie.

»Ich musste kommen.« Gordi nahm die Tasche hoch, die er mitgebracht hatte. »Das sind die kompletten Tagebücher Ihrer Freundin, nur die letzten Eintragungen, die wir zur Beweisführung vor Gericht brauchen, fehlen noch.«

Maike sah ihn verwundert an.

»Ella hatte keine Verwandten, und Sie standen ihr nah. Sie haben mir einmal gesagt, das Leben bekommt jeden klein. Aber das hat es nicht. Ella und Sie sind nicht klein und sind es nie gewesen. Ohne Ihre Mitwirkung hätten wir den Mörder nicht erwischt. Sie sind ein mutiges und streitbares Mädchen, wie es Ella Martens gewesen ist.« Er überreichte ihr die Tasche. »Für Sie. Ella hätte es so gewollt. Es steht eine Menge über Sie in diesen Tagebüchern. Sie werden sich wundern.«

»Danke«, sagte Maike. »Ich halte sie in Ehren.«

Gordi verabschiedete sich und verließ das Café. Draußen war die Sonne durch die Wolken gebrochen. Ihre wärmenden Strahlen schienen auf das frische Grab von Ella Martens.

Bevor er den Motor anließ, um nach Hause zu fahren, nahm er das Handy aus der Jackentasche und wählte. »Hallo? Ich bin es. Wie geht es dir, Mama? – Ja, alles okay bei mir. – Ich vermisse dich auch. Wir sehen uns bald.«

Nachdem er das Gespräch beendet hatte, fuhr er nach Hause. Auf der Straße sahen sich die Passanten nach dem knallroten Citroën um.

Nachwort und Danksagung

Manche Gebäude und Adressen im Buch weichen bewusst von realen Gegebenheiten ab.

Auch einige Namensgebungen für Institutionen oder Lokalitäten wurden verändert.

Ich bedanke mich bei meiner Familie, die mich bei allem, was ich tue, unterstützt.

Ein besonderer Dank gilt meiner Lektorin Susann Säuberlich, die große Geduld mit mir hatte.